もふもふと楽しむ無人島
ライフ2
ust. 福きつね

ショウ（伊勢翔太）
「ん、おっけ。次の質問って決まった？」
ルピ
「ワフ！」

ミオン（出雲澪）
『はい。最近作ったものを教えて欲しいそうです』
LIVE

CONTENTS

MOFUMOFU TO
TANOSHIMU MUJINTO NONBIRI
KAITAKU LIFE

もふもふと楽しむ無人島のんびり開拓ライフ

～VRMMOでぼっちを満喫するはずが、全プレイヤーに注目されているみたいです～

2

著 紀美野ねこ
illust. 福きつね

MOFUMOFU TO
TANOSHIMU MUJINTO NONBIRI
KAITAKU LIFE

プロローグ

目が覚めて、枕元の時計を確認すると……午前九時。

日曜だし、もう少し寝ていても良さそうだけど、二度寝するとお昼になりそう。

「ん〜、よっと！」

起き上がって体を伸ばす。ぐっすり寝てスッキリしたかな。

そういえばと思い、机の上のタブレットを取って、昨日のライブのアーカイブを確認。

「うわぁ……」

再生数がすでに十五万を超えていて、高評価も三万に届きそうな状態。

「……魔女ベルのネームバリューもあったし」

フルダイブ型ＶＲＭＭＯＲＰＧ『Iris《アイリス》 Revolution《レヴォリューション》 Online《オンライン》』、通称ＩＲＯ。

ソロでのんびりしようと無人島からスタートしたんだけど、ミオンっていう通りすがり（？）の視聴者に見つかってしまった。

それが同じクラスで、しかも、同じ電脳部に入ったミオン——出雲《いずも》さんだったのには驚いたけど、部活として二人でＩＲＯをやるのがこんなに楽しいとは思わなかった。

二人でといっても一緒にプレイするわけじゃなくて、ミオンは俺の配信を見て、疑問に思ったことをあれこれ話したりするだけ。

電脳部顧問の熊野《くまの》先生——ヤタ先生のアドバイスで、そんなのんびりした感じの動画を少しずつ投稿してたんだけど……すぐに注目を浴びてしまった。なんでだ？

いや、うん、わかってる。

俺が怪我《けが》した仔狼《ころう》を助けてテイムしちゃったんだけど、それがワールド初のことだったから。

しかも、その仔狼――ルピと遊んでる姿が公式ＰＶに採用されるというおまけつき。

「腹減ったな……」

昨日は初めてのライブ配信。

ミオンと二人ではなく、電脳部部長にしてバーチャルアイドルの先輩でもある香取《かとり》部長――魔女ベルに解説役として入ってもらって大成功を収めた。

さて、そろそろちゃんと起きよう。午後からＩＲＯをやるという話をミオンにはしてあるし、午前中に家事とか宿題とか済ませておかないとだよな。


「おはよう、兄上！　昨日は大活躍だったな！」

うん。当然、昨日のライブ見てるよな。罠《わな》作戦は美姫《みき》発案なんだし。

「お前のおかげだよ。ありがとな」

「謝礼はいずれ形のあるものでの！」

はいはい。てか「謝礼はいずれ」って俺が言うセリフな気がするんだが。

「で、お前、朝飯はまだなんだよな」

「うむ、兄上を待っておったのだぞ？」

「はあ……。食パンはあるし、ベーコンエッグとかでいいか」

雑に朝食の用意をしていると、リビングでタブレットを見ていた美姫から声がかかる。

「兄上、ＩＲＯが一〇時からお昼までメンテらしいぞ」

「あれ？　ノーメンテで新規制限解除じゃなかったっけ？」

今までＩＲＯをプレイできたのは、クローズドベータに当選したプレイヤーと、限定オープンに当選したプレイヤーだけ。つまり、新しくＩＲＯをプレイしたい人は新規制限解除を待ってて、それが今日やっとってことなんだけど。

「どうやら新規の数が想定以上らしく、サーバーの増強を行うとのことだ」

「あー、なるほど」

ベーコンをよく焼いた上に目玉焼き、いい感じに半熟。トーストにバターを乗せて……緑が足りないんだよな。とはいえ、冷蔵庫の中身が微妙……プチトマトでいいか。

「ほれ、運べー」

「わーい！」

オレンジジュースのパックとグラスを二つテーブルに置いて、

「「いただきます」」

昼と夜の食材を考えると買い物行かないとダメだよな。

「んー、どうせなら、ＩＲＯのメンテ中に買い物行っとくか。何が食べたい？」

「昼は適当で良いが、夜はビーフシチューが食べたいのう」

と、ベーコンをあぐあぐしつつ答える。ビーフシチューには……

「ライス？　パン？」

「ガーリックトースト！」

「……いいけど。じゃ、昼はパスタにでもするか」

それなら今日はご飯炊かなくて済むよな。

「時に兄上」

「ん？」

「ミオン殿はいつ紹介してくれるのだ？」

「んぐっ！」

トーストが喉につまりかけ、慌ててオレンジジュースを飲む。

「何を慌てておるのだ。そもそもミオン殿が我と会いたいと話しておったのであろう？」

呆れる美姫に返す言葉もなく……ふう、落ち着いた。

「……急に変な言い方するな」

「おや、そんな言い方だったか？」

とニヤニヤする美姫。

「ちゃんとセッティングするから、もうちょい待ってくれ」

「ふむ。それで一つ提案があるのだがの……」

01　日曜日　古代遺跡に眠るもの

メンテは正午に終わってるはずだし、新規のラッシュもそろそろ落ち着いてるかな？

とりあえずはバーチャル部室の方へ。

「ちわっす」

『ショウ君』

「来たわね」

手を振ってくれるミオンとベル部長はなんか待ってたっぽい？

「どうかしました？」

「メンテが明けてアプデ内容の詳細が公表されたのよ。午後八時からの解説ライブはみんなで見ようと思うのだけど、よろし？」

「りょっす」

その解説ライブの話は知ってたので問題なし。というか予定通り……

『これを見てください』

と、ミオンが公式の発表を見せてくれる。

【アップデート Ver 1.1.12 概要】
◇メインストーリー『第一章　帝国動乱編』◇

・新規キャラクターのスタート地点としてグラニア帝国の帝都が選べなくなりました。
・新規キャラクターのスタート地点として以下が追加されました。
　・ウォルースト王国の街・村
　・マーシス共和国の街・村
・グラニア帝国の帝都にあったセーフゾーンを撤去しました。
　・帝都内でのプレイヤーキャラクターの安全は保証されません。
　・死亡時は全アイテムをロストし、最寄りの村にてリスポーンします。
◇新規制限解除にともなうシステム変更◇
・キャラ削除後の再作成に最低六時間のクールタイムが必要となります。
・キャラ再作成のたびにクールタイムが三時間ずつ延長されます。（最大二四時間）
◇新規制限解除にともなう種族選択の追加◇
・キャラ作成時にヒューマン以外の以下の種族が選択可能になりました。
　・エルフ、ドワーフ、ハーフリング
　※ヒューマン以外のキャラクターは初期ステータス・初期スキルなどに偏りが発生します。
◇不具合の修正
　………
☆本日午後八時からプロデューサーによるアップデート解説ライブがあります。

「うわっ、結構エグいことしてくるなあ……」

「興味本位で帝国に残ってたプレイヤーから悲鳴があがってるわね。ショウ君のお友だちは帝国にいるって話だったけど大丈夫かしら？」

「あー、ナットは木曜に王都に着いたとか言ってたんで大丈夫かと」

聞いた話だと『帝都から出ろ、王国か共和国へ行け』っていう圧がすごかったらしい。

まともそうなＮＰＣ商人の「内戦が始まる前に逃げるので護衛を」っていう依頼に乗っかって脱出してきたとのこと。

『帝国で内戦が起きると、王国と共和国の行き来が難しくなりますね』

大きなグラニア帝国領を挟んで、西にウォルースト王国、南東にマーシス共和国っていう感じだもんな。

「私が懇意にしてる生産組にはなんとか王国の方へ来てもらったわ」

逆に王国から共和国に行った人もいるらしい。共和国の方がヒールポーションなんかは潤沢で、魔王国と接してる関係で人獣族のＮＰＣが見られたりするそうだ。

「なんか大変そうですけど、俺を待ってたのって？　無人島には全く関係なさそうですけど……」

ベル部長やナット、セス《美姫》なんかは、これからメインストーリーに巻き込まれるかたちでゲームすることになるんだろう。けど、そもそもどこの国でもない島にいる俺は、それを傍目《はため》に一人のんびりを満喫するつもり。

「昨日、あの後、生産組の会合に呼ばれたでしょ。そこで、ショウ君が使ってた笹《ささ》ポ……ヒールポーションの容器について質問されたのよ」

「うわ、目ざといっすね」

映ったの、火球食らった後の一瞬だけだったと思うけど。

「それでも『ガラス瓶じゃない何か』ってわかっただけよ。私もわからなかったから答えられなかったんだけど、あれは？」

「陶器です。ってか、焼き物してる話は部長にもしましたよね」

「ポーション用の小瓶も焼き物で作ったってこと？」

「ええ。別にガラスである必要ないですよね。まあ、中身の色はわからなくなりますけど」

売り物のポーションはそれがあるからガラス瓶なんだろう。

「その小瓶の作り方って教えてもらえるかしら？」

うーん、俺が独力で考えたわけじゃなくて……とミオンを見る。

『部長。公式フォーラムのここに』

ミオンが前に調べて教えてくれたスレッドを見せると、部長はそれに釘付《くぎづ》けになる。

「俺、結局読んでないんだけど、その人まだいろいろ書いてくれてるの？」

『はい。陶器の納品クエストも種類があるみたいですね』

ミオンの話だと、酒場で使うピッチャーだとか、油を保存するための壺《つぼ》だとか、やたらでかい花瓶だとか……

「俺の陶工の知識はこの人の受け売りなんで、この人にコンタクト取るほうが早いと思います」

『王国で活動されてるみたいですし』

「そうね。一人でここまで調べてる人なら、直接会って話したいと思うわ。ありがとう！　皆に伝えてくるわね！」

とＩＲＯへと行こうとするベル部長。

「あ！　迷惑かからないようにお願いしますよ？　個人的にお礼がしたいくらいなので」

「わかってるわよ！　そんなことで大事な職人の機嫌を損ねるなんてありえないでしょ！」

ホントに大丈夫なのかなあとミオンを見ると、小首をかしげて苦笑い。

まあ、それが可愛《かわい》かったからいいか。


『ショウ君、このキャラ作成時に選べる種族が増えるっていうのは、気にならないんですか？』

ＩＲＯにログインし、ルピにご飯を用意していると、さっきのアプデの内容が気になったのか聞いてくる。

「あー、それはリリース前から言われてたから。クローズドベータや限定オープン組はヒューマンしか選べないって」

『そうだったんですね。でも、他種族の方が有利とかだったりしないんですか？』

「種族ごとにステータスの初期値はちょっと違うけど、合計としては同じになってるっぽいよ」

『はあ……』

ミオンがピンときてないようなので軽く説明。

人間は全部のステータス初期値が10。

エルフならＤＥＸとＡＧＩとＩＮＴが高くて他が低い。

ドワーフならＳＴＲとＤＥＸとＶＩＴが高くて他が低い。

ハーフリングはＤＥＸとＡＧＩとＬＵＫが高くて他が低い。

まあ、キャラ作成時、ステータスに10ポイントを好きに割り振れるので、デメリットは消せると思うけど。

『なるほどです。種族の特徴を表現しつつ、トータルとしてみれば一緒なんですね』

「うん。それに初期スキルポイントも人間は10ポイント好きに使えるけど、エルフなら精霊魔法のスキルを取らされてたりするみたいだし」

まあ、ステータスの話もスキルポイントの話もナットからの受け売り。

『前に部長が、初期キャラが神聖魔法をＳＰ４で取ると、あとが大変って話をしてました』

「うん。なんで、こだわりがある人でなければ人間を選ぶ方が無難なんだけどね」

日本人、エルフ大好きだからなあ……。

そんな話をしつつゲーム内の食事タイムも終了。

「さて、じゃ、あの洞窟見に行くかな」

「ワフッ！」

『はい！』

「やっぱりたいまつとかないと暗いな……」

覗《のぞ》き込んだ洞窟の中は真っ暗。ゴブリンたちは夜目が利いてたから大丈夫だったのかな?

『長く燃えそうなものってなんでしょう?』

「うーん……」

インベントリを探ってみて……雑魚《ざこ》ゴブリンが持ってた棍棒《こんぼう》でいいか。これの先に……

「これもどうせ捨てるしいいか」

ゴブリンマジシャンが着てたボロいローブ。あちこち擦り切れてるし、直して着ようって気にもならない。

切り目を入れてビリっとやってから、棍棒の先にぐるぐると巻きつける。

着火の魔法で火をつけてっと。一五分ぐらいもってくれればそれでいいや。

「よし。さくっと調べような」

「ワフン」

人が二人並んで入れるぐらいの洞窟を慎重に進む。気配感知や罠発見に反応はない。

一〇メートルほど進んだところで少し広い空間に出た。ここからリポップしてたのかな。

「あー、あれがセーフゾーンか」

右手奥に薄《うっす》らと光っている空間はセーフゾーンで間違いなさそう。

全体的にもう少し明るい感じなら、住居に改造するのも悪くなさそうなんだけどな。

『ショウ君、左奥に扉が』

「え？　あ、なんだあれ……」

セーフゾーンの反対側、洞窟の壁に全く似合わない金属製の扉が見える。

たいまつ（仮）の明かりを鈍く反射し、表面には複雑な模様が刻まれている。

『この洞窟には似つかわしくない扉ですね』

「誘導されてるよなあ、これってやっぱり」

『そうなんです？』

「ゴブリンの集落を潰して、その先にってことは『行け』ってことかなって」

『あ、そうですね。前に北側に行くにはって話がありましたけど、この先にとかでしょうか？』

「あー、それか。となるとちょっとやばい場所かも……」

ここにセーフゾーンがあることを考えると、この扉の先は敵が出てくる可能性も高そう。

『でも、まず開くかどうかですよ？』

「あ、はい」

扉には直接触れないよう、念入りに確認してみたが、罠発見スキルにも反応はなし。

あ、鑑定できるのかも？


【古代魔導扉】

『古代魔法によって施錠されている扉』

「わからん。古代魔法ってなんだよ……」

スキルを魔法で検索しても、元素魔法、精霊魔法、神聖魔法の三つしかないよなあ。

『アップデートで増える要素とかでしょうか？』

「うーん『システムの都合』の方じゃないかな。とにかく、触ってみるしかないかな」

たいまつ（仮）の明かりも心もとなくなってきたし、ダメ元で開けてみるか。

左右それぞれの扉についている取っ手をぐっと握ると……


【祝福を受けし者のアクセスを確認しました。解錠しますか？】


「え？　はい」

そう答えると、重かった手応えが急に軽くなる。解錠って言ってたし、鍵が外れたんだよな。

そっと押し開くと、その向こうには淡い光に照らされた石の通路が現れた。


【古代遺跡を発見しました！】

【古代遺跡発見：5SPを獲得しました】

「あっ……、今のってワールドアナウンスされちゃった？」

なんか無人島の時と同じような気がする。

『ちょっと公式フォーラム見てきますね』

その間に床やら壁やら天井やらを見回す。

光っているのは天井全体かな。眩《まぶ》しい感じではなく、淡く光ってるので目には優しい。床も壁も石壁っぽいんだけどなあ。

『ワールドアナウンスされたみたいです。みなさん、なんのことだかわからなくて慌ててます』

「あー、今さらなかったことにもできないし、さっさと情報開示した方がいいのかな」

こんな無人島でも見つかるんだし、大陸の方にはもっとたくさん古代遺跡があるはずだよな。

『とりあえず先を見てみた方がいいんじゃないでしょうか？』

「りょ。えーっと……」

中は十分明るいので、たいまつ（仮）は不要そう。

それを床に置いて火を消し、両方の扉を開ききる。

古代遺跡から漏れる明かりで、洞窟の広間もまあまあ足元は見られるぐらいに。

「ルピ、危なくなったら、あのセーフゾーンまで走って逃げるぞ」

「ワフ」

気配感知や罠発見に反応はなし。ゆっくりと進んでいくと左手側に扉があるが、先はもう少し続いて左に折れている模様。

「扉が先かな」

『通り過ぎてから何か現れたら怖いですよね』

「だよなあ」

左開きの片側だけの扉だが、さっきの扉と似たような模様が刻まれている。

取っ手を手に取ると、やっぱりというか、

【祝福を受けし者のアクセスを確認しました。解錠しますか？】


「はい」

そう答えることで扉が軽くなった。

『祝福を受けし者ってなんでしょう？』

「あー、ＩＲＯでプレイヤーのことをそう呼ぶらしいよ。この世界の女神様から祝福を受けてるんだってさ。だから、死亡じゃなくてリスポーンするって設定」

『なるほどです』

ちなみにその女神様は複数いて、プレイヤーキャラはそのうちの誰かに祝福されてるらしい。誰なのかはわからないらしいけど。

「よし、開けるぞ、ルピ」

「ワフッ！」

ぐっと力を込め、扉を押し開けると……

「部屋、いや、作業場？」

サイズ的には教室ぐらい。ここも廊下と同じで天井の謎照明で明るい。

『作業場っぽい感じですね』

特に怪しい気配もないので、奥に見える設備へと近寄る。

「これ、ひょっとして……」

鑑定してみると、

【古代魔導炉】

『古代に使われていた鉱炉』


「鉱炉！　これで鉱石があれば金属が扱える！」

『ショウ君、スキルを取ってから鑑定を』

「ああ、そうだった！　さんきゅ！」

取るべきスキルは決まってる【鍛冶《かじ》】これだ。必要SP1なので余裕。ついでに【採掘】もSP1で取得。あとは鉱石がある場所さえ見つければ。と、その前にもう一度鑑定。


【古代魔導炉】

『古代に使われていた鉱炉。薪の代わりにマナを注ぐことで高温を維持する。

鍛冶：鉱石をインゴットへと変える』

鍛冶スキルを取って鑑定したことで、なんとなく使い方も理解。

「採掘した鉱石を放り込んで、MP消費で動くって感じか。街の生産施設とかだとお金払えば消耗品は用意してくれるんだっけ」

『はい。鍛冶も素材加工や陶工と同じだそうです』

「お金の分をMPで払ってる感じか。無人島用ってことで特別すごいってわけじゃなさそう」

『MPは自動で回復する分、すごいと思いますよ？』

「そうでした……」

お金は稼がないとダメだし、バレたらめっちゃ羨ましがられるやつだ。

「ワフ？」

「おっと、他も見ないとな」

少しスペースを開けて、今度の設備は火床ってやつだろう。さくっと鑑定。

【古代魔導火床】

『古代に使われていた火床。炭などの代わりにマナを注ぐことで高温を維持する。

鍛冶：インゴットを熱することが可能』

『熱するだけですか？』

「熱すると柔らかくなるから、それをカンカンして形にする感じ？」

『なるほどです』

そしてその周りには、金床にハンマー、ハサミ、タガネが数本ずつ収まった道具箱。

「水桶《みずおけ》や砥石《といし》、これは耐熱手袋と前掛け？　いたれりつくせりだな」

『あの、そこで鍛冶をやって酸欠になったりしないんでしょうか？』

あー、いやいや、ここで実際に作業してたはずだよな。と上を見上げると、どうやらちゃんと考えられてるっぽい？

空調なのかダクトのようなものが天井についている。動いてるのかどうかは不明。ひょっとしたら、鉱炉とか火床に連動してるのかも。

「多分、あれがなんとかしてくれるんじゃないかな。まあ、やってみたらわかると思う」

『確かにそうですね』

「結局、この部屋は鍛冶用の作業場ってことかな」

見回すと他には特に何もないスペースが広がっているだけ。実際に何か作った後に置きっぱにできそう。で、

「あの扉は、さっきの通路に繋《つな》がってるんじゃないかな」

教室でいうと、後ろの入口から入ったわけだけど、教壇にあたる場所に見える扉。

『はい。ちょうど通路を左折したぐらいのところだと思います』

「じゃ、開けてみるか」

ぐっと取っ手に手をかけると、

【祝福を受けし者のアクセスを確認しました。解錠しますか？】

「はい」

そう答えて扉を開けると、やっぱり先程の通路の先へと出た模様。

右を見ると、その先は右折しているので間違いなさそうだ。

「よし、先へ進もうか」

「ワフン」

一人だと不安な場所でも、ルピがいてくれると心強いんだよな。見てない方を見てくれてるっていう安心感というか。

「一緒にいてくれてありがとな、ルピ」

「ワフ～」

『私も一緒ですからね』

「はい……」

結構な距離をまっすぐ進むと、廊下の右側に見える下り階段。

正面にはまた扉があるんだけど。

『取っ手が見当たりませんね』

「これ、こっちから開かないってことかな。とりあえず触れてみるか」

反応なし。押してみて……無理だな。

「向こうからじゃないと開かないか、何か別のフラグがあるか……」

『となると、階段の方ですか？』

「かな。まあ、行けるだけ行ってみるよ」

特におかしな気配もないので、足元に気をつけつつゆっくりと下りると、その先に石畳はなく、ここに入る前の洞窟の広間のような場所だった。

「え？　なんだこれ……」

あちこちの岩肌が薄緑に光っていて神秘的な雰囲気を醸し出している。

よくよく近づいて見てみると、苔《こけ》自体が発光してこうなっているっぽい。

『すごく綺麗《きれい》で不思議です』

ミオンの声を聞きつつ、その苔を鑑定してみると、

【光苔】

『マナを吸収して光る苔』


とだけ表示された。料理にも調薬にも関連性はないのかな。

「これ、ゴブリンがいた洞窟に移植？　株分け？　できると思う？」

『できる気がします。入口の扉を開いたままにしておけば、ここと同じような環境じゃないでしょうか？』

なるほど。古代遺跡の謎照明からの明かりが差し込んでくればそっくりだ。

外に出るまでの通路でも育ってくれれば、もっといいんだけど。

「このために取るスキルって、うーん、農業じゃないよな」

『ちょっと違う気がします。園芸とかでしょうか？』

「あー、園芸って言われるとしっくりくる……」

花とか盆栽とか観葉植物ってだいたい園芸ってくくりだもんな。この先、家を建てて庭の整備もとか考えると、スキルがあったら取ってもいいのかも……

「ワフッ！」

「ん？　どうした？」

奥の方に行ってたルピに呼ばれて駆け寄ると、苔の光を鈍く反射する石と採掘スキルに反応したマーカーが！

「鉱石!?」

『え？』

「本物はもっと地味なんだろうけどゲームだからかな。えっと、採掘すればいいんだろうけど、手では無理だよな……」

インベントリを漁《あさ》って採掘に使えそうなものを……この錆《さ》びたナイフとカナヅチでいいか。

「ルピ、破片飛ぶかもだから、ちょっと離れてて」

「ワフン」

そう言うと、しっかりと理解して、背中の後ろに隠れるルピ。

欠けた刃先を採掘ポイントに当て、柄頭《つかがしら》をカナヅチで叩《たた》く。叩いて叩いて叩いて……ごろんと塊が一つ足元に転がり落ちた。

ルピが興味があるのかすんすん嗅いだり、前足でちょいちょいするのが可愛い。


【鉄鉱石】

『鉄の原材料となる石。

鍛冶：鉱炉にてインゴットにしたのち鉄製品に加工が可能』

「おおー、やっと掘れた。大変だな、これ」

『鉱石を掘るならツルハシとかですよね』

「だよな。ということは、最初に作るのはツルハシかなあ」

ツルハシ作って掘りやすくなったら、今度は運べる量を増やしたいところだけど……

「ワフ？」

「ん、本格的にやるのは今度にしようか」

結局、モンスターは出てこなかったし、古代遺跡内はとりあえず安全っぽい。

セーフゾーンもあることだし、洞窟前の広場に拠点を移そうかな。

◇◇◇

「ばわっす」

夕飯やもろもろを済ませ、バーチャル部室に入ったのは午後八時ジャスト。

アップデート解説ライブが始まる時間ちょうどになってしまった。

『ショウ君』

「お疲れさま」

「来ましたねー」

ミオンだけでなく、ベル部長もヤタ先生もしっかりいる。

「もう始まってます？」

『まだです。一五分からだそうです』

「稀《まれ》によくあることよ。修正しましたからの直ってないとかね」

「この手のゲームの運営さんはー、だいたい時間にルーズですよねー」

ミオンはともかく、ベル部長とヤタ先生は手厳しい。で、それはいいとして、

「ちょっと相談なんですが、俺の妹をここに呼んでいいですか？」

『え？』

その言葉に真っ先に反応してソワソワするミオン。

「……理由を聞いていいかしら？」

なんか前も妙な間があった記憶があるんだけど、俺は別にシスコンじゃないので勘違いはしないで欲しい。というか、

「あいつもIROやってて、俺と解説ライブ見るつもりだったらしくて……」

という建前でミオンと会いたいという美姫の提案。

「美姫ちゃんでしたよねー。真白《ましろ》さんから聞いてますしー、ここは学校内でもないので、部長のベルさんがいいならかまいませんよー」

真白姉も美姫に甘いんだよな。面談とかで「うちの妹可愛い」を熱弁してる姿が目に浮かぶ。

『先生も知ってるんですか？』

「ん、ああ、俺の三つ上の真白姉の担任が熊野先生だったんだよ」

『そうなんですね』

そのことはまだ話してなかったっけ。

で、肝心のベル部長は未《いま》だ思案中。確実ってわけじゃないけど伝えとくか。

「今、中三なんで来年は美杜《みもり》に来るし、この部に入るって言ってるんで」

「まあ、そういうことなら許可しましょう。でも『魔女ベル』のことは……」

「それはもちろん」

ミオンが俺の配信してることも黙っててくれてるんで、それは大丈夫だと思う。

「じゃー、呼んであげてくださいー」

というわけで、美姫にメッセを送ると、もうそこで待ってたとばかりにやってきた。

「伊勢翔太《いせしょうた》の妹の美姫といいます。よろしくお願いします」

出迎えた面々にぺこりと頭を下げる美姫。外向きの猫を被《かぶ》った喋《しゃべ》り方だ。

「美姫、普段の口調でいいから。来年、この部に入るんだろ？」

「おっと、そうであったな。まあ、よろしく頼む」

その変わりように驚いている女性陣。いや、ヤタ先生は動じてないから知ってた？

「電脳部顧問の熊野ですがー、ここではヤタでー。お話は真白さんから聞いてますよー」

「こちらも姉上よりお噂《うわさ》はかねがね。では、セスと呼んでいただこうかの」

ちょくちょく姉貴と連絡を取ってるみたいだけど、いったい何を話してるんだか……

「部長をやってる香取よ。えっと……」

「なるほど。先日のコラボライブはそういうことであったか」

「え、ええ。そういうことなの……」

なんとも言えない顔で俺を見るベル部長。

ごめんなさい。そいつ天才となんとかは紙一重ってやつなんです。

『ショウ君と同じクラスの出雲です。よろしくお願いします』

「こちらこそ。時にミオン殿。兄上には気をつけた方が良いぞ？」

『え？』

「お前なあ……」

軽く頭を小突いてやると、面白そうにケタケタと笑うセス。キョトンとするミオン。

ホントごめん……

「はいはいー。そろそろ始まりそうですしー、座ってくださいー」

セスは必然的に空いている席、ベル部長の隣へと座り、皆が見える位置に画面が用意される。

実際、アップデート解説って何話すんだろうな。まあ、俺と関係ない話だろうけど……

『あーあー、入ってます？　あ、大丈夫そうですね。皆さんおまたせしました。

ＩＲＯアップデート解説ライブを始めていきたいと思います。

司会は私、ゲームマスター統括の雑賀《さいか》ちよこ——ＧＭチョコ。

解説に総合プロデューサーの山崎美沙《やまざきみさ》——ミシャＰ。

私たち二人でお送りしていきます。最後までよろしくお願いします』

『よろしくお願いします』

始まった放送はリアル映像ではなく、バーチャル空間に本人アバターというスタイル。

というか、ＧＭいたんだ。それにプロデューサーさんもだけど若い女性って珍しい。

『それではさっそく、本日お昼に適用されたＩＲＯのアップデートについて、上から順に解説していきましょう。まずは……』

メインシナリオ関連のアップデートは、やっぱり皇帝の崩御からの後継者争いがって話。この辺はナットから聞いてたとおりかな。

質問やらのコメントがガンガン流れていくんだけど、正直読める気がしないスピード。

『ちょっと質問を拾っていきましょうか。えーっと「プレイヤーキャラはこの内戦に参加できますか？」はどうでしょう』

『はい、参加できます。ただ、正規軍に編入されるのはかなり難しいと思ってください。今のプレイヤーレベルでは一瞬でやられちゃいますしね。

プレイヤーが傭兵《ようへい》部隊として参加できる方法がありますが、それは各自探してみてください』

なるほど。やりたかったら方法はあるけどってぐらいなのか。

「普通に考えて、ぽっと出の冒険者が正規軍なんぞに入れるわけがないしのう」

「使い捨ての傭兵部隊がいいとこでしょうね。どれくらい報酬があるのかわからないけど、あのデスペナと引き換えはわりが合わなそうだわ」

と妙に会話の嚙《か》み合《あ》ってるセスとベル部長。

『次はこの質問……』

そんな感じで需要が多そうな質問を拾うGMチョコと、ネタバレしないように丁寧に回答していくミシャP。

キャラリセや新規種族なんかにも質問ピックアップ&回答タイムが入り、なんだかんだで一時間近く経過。とはいえ、俺がいる無人島に絡む話はなく……

『そろそろ最後の質問にしましょうか。この「古代遺跡ってなんですか？　アプデと関係ありますか？」ですが』

『あー、今日ワールドアナウンスで流れましたね。アプデとは直接関係はないんですが、新規制限が解除されることでいずれはと思ってたことです。

ちょっと予想より早かったですが、あちこちにそういう遺跡がありますよ、とだけ回答しておきますね』

その回答にコメント欄の勢いがさらに増す。

あの無人島ですらあったんだし、大陸の方にはもっとたくさんあるんだろうなあ。

今日増えた新規さんが育ってくれれば、プレイヤーたちの活動範囲が広がって、そのうちってことだったのかな。

「で、今日のワールドアナウンスは兄上なのだろう？」

「あー……はい」


「ワフ！」

「よしよし！　飯作るから、ちょっと待ってくれ」

結局、あの後、古代遺跡については軽く話す程度で解放された。

ベル部長もあんまりネタバレされてもと思ったのか、洞窟の奥にプレイヤーだけが開けられる扉がありましたって話だけ。

その後、セスが王国でメイン盾をしてると聞いて、ベル部長がスカウトというか、まあ一緒にプレイしましょうって流れになってＩＲＯへ。

固定メンバーになるかは不明だけど、妙に意気投合してたし、楽しめるなら何より。

「なんていうか、変な妹でごめん」

『いえ、そんな。私は一人っ子なので、少し羨ましいです』

「そうなんだ」

『いつもショウ君がご飯作ってあげてるんですよね？』

「そそ。今日はビーフシチュー」

『羨ましいです……』

そんなことを話しつつテントを撤去。セーフゾーンのある洞窟内に拠点を移す準備を。

当面やることに鉱石掘って鍛冶やってが加わったし、狩りも密林の方がメインだし。

今まで仮だったかまどやら石窯も作り直す予定。あれからスキルレベルも上がったし、もうちょいまともなのになるだろう。

「よし、引っ越すか。ルピ、行くよー！」

「ワフッ！」

最低限必要なものだけインベントリにしまって放置していくことに。

まあ、散らかってるのが気になったら、後で処分しよ。

『洞窟の広場から砂浜まで道があるといいですね』

「あー、そうだね。毎度、草木をかき分けて進むのも面倒だし、斧《おの》ができたら少し切り拓《ひら》くか」

あの後、鍛冶で作るものの順番を考えて、まず最初はツルハシに。

ゴブリンリーダーが持ってた棍棒があるので、ツルハシの頭を作れれば行けるはず。

次に斧かな。初日に調べた伐採スキルで木を切るのに必須なのと、戦闘スキルに斧があってちょうどいいかなと。

「まずは荷物を洞窟の中に放り込むか。ルピ、好きに遊んできていいぞ。あ、サローンリザードには気をつけろよ」

「ワフン」

心配しなくても大丈夫って顔で密林へと駆けていくルピ。トカゲよりも強いもんな。

洞窟内は古代遺跡と繋がった扉を開いたままにしてるせいか、真っ暗というわけではなくなった。

少しすれば目も慣れてくる。

『光苔がどうなってるか楽しみですね』

「どうだろ。そんなに早く根付いたりは……してるっぽい」

夕飯の準備にＩＲＯを落ちる前、試しに古代遺跡入口の扉近くの石に光苔を移植してみた。

移植した時は特に光ってなかったし、時間かかるもんだよなと思ってたんだけど……

『水をあげたのが良かったんでしょうか』

「そうかも。お、これって……ダメか」

スキル一覧に植物学ってのがあるのを見つけたものの、取得できない状態になっている。

『取れない感じですか？』

「うん。学問系のスキルは全部ダメ。何か条件があるんだろうけど、今は引っ越し優先かな」

というわけで、持ってきた荷物を一箇所にまとめておく。次にセーフゾーン近くに寝床を。

「この辺でいいか」

テントに使ってた長めの流木で、雑ないかだのようなものを作る。釘はないので、トラップ用の蔓《つる》で結ぶしかない。

この上に草を布団の代わりに敷くつもりだけど、その前に位置合わせ。

「安定しないなあ。地面もこれもガタガタだからしょうがないんだけど」

『石をかませて高さを揃《そろ》えるとかでしょうか？』

「それしかないか……。あっ、あれがあったな。えーっと……〈石壁〉」

イメージしたブロック？　レンガ？　そんな感じの小ささの石壁が出来上がった。

『魔法ですか？』

「うん。石壁の魔法を小さくしてみた感じ」

軽く蹴ってみると下の岩とくっついてるわけではなさそう。けど、その岩肌とはうまく噛み合ってるあたり、ちゃんと石壁として立つようにできてるっぽい。

『……その組んだフレームはもういらない気がしますね』

「だよな！」

サイズが小さいせいかMP消費も少なめ。これを並べればベッドになりそうな予感。固くてめっちゃ背中痛くなりそうな気もするけど。

「いや、待って。この石壁って時間で消える？」

フィールドと戦闘が別のＲＰＧだと、戦闘中に出した土壁とか石壁って戦闘終わったら消えてるもんだしなあ。

『元素魔法なら誰かが使ってそうですし、調べてきましょうか？』

「あー、うん、お願いします」

『はい！』

ミオンが調べに行ったみたいなので、さっきどれくらいＭＰ使ったかを改めて確認。一〇％、いや、五％にも満たないぐらいか。

ＭＰの自然回復は一分で一回復。数分で使った分は回復するけど……

『ショウ君、見つけました。ずっと残るそうです』

「え、マジで？」

『はい。えっと、攻略ｗｉｋｉの石壁のページ、読み上げますね』

ミオンが見つけてくれた攻略ｗｉｋｉに書かれてたのはこんな感じらしい。


〈石壁〉

元素魔法。消費ＭＰ１～不明。

魔術士ギルドで売っている『魔導書（初級）』に記載。

任意の大きさの石の壁を作る魔法。

デフォルトのサイズは、高さがキャラ身長程度、幅はキャラの肩幅の倍程度、厚みはキャラの厚み程度。時間で消滅などはせず残り続ける。

消費MPは作るサイズに依存し、デフォルトのサイズで作ると100以上消費する。なお、同サイズの土壁なら消費MP25程度。

石壁らしく硬さが売りだが、重量的に設置した場所から移動させることがほぼ不可能なため、壁として使われることはほとんどない。

敵の足元を荒らすなどの目的であれば、消費MPも少ない土壁で十分だろう。

なお、街中で石壁を試したりすると、衛兵がやってきて撤去するように言われるので注意。自力撤去できない場合はNPC人足を雇う必要がある。≫魔女ベル石壁事件

商業ギルドの納品クエスト『レンガの納品』『石畳素材の納品』は、クエストで指定されたサイズの石壁を納品しても達成可能。

常設クエストではないので、商業ギルドに行った際には確認するといい。

関連項目：土壁、魔女ベル石壁事件、納品クエスト

「魔女ベル石壁事件ってめっちゃ気になるんだけど……」

『街中で試したの部長だそうです』

ベル部長、何してんだか……

02　月曜日　ワールドクエスト？

「おっす。ライブすごかったみたいだな。俺は後から見たんだけど、大活躍だったじゃん」

「おは。まあ、準備だけはしっかりやってたからな」

ナットはライブの時間は普通にIROプレイしてたらしい。普通はそうだよな。

「ところで王国の方はどういう感じなんだ？」

「うーん、全然緩い感じだな。帝国にいた時は街中からして『内戦起きそうでやべえ』って感じだったんだけどな」

「へー、まあ、のんびりできていいじゃん」

美姫のことを話しておくかと思ったけど、ベル部長と一緒に行動してるなら、あんまり言わない方がいいか。


午前の授業が終わって昼休憩。

この間の一件から昼飯は、俺、ナット、いいんちょ、ミオンってメンツになった。

いいんちょ的にも安心らしい。どういう意味なんだか……

「土曜日のライブ配信を見たわ」

「お、いいんちょもIROの魅力には抗《あらが》えませんか？」

そうナットが茶化すとギロッと睨《にら》まれる。まあ、いつものやりとり。

「実際のゲーム内容と伊勢くんがやってる内容とは違うのよね？」

「ゲームシステムは同じだけど、やってることは全然違うかな」

「ショウのマネしたいとか、ショウがいる島でスタートするのとかは無理だからな」

ナットが懲りずに茶化すと、ミオンがこくこくと頷《うなず》いている。

「あんなのマネする気にもならないわ。前の動画も見たけど、サバイバルじゃない」

「けど、自力で無人島を開拓するなんて、ゲームの中でないと体験できないし」

当面の目標のログハウス建ててのんびりには、まだまだ山のようにやることあるけど、あれこれやるのが楽しくてしょうがない。

「でも……犬を飼えるのは羨ましいわね」

「あー、俺もそれは思う。ルピちゃんだっけ？　めっちゃ可愛いじゃん」

「うん、可愛いのは間違いない」

ミオンもこくこくと頷く。

「ショウにしては珍しくセンスのある名前つけたよな」

「うっせ。ルピってセンスのいい名前つけてくれたのはミオンだっての」

そう答えると、ナットもいいんちょも「ああ、なるほど」みたいな顔をする。

ミオンがそれに不思議そうな顔をしてるけど、俺にネーミングセンスがないのは確かなので。

「普通にゲームしてる人たちの動画も見たのだけど、戦争とか内戦とか話してたのは？」

「あー、それな……」

ナットが日曜から始まったメインストーリーを、順を追って説明してくれる。

こういうのって途中参加だと状況がよくわからないし、始めるなら早めの方がいいんだよな。

「プレイヤー同士で戦争するわけじゃないのね」

「だな。一応、参戦する方法はあるって話だけど、かなり厳しいって公式で言ってたし」

アップデートの話もかいつまんでしてくれる。

ただ、ナットが王国の冒険者ギルドに行っても、傭兵として参加の依頼というかクエストはなかったらしい。あれは帝国の中だけってことなのかな。内戦だし。

その話に考え込むいいんちょ。やっぱりIROがだいぶ気になってるみたい。というか、背中を押して欲しいって感じ？

「興味あるなら試しにやってみれば？　初月は無料だし」

「そ、そうね。興味はあるのよ。あるんだけど、不安っていうか、知らない人とゲームするっていうのが怖いなって……」

「手以外には許可した相手しか触れられないらしいよ」

「そそ。セクハラ対応なんかもAIで監視してるし、めっちゃ対応早いって聞くぞ」

セクシャルハラスメント通報ってのが別にあって、ひどいのはBANされるそうだ。ウェアアイディでBANされるので、二度とIROをプレイできなくなるらしい……

「わかったわ。やってみる。けど、キャラクターをどう作ったらいいかもさっぱりなのよ」

「俺は無人島特化だから、ナット任せた」

「うーん、どう作るって言われてもな……」

首を捻《ひね》るナット。自分ならともかく、他人の、しかも女性のキャラ作成とか悩むよな。

「ん？」

ミオンが俺の袖を摑《つか》んで引っ張る。

「やりたいこと……」

「ああ、うん、そだね。いいんちょがIROでやりたいことって何？」

「そ、そうね。ま……魔法を使ってみたいかしら」

そう恥ずかしそうに言ういいんちょ。いや、別に普通だと思うけど。

「元素魔法なら純魔か魔法剣士だな。どっちもテクニカルだけど……」

純魔。純粋に元素魔法系スキルだけを上げ、攻撃力を高くするキャラビルド。ベル部長がこれ。魔法を使うのでMPが生命線だし、ダメージの大きい魔法はヘイトをもらいやすいので……俺でもちょっと遠慮したい。

魔法剣士は序盤はどっちつかずになるし、中盤以降は状況に応じてどっちを使うかっていう選択が大変な感じ。

他にMMORPG初心者向けで魔法ってなると……

「神聖魔法の方はどうかな。硬めの神官とかテンプレっぽいやつ」

「それはどういう感じなの？」

ベル部長が前に言ってたビルド。基本的には近接戦闘をして、必要になったら神聖魔法で回復っていうわかりやすい感じ。

やることが決まってるので、序盤で悩むことはないけど、テンプレの宿命っていうか……

「周りに似たような人多いのって嫌じゃね？」

ナットも最初から大剣を選ぶようなギャンブラーだからなあ。それできっちりトップ組に近いレベルまで上げてるのもすごいけど。

「ん？」

「武器……」

「あー、いいんちょ、使いたい武器とかある？」

「武器……弓はあるのかしら？」

ああ、いいんちょは弓道部だったたし、そっちの練習にも……ならないか。

「あれ？　弓を使って、魔法もっていうと……」

「エルフだな」

「……えるふって何かしら？」

あ、やっぱり。いいんちょ真面目だからそういうの知らないよなあ。

俺とナットでエルフ……日本人のイメージのエルフを簡単に説明。

「そのエルフって種族にすると、最初から精霊魔法っていうのが使えるのね」

「らしいぜ。ただ、連れてる精霊はランダムなんだってさ」

「あ、そうなんだ」

今まで精霊魔法のスキルは取る方法も全くわかってなかったらしい。

新規制限解除でエルフが選べるようになって、最初から精霊魔法スキルを取得済み。しかも、精霊が一体ランダムでついてくるそうだ。

「何より、いいんちょはエルフが似合うと思うぜ」

「そうなの？」

「エルフってだいたい貧乳美人だしな！」

あ、おい、ナット……


あの後、ナットはまあ……というわけで部活の時間。

特にベル部長を待つ必要もないんだろうけど、ミオンは動画編集してるし、俺はこの間のライブのコメントを見直してる。

「こんにちはー」

「あ、どもっす」

『こんにちは』

あれ？　ベル部長よりヤタ先生が先に現れるのって珍しいな。

「ベル部長が来てないんですけど、ひょっとして休みですか？」

「いえー、二年生はこの時期に進路相談が始まるのでー」

ああ、それに捕まってるってことか。

ベル部長、すでにだいぶ稼いでるわけだけど、まさかこのままバーチャルアイドルを本業にするつもりなのかな？

「長く捕まってるのはー、ベルさんが何も考えてなかったからだと思いますよー？」

「見透かしてくるのやめてください……」

うーん、実際、二年になったばっかりで進路とか考えてないよな。

俺だって、エスカレーターで美杜大にってぐらいしか考えてないし。

「さてー、ミオンさんのバイトの許可が下りましたのでー、収益化の申請をしましょうかー」

『え、もうですか？』

「はいー。去年の実績がありますからー」

いつの間にやらその辺は進んでたらしい。

『ショウ君、欲しいもの考えておいてくださいね』

「え？　俺はゲームしてるだけなんだけど……」

実際に動画の編集したり、ライブしたりの苦労はミオンがやってるわけで。

「それにしても、ミオンのご両親はあっさりオッケーしてくれたんだな。うちみたいな放任主義だったりするの？」

『うちは母親しかいませんし、母は会社の経営をしているので、働くことには基本賛成です』

「そ、そうなんだ……」

なんかちょっと聞いちゃいけないこと聞いちゃったかな？

「税金周りの話が早かったので助かりましたー」

『先生にはいろいろとお手数をかけました』

俺の知らないところでいろいろあったらしいけど、要するに「いいけど、どういうバイト？」みたいな話になって、先生もまじえてちゃんと話したそうだ。

『ショウ君は何も心配しなくて大丈夫ですよ。あ、母から一度会いたいとは言われました』

「待って！　それめっちゃ不安なんだけど！」

「覚悟しておいた方がいいですよー。男の人なら人生で一度は経験することでしょうしー」

やべ、胃が痛くなってきたかも。無人島行きたい……

「お待たせ……」

入ってきたベル部長はかなりお疲れの様子で、ゲーミングチェアに深く沈み込む。

「八坂《やさか》先生に随分と絞られましたかー？」

「……将来、何をしたいって聞かれたので『ゲーム』って答えたら怒られました」

「それは私でも怒りますよー」

ヤタ先生の威圧感のあるニッコリから目を逸《そ》らすベル部長。

俺もそう答えかねないし、もうちょっとちゃんと考えとかないとダメかな……

『先生、これでいいでしょうか？』

「確認しますねー」

そのやりとりに「説明しなさい」という視線が飛んでくる。

「学校のバイト許可が下りたんで、収益化の申請をしてるところです」

「そう！　じゃ、収益化が通ったら、またコラボライブしましょ！」

ガバッと身を乗り出すベル部長だが……

「二人のコラボはしばらくはダメですよー。はいー、これで送信してくださいー」

「えっ？　なぜです!?」

『はい』

納得行かない様子のベル部長と、粛々と申請を行うミオン。

「あまりベルさんが出過ぎると一、誰のチャンネルかわからなくなりますよー。ベルさんだって自分のチャンネルを疎《おろそ》かにしてるー、なんて言われたくないでしょー？」

「うっ、そうですね……」

とクールダウンして座り直す。同じ部の活動とはいえ、外からはそれは見えないわけだし、ベル部長がずっとミオンのライブにいるのもおかしいよな。

「次のライブはもっとのんびりした内容がいいですねー。まー、急ぐ必要はないですしー、ライブは週に一度とかでいいかとー」

『はい』

「りょっす」

俺としてもそれくらい緩い方が助かるかな。

ゴブリン戦はちょうど良かった感じだけど、次は多分あの熊——アーマーベアなんだよな。

戦うにしてもせめて武器防具をまともにしてから戦いたいところ。

あ、そうだ！　武器防具の話で思い出した……。

「そういや、俺の妹は大丈夫でした？　周りの人に失礼なこと言ってたりとか」

「そんなこと全然ないわよ。あの喋り方だって、ゲーム内ならキャラ付けで済ませられるもの」

俺があいつのライブを見てる時も、あの喋りのままだったけど、野良パーティーの人たちも特にどうこうはなかったっけ。

ちょっと変な話し方ってぐらいで、別に礼を失してるわけじゃないか。

「タンクとしての動きもトップ組に劣らなかったわ。そうそう、あの長剣に大盾、鎧《よろい》は店売りじゃなさそうなのだけど……」

「あー、そっすね。本人に聞けば教えてくれると思いますよ。ソロでふらふらしてるんで、ちょくちょく誘ってやってください」

「でもいいの？　妹さん、中三でしょ？　受験もあるし、ゲームばかりってわけにも」

「あー、それは大丈夫です。あいつ、ああ見えて、全中模試で満点一位とか取るアホなので、遊んでても美杜は余裕かと」

「え？　満点一位……って、え？」

ベル部長の中で何かがバグってフリーズした模様。

『先生、通ったみたいです』

「早いですねー。ベルさんの時は一時間ぐらいかかった気がするんですがー」

とミオンのチャンネルを確認するヤタ先生。軽く確認したのち、

「ではー、収益化しましたーってお知らせを出しましょうかー」

『はい。ショウ君も見てください』

「りょ」

お知らせで「皆さんのおかげで収益化できました。ありがとうございます」って報告するらしい。先生とミオンの方で用意してあったらしく、俺も確認のために目を通すように言われた。といっても、俺が突っ込む場所とかないいんだけど。

「うん。大丈夫だと思う」

「じゃーー、出しちゃってくださいー」

お知らせがあがって、ちゃんと表示されてるか確認して、気がつくと午後5時をまわってた。今日の部活ＩＲＯはどうしよ……

『ショウ君、ごめんなさい。もう五時まわってますけど、どうしますか？』

「うーん、ちょっと確認にだけ入って、ルピにご飯あげて戻ってくるよ。一応、配信はしておくけど、すぐに戻るからアーカイブ確認でいいと思う」

『はい』

それはいいんだけど、ベル部長はいつフリーズから解けるんだろ……

◇◇◇

部活の時はログインして、石壁のベッドが消えてないのに安心し、ルピにご飯をあげた。

少し余った時間で、増殖してた光苔をまた別の場所に移植してからログアウト。

帰宅して、夕飯やら宿題やらいろいろ済ませてログインすると……

「なんか、光苔って案外簡単に増えるっぽいね」

『すごく綺麗です』

間接照明って言うんだっけ？　古代遺跡から漏れる明かりもあって、かなり明るくなった。

「さて、今日は外かな」

『西の森ですか？』

「そっちも行きたいけど、今日のところは罠を仕掛けるのと、海岸に置いてきた荷物回収するつもり。何か使い道あるかもだし」

洞窟を出て、昨日作った石窯が無事なのを確認。今までは肉を焼く用のかまどと、焼き物用の石窯は別だったけど石壁の魔法でレンガが作れるようになったので一体化した。

『石壁の魔法、いろいろ使い道がありますね』

「これに鉄板が追加できれば、バーベキューとかできそうなんだよな」

『お肉ばっかりで野菜がないですよ』

「そうなんだよな」

ゲームとはいえ、肉しか食べてないのは体に悪い気がする。

いい加減、兎肉《うさぎにく》以外の食材を探したいところなんだけど……

「あ……」

「ワフ？」

『どうしました？』

「この前見つけた小川に魚いるんじゃないかなと思って」

かなり綺麗な川だったし、川魚とかがいそうな気がする。あとは蟹《かに》とか蝦《えび》とか？

広場を東に少し歩いて河岸に出ると、またルピが駆け出して川へと飛び込んだ。

『ああ、ルピちゃん、飛び込んじゃうと魚が……』

「大丈夫。釣りするわけじゃないから」

少し上流の方に大きめの石を積んで囲いを作る。単純な囲い罠で、入り口部分は入りやすいけど出づらいように石を並べるだけ。

『それも罠設置ですか？』

「いや、これは昔、親父《おやじ》に教わった方法かな。これで魚が集まるようなら、蔓とか仙人竹《せんにんだけ》でかご罠作れないか試してみるつもり」

『すごいです。ショウ君、物知りすぎです！』

そうかな？　まあ、親父がキャンプとか好きだから知ってたってだけだと思うけど。

トカゲ肉が余ってるので、それをちぎって囲いの中に入れておく。魚がこれ食べるかどうかもわかんないけど。

「ルピ、行くぞ」

「ワフッ」

海岸の荷物を取ってきたら、また確認に来ることにしよ。

いったん広場に戻ってから密林を海岸へと進む。こっちの罠の数は少し減らそうかな。

バイコビットはルピが余裕で狩れるし、麻痺《まひ》毒と皮が有用なサローンリザードだけにするか……

「んー、やっぱり砂浜は気持ちいいなあ」

「ワフッ！」

砂浜にダッシュするルピを見送りつつ、俺は置き去りにしてあったガラクタの整理。

「ずっといい天気が続いてるけど、ここは雨とかあんまり降らないのかな？　王国とかだと普通に降ってるよね？」

『はい。豪雨っていうのは見たことないですけど、ショウ君のライブを見つける前に、帝国で雨が降ってるのは見ました』

「だよね。まあ、そのうちこの島でも天気が悪くなることはあるんだろうな」

その前に洞窟を占拠できて良かった。前のテントだったらひどいことになってた気がする。

今なら洞窟に避難できるし、雨が止《や》むまで採掘に鍛冶にとやることたくさんあるしな。

うん、天気のいい間に西の森をもう少し調べたい気がしてきた……

「ちょっと西の森の方も行ってみるよ」

『はい。熊に気をつけて』

「うん。ルピ、散歩行くぞ」

「ワフ」

西の森も兎と熊しかいないってこともないだろうし、罠を増やしてみるか。


「なんか、今日は雰囲気が穏やかな気がするなあ」

『そうなんですか？』

「前はもっとこう、怖いっていうかヒリヒリした雰囲気があったんだけど、今日は普通？」

と、気配感知の端に何かが引っかかった。

気配遮断がしっかり効いてるのを確認し、引っかかった方へとゆっくりと歩を進める。

『鹿ですね……』

ミオンの言葉に頷く。

結構でかいし、角がなかなか立派な鹿が一頭。平和そうに草を食《は》んでいるので狩るのが忍びない気もしてくるんだけど……


【グレイディア】

『灰色の毛を持つ大型の鹿。雄の角は鋭く硬いので注意。

料理：肉は非常に美味。素材加工：骨、腱《けん》、皮は各種素材となる』

うん、狩ろう。

まっすぐ近づくと奥へ逃げられそうだし、そろそろと反対側へまわり込もうと……

「あっ！」

『逃げられちゃいました』

「クゥン」

「ルピのせいじゃないよ」

しょげてるのを撫《な》でてやる。

気配に敏感っぽいし、俺の気配遮断のスキルが上がらないことには、近寄れないんだろうな。

とりあえず、この辺に罠を仕掛けとくか。

「あの鹿が食べてたのはこれか」


【レクソン】

『繁殖力が強い野草。

料理：辛味と苦味が強い。茹《ゆ》でるとマイルドになる。調薬：解毒薬の原材料となる』

少し葉をちぎって口に含むと、クレソンの独特の辛味と苦味が広がる。

『生で食べて大丈夫なんですか？』

「鹿が食べてたし平気だよ。っていうか、これクレソンみたいだし」

『クレソン？』

うん、まあ、そんなメジャーな野菜でもないし知らないか。

個人的には好きだし、鶏肉《とりにく》と鍋にしたら美味そうな気がするんだけど……調味料がなあ。っと、そんなことしてる場合じゃなかった。とりあえず、こいつは何株か採集して持ち帰るとして、罠を設置しとかないと。

ただ、今の蔓であの鹿――グレイディアを縛りつけておけるかは微妙。

「鍛冶《かじ》ができるようになったけど、さすがにワイヤー作るのは無理があるかな」

『あの熊を罠にかけるつもりですか？』

「いや、さっきの鹿でも、この蔓くらいは引きちぎりそうだなって」

『そうですね。もっと頑丈な……ロープなんかがあればいいんですけど』

ロープ！　ああ、そうか！　ロープでいいんだ！

「ミオン、さんきゅ！　ルピ、走って戻るぞ！」

「ワフッ！」


「ワフン！」

帰宅ダッシュは当然ルピの勝ち。それでも結構遅れずについていけたのは、ステータスのおかげかな？　ルピが手加減してくれてる説もあるけど。

『罠は仕掛けないんですか？』

「ちょっと蔓をアップデートしようと思って」

『アップデート？』

見てもらったほうが早いと思うので、さっそく作業開始。

蔓をゴブリンが持ってた棍棒で軽くしごき、樹皮部分だけを剝《む》く。これを集めて土鍋で煮る。水に少し灰を混ぜておくといいらしい。

「時間かかる作業でも一五分で終わるのがいいよな。あとは干して編めばロープになるよ」

『すごいです。ショウ君って、どこでそういうの習ったんですか？』

「親父とかじいちゃんかな。小学生の頃はキャンプとかあちこち連れていかれたから」

キャンプっていうか野営？　なんかサバイバルなことをいろいろ教えてもらった気がするけど、飲み水の確保も火の起こし方もＩＲＯなら魔法で済んじゃうしな。

煮込んでる間に簡易の物干しを作る。といっても、前に組んだテントのフレームを作り直すだけ。

「そろそろいいかな」

『火傷《やけど》しないでくださいね』

「大丈夫大丈夫」

棍棒で絡め取って水を張った壺に移す。軽く洗って絞ってから干していくんだけど、家で洗濯してるみたいな気分になってきた……。

これも一五分で乾くのかな。ま、今のうちに川の様子見に行くか。

「ルピ、今度は川に飛び込まないでくれよ」

「ワフン」

川まで降りてきて囲いの中を見てみると、結構大きな川魚が五匹ぐらい入り込んでいる。

「よしよし。あとは入り口を閉じて捕まえるだけだな。ルピ、逃げそうだったら頼むぞ」

「ワフッ！」

捕まえた魚を壺に放り込んでいく。

飛び跳ねて逃げそうになったやつはしっかりとルピがキャッチ！

「ナイス！」

『ルピちゃん、ナイスです！』

捕まえた五匹は全部同じ魚っぽい。とりあえず鑑定。


【フラワートラウト】

「清流を好む淡水魚。

料理：焼く調理が一般的。燻製《くんせい》なども美味」


おお！　これは美味そう！

〖古代遺跡が発見されました！〗

「え？」

あ、そうか。「された」だから、俺じゃないな。

誰か他のプレイヤーが見つけたっていうワールドアナウンスだよな、これ。

『少し見てきます』

「うん」

ミオンは公式フォーラムでも覗きに行ったのかな。

この島とは関係ないだろうし、そんな慌てなくてもいい気がするけど。

「ルピ、戻って料理しようか。魚嫌いじゃないよな？」

「ワフン」

料理っていっても、とりあえず串に刺して焼くぐらいかな。

うーん、フライパンが欲しい……。というか、油とか小麦粉とかバターとか、料理のことを考えるだけでも、足りないものが多すぎるんだよなあ。

このフラワートラウトは燻製も美味《おい》しいらしいけど、やっぱり塩とか香辛料がないとだし、そろそろ塩は真面目に考えるか。

フラワートラウトをさばいて串に通して遠火にかざす。

ルピが目をキラキラ、しっぽふりふりでそれを眺めてるのが可愛い。

淡白な味かなと思ったけど、脂が乗ってるのかいい感じにポタポタと……

『戻りました』

「おかえり。何かわかった？」

『古代遺跡を見つけたのは、ベル部長のパーティみたいですよ。スクショが上がってるのを見ましたが、セスちゃんも写ってました』

「マジか……」

ミオンの話だと、王国の南東側に古代遺跡の塔を見つけたらしい。

結構高い塔らしいけど、近づくまで見えなかったとかどうとか。まあ、ゲームギミック的なものなのかな？

『明日のライブで中に入ってみるとか言ってたそうです』

「さすがに今日見つけて、すぐ突入はしなかったんだ。いや、単に明日のネタにしただけか」

『明日はベル部長のライブ見ます？』

「うーん、まあ明日の部活の時間に聞いてからかな」

見たい気持ちもあるけど、それ以上にこっちもやることが多い。っと、魚焼けたかな？

「あちっ」

一匹を木皿に移してナイフで割ってみる。しっかり中まで焼けてるっぽい。

「もうちょっと待って」

「ワフ」

スンスンと匂いを嗅いで待ちきれなさそうなルピ。

火傷させたくないので、もうちょっとだけ『待て』してもらう。残りも皿に移したところで、

【料理スキルのレベルが上がりました！】


あ、うん。レベル上がって何か差があるのかわからないけど、まあいいか。

それよりも出来上がりの方が気になる。仙人竹から作った箸でまず一口……

「うまっ！　ルピ、食べていいぞ。熱いから火傷するなよ？」

「ワフ！」

ちゃんと冷めたところからガツガツと食べてる。というか、骨もバリバリ噛み砕いてて強い。

『美味しそうです……』

ミオンが恨めしそうにそう呟《つぶや》くんだけど、分けてあげることもできないしなあ。

二人で五匹を平らげてお腹《なか》いっぱいに。満腹度が一〇〇%を超えてそう……


【古代遺跡が発見されました！】


「えっ！　また？」

『見てきますね』

「あ、うん、いってら」

ルピも満腹になったからかお昼寝モードっぽいし、俺はロープでも編もうかな。

十分に乾いてる蔓の樹皮をよったものを二本絡めていく。太さは加工前の蔓と同じぐらいになるけど、強度は随分と上がったはず。

「ん、いい感じ」

軽く引っ張って強度を確認してると、

【素材加工のスキルが上がりました！】

今度はこっちか。まあ、5まではやってればすぐ上がるって話だもんな。


【ワールドクエストが開始されました】


「は？」

ワールド……クエスト？　ナニソレ??

『ショウ君、戻りました。けど、また何か起きたみたいですね』

「うん、ワールドクエストだって。ちょっと見てみるよ」

ゲーム内の通知が光っているので開いてみる。っていうか、クエスト確認用のウィンドウあったんだな。セスも使ってなかったし、全然知らな……ベル部長が見てたっけ。

「えーっと……」

【ワールドクエスト：生存圏の拡大】
『グラニア帝国の皇帝ジクレストは後継者を決めぬまま崩御し、第一皇子ジグムント、第二皇子バークレストの後継者争いは内戦へと発展してしまった。
戦いを嫌う帝国民はウォルースト王国、マーシス共和国へと逃れることとなり、両国は急激な人口増加に生存圏の拡大を余儀なくされた。
目的：未開拓地からの魔物の掃討、および、新たな街の開発。達成状況：０％』

「なんかすごいオーダー来てる。新たな街を作れだってさ」

『プレイヤーだけが住む街を作るんでしょうか？』

「うーん、さすがにそれは無理な気がするけど……」

ショップ店員とかギルド受付をロールプレイしたい人はいない……いても少ないよな。

「えーっと、また見つかった古代遺跡の方は何かわかった？」

『はい。マーシス共和国の南、森の奥にダンジョンが見つかったそうです』

いまいちピンと来ないけど、共和国の南って山脈だったよな。両方の国で古代遺跡が見つかったから、ワールドクエストが発生した？

『ちなみに、見つけたのはゲームドールズの人たちだそうで、明日ダンジョン攻略をライブ配信するって言ってました』

「あらら。ベル部長も大変だなあ……」

同じ日に、多分、時間帯も同じぐらいだろう。

そうなるとやっぱり比べられちゃうんだろうけど、相手はそれが仕事って人たちだしなあ。

『私たちやこの島には関係ないですよね』

「うん。実際、部長を手伝えることもないし」

そんなことを話しながらロープを編んでいると、ゴロゴロという重低音が空から鳴り響く。

「え？　まさか雷？」

『少し暗くなってきてませんか？』

「やべ！　せっかく干したのに濡《ぬ》れるのはまずい。ルピ、中へ入って！」

「ワフ……」

残りの乾かした樹皮を取り込み、眠そうなルピを追い立てて洞窟の中へ。

入口付近で外の様子を見ていると……

「うわっ！　めっちゃ降ってきた！」

『ショウ君、水が洞窟に入ってきませんか？』

「あ！　えーっとえーっと……〈土壁〉！」

洞窟の入口に膝丈ぐらいの土壁を設置。やばくなったら高くしよう。

「あーあ、石窯が外だから、料理も陶工もできないか……」

火を使う作業は中でやると酸欠で死にそうだししょうがない。古代遺跡の鍛冶部屋だと大丈夫なのかもだけど、まずは鍛冶を試してからだよな。

滝のような雨のせいで、広場には大きい水溜《みずた》まりが二つ、三つとできている。

ぼーっと外を見ててもしょうがないしと、洞窟内の広間まで戻ると、ルピはいつの間にかベッドに横たわってお休み中。やっぱちょっと育って大きくなってる気がする。

「とりあえずロープ作り終えるか」

ルピの隣に腰掛けると、

【住居の獲得：1SPを獲得しました】
【マイホーム設定が可能です。設定しますか？】

「え？　住居？」

『この洞窟が住居ということでしょうか』

「うーん、そうなんだろうけど住居って言われると……」

とりあえず寝るスペースがあるから？　それ以外はほぼ何もないんだけど。

「このゲーム、わからないこと急に聞いてくるの多すぎない？」

『それなんですが、設問やアナウンスの文言にヘルプを出せるそうですよ』

「あ、はい……」

そういうの全く知らないままゲームしてるな、俺。

マイホーム設定についてはいったんスルーして『住居の獲得』の方に触れると、ちゃんと説明表示が現れる。えーっと……


【住居の獲得】

『人が生活を営む空間を、祝福を受けし者が所有した場合に得られる褒賞』


どうやら合ってるっぽい。ということは、この洞窟は俺が所有したことになるのか。

「なんで今のタイミングって気がするけど、あの土壁のせいかな。あれで生活を営む空間が定義されたような気がする……」

『なるほどです。でも、そうすると古代遺跡はどっちなんでしょう？』

「うーん、どっちだろ。とりあえずこれの説明も見てみるか……」

もう一つの『マイホーム設定』に触れてみると、

【マイホーム設定】

『祝福を受けし者が所有する住居のうち、自宅に設定した場所のこと。リスポーン地点として直近のセーフゾーンかマイホームかを選択可能になる』

「なるほど。普通にゲームしてる人には便利かな」

直前セーフゾーンか自宅かって選択は、まあまあ使われそうな気はする。

俺もこの島のもっと広い範囲で活動するようになったら使うかも？

『ショウ君、その表示を出したまま、歩いてみるというのは？　住居じゃないところまで行くと、その表示が消える気がします』

「ああ！」

というわけで、さっそくウロウロしてみる……このセーフゾーンも家の中扱いなんだ。

いや、普通は街全体がセーフゾーンだから、別におかしくないのか。

「やっぱ遺跡の中は違うっぽい」

『地続きなのにダメなんですね』

「あの途中の扉が開いてたら違ったのかな？　まあ、そんな広くてもしょうがないし、そもそも島に俺しかいないから一緒なんだけど」

『マイホームというよりは自分の国ですもんね』

「じゃ、島の全体を把握したら国名でも考えるか」

そんなやりとりをしつつ、洞窟の入口、土壁を越えると『マイホーム設定～』が消えた。

「うん、この土壁までっぽい」

『基準がよくわからないですね』

「普通は土地を買って、家とか建てるからわかりやすいんだろうけど、ここは洞窟だもんなあ。まあ、不都合もなさそうだし、マイホーム設定しておくかな」

いずれちゃんとした家を建てたら、そっちをマイホームに設定しよう。さすがに変えられないっ

てことはないだろうし。ってことで「はい」を選ぶと、

【建国宣言が可能です。宣言しますか？】

『冗談のつもりだったんですけど……』

「プレイヤーが建国可能って、どこまでサポートしてるんだよ、このゲーム……」

そのまま表示をそっと閉じる。

『しないんですか？』

「やるといろいろと問題というか、面倒なことになりそうな気がするんだよな」

ワールドアナウンスはほぼ確実に出ると思う。ＳＰも結構もらえるだろう。

けど、そうなると、マップ画面でこの島の位置がバレるんじゃないかと。ひょっとしたら、この島がスタート地点として選択できるようになるかも？

まあ、そういう話にならなくても、国になったからっていう理由でＮＰＣが急に現れたりするのもなんか違うというか……

ゲーム内は可能な限り一人ぼっちなソロプレイを通したいんだよな。というようなことをミオンに説明する。

『誰か別の人が来ちゃうのは絶対ダメです！』

「だよね。なんで、動画にする時もさっきの部分はカットして欲しいんだけど……」

『もちろんです！』

で、これはベル部長にも知らせとかないとまずいかな？

ワールドクエストでの生存圏の拡大、『新たな街の開発』とかが進むと、きっと誰かが俺と同じようなことになるはず。

「ベル部長ってＩＲＯ中？」

『です』

「じゃあ、明日の部活の時にでも話すか」

話してどうにかなるものでもないとは思うけど、せめて部長の周りの人たちがめんどくさいことにならないように。

『急がなくても大丈夫です？』

「うん。建国なんてワールドクエストがもっと進んできてからだと思うし」

実際にユーザーが建国とかなると燃える展開なんだけどなあ……

【帝国・王国・共和国】IRO雑談総合【みんな仲良く】

【一般的な王国民】
新規の人たちが増えて、王都広場がすごいことになってるな。
初期装備の人たちを見ると初々《ういうい》しくていい。

【一般的な帝国民】
早めに逃げるべきだった。
新人さんどこ……帝都怖い……

【一般的な帝国民】
帝都西門の衛兵に幾らか摑ませて、街道沿いに北西のアンハイム領まで行くといい。
あそこは治安もまともだし、俺はそこからさらに西へ抜けるルートで王国まで来た。

【一般的な帝国民】
ありがてえありがてえ……
共和国側に逃げたかったがしょうがない。
どっちにしてもここじゃキツいのでチャレンジしてみる。

【一般的な共和国民】
王国まで来ても名前欄は『帝国民』のままなんだ？

【一般的な王国民】
ギルドで登録しなおせば変わる。ソースは俺。

【一般的な共和国民】
なるほど。妙なところでフォーラムと連動してるんだな……
【一般的な王国民】
ん？　じゃ、無人島の彼が書き込んだらどうなるんだ？
【一般的な共和国民】
やっぱり「無人島民」とか？
【一般的な王国民】
なんか言葉として矛盾してる気が……≫無人島民
チュートリアルで冒険者ギルドに登録するけど、その前に書き込むと違ったよね？
【一般的な王国民】
その時は「一般的な冒険者見習い」だったような。
【一般的な共和国民】
どうみても見習いじゃない件。
【一般的な王国民】
スタート地点は増えたけど、無人島スタートは閉じたまま？
【一般的な王国民】
開けたって話が載ってないし、閉じたままだろうな。
俺が運営なら新規が増え続けてる今開ける気にはならん……

【もふもふ】調教スキル情報交換スレッド【うちの子かわいい】
調教スキルの情報交換場所です。
［よくある質問］
Q．どうやったら調教スキルが取れますか？
A．まずは仲良くなりたい相手を探しましょう。
仲良くなって、離れたがらないほど相思相愛になれば、調教スキルが取れるようになります。
Q．○○をテイムしたいけど、どうしたらいいですか？
A．個別のテイムまでの道のりは攻略ｗｉｋｉを調べてみてください。≫［リンク］
見当たらない？　あなたが第一人者になって教えてください。
Q．テイムした相棒はＨＰ０になるとどうなるんでしょう？　死んでしまうとかだと怖くて……
A．ＨＰ０になった相棒は先にリスポーンポイントに戻ります。
女神の祝福に感謝を。そして相棒は大切に。
Q．先駆者ショウ君って誰？
A．このスレの救世主で、ＩＲＯで唯一無人島に住んでます。（多分）
調教スキルの取り方を見つけ、かつ、超可愛い狼《おおかみ》（？）をテイムした神です。

【一般的な調教師】
三毛猫テイムできました！

このスレと攻略ｗｉｋｉのおかげです！

【一般的な調教師】

猫ちゃんは手間要らずだけど、目を離すとふいっといなくなってるから注意な。

【調教師未満の一般人】

質問なんですが、テイムした相棒はパーティメンバーとしてカウントされますか？

【一般的な調教師】

荷馬車護衛クエで五人とか言われたけど、うちの子（犬）はカウントされてなかったよ。

【調教師未満の一般人】

ありがとうございます！

ずーっと懐いてくれてる馬がいて、譲り受けようか迷ってましたが決心しました！

【一般的な調教師】

え？　馬？　ちょ、ちょっと待って!?

【一般的な調教師】

馬もカウントされないから大丈夫。

護衛クエとかだと、その人は馬で伴走することになる。

その分、空きに積み荷を増やせるからって、報酬にプラス出たりするよ。

【一般的な調教師】

そうなんですね。良かった……

☆参戦バーチャルアイドルについて語らう☆
【推しが尊い冒険者】

ミオンたんのところが収益化したみたいだぞ！

めでたい！　次のライブいつだろ？　ご祝儀投げ銭準備しねーと。

【推しが尊い冒険者】

おお、マジだ。つか、めちゃくちゃはえーな。

ご祝儀砲用意すっべ。

【推しが尊い冒険者】

最初の動画だけで収益化の条件クリアしちゃったからな。

この前のライブの視聴者数もやばいし、そのアーカイブの再生数もすごいことになってるし。

今のゲーム系新人の中では注目度ナンバーワンだもんな。

【推しが尊い冒険者】

さっそくというか切り抜き動画が出てきてるねえ……

【推しが尊い冒険者】

元のアーカイブも切り抜き禁止とかにしてないからなあ。

ベルたそのところも禁止にしてないし、方針としては同じにするのかね？

【推しが尊い冒険者】

ちゃんと元動画への誘導と還元があるならいいんだけどね。

勝手に自分の利益にしようって連中は俺らが通報するべ。

【推しが尊い冒険者】

んだんだ。

てか、収益化したなら専スレ作るべ！


【帝国・王国・共和国】ＩＲＯ雑談総合【みんな仲良く】

【一般的な王国民】

さっきの『古代遺跡が発見されました！』はベルたそらしい。

場所的には王国の南東、帝国から見ると南西で、どっちの国でもないあたりだな。

【一般的な共和国民】

最初がどこなのかは不明のまま？

【一般的な王国民】

不明のままだけど、例の無人島だろうなって話。

ライブの時の洞窟が怪しいんじゃないかって。

【一般的な王国民】

おい、また古代遺跡来たぞ。今度はどこだ？

【一般的な共和国民】

これで三つ目か。こんなペースで見つけてたら、あちこち古代遺跡だらけになるんじゃね？

【一般的な共和国民】

判明した。ゲールズの子たちが共和国の南の森の奥で見つけたらしい。

【一般的な共和国民】

うわ、近くだから見にいけばよかっt　は？　ワールドクエスト？？？

【一般的な帝国民】

メニューになんか来てる。これは……また帝国民は置いてけぼりか？

【一般的な帝国民】

帝都にいるんなら早く脱出しとけ。

北部のアンハイム領は内乱には消極的だ。というか、避難民でそれどころじゃなくなってる。

避難民に住む場所用意するのも、多分、このワークエの一部だろう。

【一般的な王国民】

王国の王都ですら人が溢《あふ》れてるもんな。

しかし、新たな街を作れってどのあたりなんだろう。

【一般的な共和国民】

その辺は偉い人が指示してくれるんじゃないの？

プレイヤーがあちこち勝手に開拓したら怒られそう。

【一般的な帝国民】

でも、帝国と王国と共和国って国境が曖昧だよな。

未開拓地なんだし、誰の土地なのかもはっきりしないんじゃ？
【一般的な王国民】
土地持ちになれる可能性が俺らプレイヤーにも？
【一般的な帝国民】
おいおい、土地所有とかマジかよ。
【一般的な王国民】
でも、お高いんでしょう？
【一般的な共和国民】
いえいえ、安心なさってください。
今なら帝国の一部を無料でプレゼント！
【一般的な帝国民】
お前らが言うと洒落《しゃれ》になんねーよ……

03　火曜日　タスク整理

「……」

俺が出してしまった『建国宣言しますか？』を見てフリーズするベル部長。

この人、ちょくちょくフリーズするんだけど大丈夫なのかな？

『部長、大丈夫ですか？』

「え、ええ、大丈夫よ」

動画を見終えて、ゲーミングチェアに深く沈み込む。

「ワールドクエストの内容を見たんですけど、これと関係ありそうだなって」

「あるでしょうね。私たちが今日のライブで行く塔のあたりも王国の領土じゃないのよ」

「へー、ってことは開拓して入植すれば建国宣言できるかも？」

『魔女ベルの館で建国とかすごいことになりそうですね！』

「それはそうなのだけど、今のこの状況で建国宣言なんかしても面倒ごとしかないわよ？」

「なるほど……」

塔の場所は王国の南東、帝国から見ると南西。確かに微妙な場所。

「二人は今王国内がどうなってるか知ってる？」

「昼にナットから聞きましたけど、ＮＰＣの難民が街の外まで溢れてるとか」

「彼らのために早めに新しい街を作る依頼が、冒険者ギルドに並び始めたわ」

地域一帯の魔物の駆逐、安全の確保、開拓、そのための物資の輸送やら何やらと初級者から中級者向けの依頼が貼り出されてるらしい。

『部長たちも依頼をこなしてるんですか？』

「ええ、王国のトップ組は私たちの南東、レオナ様の北西に分かれてるわね。それで一番奥まで行ったところで古代遺跡を見つけたのよ」

「へー。そういえば結構高い塔なんですよね？　遠くから見えたりしなかったんです？」

「ああ、それね。塔の近くまで行かないと見えないらしいのよ。古代魔法で隠蔽されていたって話だけど、システム的なものかしらね」

古代魔法って洞窟の奥の扉もそうだったっけ。まあ、プレイヤーじゃないと見つけられないとかそういうのかな。

『その塔までずっと開拓するんですか？』

「そうね。途中に大きめの川があったから、そこを中心に一つ街ができることになると思うわ」

「そこで誰か建国宣言したりしません？」

「……可能性はあるわね。まあ、私の周りには止めておくように言うわよ。

勝手に国を作ったりしたら、軍備が整う前に隣国が攻めてくるでしょ。それに負けて『三日天下』とか『金柑頭《きんかん》』とか称号が付いたら洒落にならないわ」

さすがに不名誉称号はない気がするけど、他のプレイヤーからそう呼ばれるのはやだな。

『あの……依頼で開拓してるなら、その土地は依頼主のものになるんじゃないでしょうか？』

「あ……」

「……そういえばそうね。確かウォルースト王国の伯爵家だったかしら」

そんな話をしているところにヤタ先生が現れる。

「揃ってますねー。今日はミオンさんが動画をあげる日ですけどー、準備はできてますかー？」

「あ、やべ、そうだった」

『動画はできてますので、確認お願いします』

えーっと、今回は罠を作って仕掛ける話と、それをチェックに行く話か。

この雑魚ゴブリンを倒してくれたサローンリザードも、今はもう素材になってるけど。

「この大きなトカゲって王国の周りでは見かけないわね。もっと南の方に住んでるのかしら？」

「おっけ」

「質問タイムは後にしましょうねー。問題ないと思いますしー、これをアップしましょうかー」

『はい』

アップ作業してる二人を横目に、ベル部長から「説明せよ」っていう視線が……

「島の南東側は温帯？　亜熱帯？　なんかそういう感じですね。南西側は温帯って感じで……グレイディアっていう灰色の鹿を見かけました」

「グレイディアは王国のあちこちの森で見かけるわね。狩猟の依頼もあるけど、弓のスキルがそれなりに高くないと厳しいらしいわ」

「なるほど。弓か……」

ゴブリンアーチャーからゲットした弓、あれ修理しようと思って忘れてたなあ。

うーん、やらなきゃいけないことがたまりすぎてる……

『投稿終わりました』

「あ、うん」

ちゃんと再生されるかなって見に行くともう再生数が二桁。どんだけチェック早いんだよ。

『今日の部長のライブは見に行った方がいいですか？』

「ああ、気を使わなくてもいいわよ。お互いがお互いのライブを見てるとゲームする時間がなくなっちゃうもの。それにショウ君の嫌いなネタバレを見ちゃうかもしれないわよ？」

「うっ、すみません」

もうちょっと島での生活が落ち着いたらベル部長のライブも見に行きたいんだけど、さっきの弓の件もそうだし、タスクが積み上がっててやばい。

「その前にちゃんと勉強しましょうねー。中間・期末で一教科でも赤点があったら、補習が終わるまで部活禁止ですからねー」

『はい』

「うっす」

「……」

……ベル部長？

「ベルさんは理系教科は優秀なのにー、文系教科は全然なんですよー。顧問の私が国語教師なのにひどいと思いませんかー？」

　その言葉にプイッとそっぽを向くベル部長。姫カット和風美人って普通は逆じゃないの？

　俺の中で『数学は苦手だけど国語は完璧』ってイメージだったんだけど。

『意外です』

「だいたい『この時の作者の気持ちを答えなさい』なんて……」

「それは『締め切り延びろ』っていうお約束ですよね」

　そう言うと不機嫌そうな顔になる。

『社会とかも苦手なんですか？』

「日本史と世界史は完璧よ。いろんなシミュレーションゲームで勉強したもの！」

　ＩＲＯのライブをやる前は古いシミュレーションゲームのライブとかもしてましたね……

　序盤で『貴公の首は柱に吊《つ》るされるのがお似合いだ』とか宣戦布告されて叫んでた気がする。

「選択教科はいいんですがー、国語はもう少し勉強しましょうねー。赤点の回数が多いと美杜大へのエスカレーターに支障が出ますよー」

「はい……」

　うへ、そうなんだ。俺も気をつけよ……

〈ショウ君は理系と文系どっちですか？〉

〈え？　うーん、まだ決めてないかな。どっちも普通だし……〉

〈そうなんですね。決めたら教えてください〉

〈あ、うん〉

俺のＩＮＴボーナスは全て美姫に行ったからなあ……

ヤタ先生から「ちゃんと勉強もしないとダメですよー」っていうお小言をもらうことしばし。

怒られてるのはベル部長だったんだけど、明日は我が身にならないようにしないと……

『ショウ君、ルピちゃん、こんにちは』

「ようこそ、ミオン」

「ワフン」

『外の天気はどうです？』

「あ、ちょっと見てくる。雨音は聞こえないけど」

洞窟を出ると、昨日土砂降りだった雨はすっかり上がっていい天気。

広場にできていた大きい水溜《みずた》まりが少しだけ残ってるぐらいで、他はすっかり乾ききっている。

石窯もしっかり乾いているので、とりあえず飯にはできそうかな。

「ご飯にしようか」

「ワフ」

ルピに兎肉を切り分けてあげ、自分の分は……まだ大丈夫だし夜でいいか。

兎肉もそろそろ在庫切れになりそうだけど、今日は先にやっておきたいことがあるんだよな。

「部活終わりまで一時間ぐらい？」

『はい、それくらいです』

「ちょっと手分けしようか。ルピ、ご飯終わったらバイコビット二匹狩ってきてくれる？」

「ワフン」

任せろというドヤ顔を返してくれる。

密林のあたりには、もうルピが適《かな》わない相手もいないと思うけど、それでもちょっと心配。

「サローンリザードには気をつけてな。俺は奥で採掘してるから、あとは好きにしてていいよ」

「ワフ」

しっかりと兎肉を平らげ、やる気まんまんで出かけていくルピを見送る。

「じゃ、俺は鉱石を掘るか」

『いよいよ鍛冶ですね』

「うん、順番考えて効率良くやらないとね」

まずはツルハシを作って、鉄鉱石を手早く採掘できるようにする。

その次は斧を作って、木を切り倒せるようにしたい。あとは大工道具を作っていけば、目標のログハウスに近づける。いきなりログハウスは無理でも、とりあえず木箱とかが作れるようになれば、いろいろとはかどることも多いはずだし。

一応、妙な気配がないかを注意しつつ古代遺跡を奥へと進む。

通路も鍛冶場も変わりなく、突き当たりの扉はやっぱり閉まったままだ。

「一番怖いのは、これが向こうから開くことなんだよなあ」

『開くかもしれないんですか!?』

「あ、いや、装飾とか見てもプレイヤーじゃないと開けられない扉だと思うけど、なんとなく
ホラーゲームとかによくある展開というか……フラグっぽくなるからやめよう。

階段を下りて採掘場に来ると、前よりも光苔が育っていてかなり明るい。

入口の扉を開けっぱにしてたし、雨も降って湿気がここまで来たせいかな。

「さて、持てるだけ掘っていくか」

採掘ポイントを錆《さ》びたナイフとカナヅチでガンガンやる。一つの採掘ポイントから鉄鉱石が数個
採れ、複数あるそれを順にガンガンと……


「ワフッ！」

「お、ルピおかえり。もう狩ってきたのか。えらいぞー」

足元に二匹のバイコビットを置いて、ドヤと胸を張っておすわりしているルピ。しっかりと撫で
て、褒めて伸ばしていく方針で。

ひとしきり褒めてあげたところで、バイコビットは解体してインベントリに放り込む。

肉を少し切り分けて、ルピへのご褒美とおやつに。

「いったん鉱石を鍛冶場に運ぶか。これ全部一度に突っ込めるかな？」

『一度、試運転した方が良くないですか？』

「あ、確かに……」

容量一杯まで鉄鉱石を放り込むつもりだったけど、消費MPがどれくらいかも調べないと。

「う、重っ」

鉄鉱石の単体の重量があるせいか、体にずっしりとくるものが。

インベントリ自体のシステムはゲームっぽく都合のいいものなのに、重量はちゃんと負荷かかるんだな。これSTR上がればもっと持てるようになるんだろうか。

鍛冶場の古代魔導炉の隣に採掘した鉄鉱石をぶちまける。これも木箱とかあればいいんだろうけど、今のところはしょうがない。

「えーっと、ここから入れるのか」

実際の鉱石からインゴットを作る方法なんて知らないけど、古代魔導炉の前面にある扉を開いて、そこに鉄鉱石を放り込む。

とりあえず五つ放り込んで扉を閉め、炉に手を添えてマナを注いでみる。

『大丈夫そうです？』

「多分？　MPは二割ぐらい持ってかれたかな。これで動いてるんだよな？」

『鑑定してみるのはどうでしょう？』

あ、うん、そうでした。

【古代魔導炉：作動中：完了まで約15分】

「よし！　動いてる！」

『やりましたね！』

これも一五分で済むのは助かる。どういう出来上がりになるのかわからないけど、とりあえずこれで放置するしかない。

「あとはこれでどれくらいのインゴットができるかだな」

『ツルハシ作るのにどれくらい必要なんでしょう？』

「うーん、一般的なツルハシの頭のサイズってこれくらい？」

手を肩幅ぐらいに広げる。もうちょっとでかかったっけ？

『集めてきた鉱石全部で足りないかもですね』

「だよなあ。インゴットになったら、元の半分以下になってそう」

でもまあ、それならそれで何度か掘りに行けばいいだけの話か。掘る場所も全然近いんだし。

「部活終わりまで三〇分ぐらい時間ある？」

『はい、三五分ありますよ』

「おっけ。ちょっと散歩がてら川の様子でも見に行くかな」

「ワフワフ」

散歩と聞いて俺を急《せ》かすルピ。

行って帰ってくる頃には、ちょうどインゴットも出来上がってるはず？

洞窟を出て川へ出ると、昨日の土砂降りでかなり水位が上がり、河原が完全に水没していた。

水も前は魚も見える透明度だったのが、今は濃い緑で全然見えないレベルに濁ってるし。

正直、ゲームでここまでやるんだって感じだ……

「あー、これじゃ、今日は魚は無理だな」

「クゥン」

水浴びしたかったのか、ルピもしょんぼり。

結局、林の中を散策し、パプの実やら蔓やら採集して帰宅。

「さて、できてるかな？」

【古代魔導炉：精錬完了】

『終わってますね！』

「よしよし。扉を……熱くないよな？」

恐る恐る取っ手に手をかけて開けると、そこには一本の鉄のインゴットが鎮座していた。

少しだけ熱気が出てきたが、炉の中も十分に冷めてるっぽい。

「えーっと、鉱石五個で一本だったから、三個か四個か五個で一本になったはずだよな。ということは、鉱石九個で試して、三本なら三個、二本なら四個、一本なら五個になるはずで……」

『あの、ショウ君。私、調べてきましょうか？』

「あ、うん、お願いします……」

◇◇◇

「んー、やはり兄上の作るオムライスは絶品よの！」

毎度喜んでくれるのは嬉《うれ》しいんだけど、口についたケチャップを拭け。

「そいや、今日はベル部長と古代遺跡の塔に行くんだよな？」

「部室で待ち合わせてから向かう手はずとなっておる。兄上の見送りを期待したいところだのう」

「わかったわかった。それより、部長にも話したんだけど……」

タブレットを持ってきて、例の『建国宣言が可能です』っていう動画を見せる。

「なんだ、兄上はまたやらかしたのか。そろそろ『俺、何かやっちゃいました？』というセリフを練習をしておくべきではないか？」

「お前なあ……。それよりノリで建国宣言とかしないでくれよ。ベル部長も一緒なんだし」

「うむ。ワンセッションなゲームであればノリでやっても良いのだが、さすがにＭＭＯＲＰＧで周りに知り合いがおる状況ではの」

それを聞いてほっとする。

「で、どう思う？」

「ふむ。『ＩＲＯの運営がどこまで考えておるのか』という話であれば、かなり本格的に建国が可能なのではないか？」

「本格的ってどれくらい？」

「そうよのう。簡単に言えばプレイヤーズギルドの豪華上位版というところではないか？」

「なるほど……」

よくあるＭＭＯＲＰＧのプレイヤーズギルドだと、ギルドの管理運営はある程度自動でやってくれるもんなあ。

プレイヤーに国を丸ごと任せるのは現実的に無理だろうし、内政面の実務的な部分はＮＰＣを雇ってやってくれるとか？

「でも、プレイヤーズギルドがまだなのに、そこまで実装してあるかな」

「それなのだが『まだ』ではなく誰もその機能に気づいておらんだけかもしれんぞ」

「ああ、そういうことか……」

何かしらどこかに手続きを出せば、実はもうプレイヤーズギルドも作れるかも？

俺のいる無人島なんかを作り込んでる余裕があるくらいなんだし、普通のプレイヤーがやりたいと思うようなことは、実はもう実装済みで気づいてないだけとか……

「ごちそうさまでした！　兄上、そろそろ急がんとだぞ」

「あ、やべ。洗い物やっとくから、お前は先に行っとけ」

「うむ。件《くだん》の話は私からしておこうぞ」

「おう、頼む」

こういう時は頭の切れる妹で助かるよ、ホント。

「ばわっす。遅くなりました」

『ショウ君』

バーチャル部室に入るとミオンが手を振って迎えてくれる。

時間は午後七時四五分。そろそろベル部長もセスもＩＲＯに行かないとまずいよな。

「ああ、来たわね。セスちゃんから話は聞いたわよ」

「あ、はい」

セスを見ると、うむうむと腕組みして頷いている。隣にはヤタ先生もいて、

「実装済みだけど誰も気づいてない可能性は十分ありそうですねー。ともかくー、今はベルさんのライブに集中しましょー」

とそうだった。ライブ開始まであと一〇分切ってる。

「はい。じゃ、行ってくるわね」

「兄上、またの」

「おう、頑張れよ」

『いってらっしゃい』

二人を見送ってから席につく。

「ちょっと冒頭だけ見てからでいい？」

『はい！』

開かれているライブ配信予定地にはすでに一万人弱が待機中。

知ってはいたけど、自分の知り合いだと考えると、やっぱとんでもないよな……

「本番まであと一〇秒……五、四、……」

と午後八時になって、すぐ放送が始まった。

『いえーい！　魔女ベルのＩＲＯ実況はっじまっるよー！』

そしてすごい勢いで流れていくコメント欄……千円以上の投げ銭も飛んでるし。

『さて、今日はこの前見つけた古代遺跡の塔にチャレンジするわよ！　メンバーにはいつものゴルドお姉様と、前回に引き続きセスちゃんに来てもらってるわ！』

『よろしくね～ん』

『よろしくの！』

ゴルドお姉様。魔女ベルの初期からのコアファンなんだけど、スキンヘッドの筋肉親父でさらにお姉様っていう属性てんこ盛りで、この人にもファンがついてるっていうレベルの人。

ＩＲＯでは神官戦士をやってるらしく、丸太ほどもある腕から繰り出される戦鈇《メイス》の一撃はゴブリンを圧殺するらしい……

「気になってたんですけど、ゴルドさんってリアルの知り合いなんです？」

「沖縄にいるベルさんの叔父さんですねー。そうそうー、夏にはゴルドさんが営まれてる民宿に合宿に行きますよー」

え？　叔父？　沖縄？　合宿？　と俺が混乱していると、

『合宿はいつごろですか？』

「八月の初旬ですよー」

時期も決まってるってことは本当に合宿するんだ。

……待て。俺が合宿行ってる間、美姫はどうすりゃいいんだ？　真白姉が帰ってきてればいいけど。いや、それも怖いな。家の中がグダグダになりそうな予感。

『追加のパーティメンバーは現地で募集するわ。っとその前に……』

ベル部長、もとい魔女ベルが足を運んだのは冒険者ギルド。

何かクエストを受けるのかなと思ったら、

『ごめんなさい。ちょっと聞きたいことがあるのだけどいいかしら？』

『はい、なんでしょうか？』

空いている窓口の職員を捕まえて何を聞くんだろうと思ったら、

『ギルドを作りたいと思っているのだけど、どうすればいいのかしら？』

『えっと、少々お待ちを……。なるほど、実績もあるようですし、お教えしましょうか』

マジかよ。ライブ中にぶっ込んでくると思わなかった。って、セスがドヤ顔してるし。

そして、またすごい勢いで流れ始めるコメント欄……

『ギルドを立ち上げるには、まず白金貨一〇枚、一千万アイリスが必要です』

『随分とお金がかかるのね』

一千万……。いやまあ、一人一〇万で一〇〇人いればいいのか？

『はい。今お持ちのギルドカードですが、それと同じものを発行する魔導具を購入していただく必要がありますので。加えて、毎年、白金貨五枚を王国に収める必要がありますよ』

うわ、上納金もまたキツいなあと思ったら、コメント欄も「搾取しすぎ！」って感じのコメントが流れまくる。

『それ以外にも？』

『はい。王国でギルドを立ち上げるには、加えて貴族様からの推薦状が必要になりますよ。しっかりした人でないと困ったことになりますからね』

若干の威圧をまじえ、にっこりと告げる職員さん。ベル部長も軽く引いている。

いろいろとハードル高いなあ。どこかで貴族様にコネを作らないとなんだろうけど……

『ありがとう。参考になったわ』

『いえいえ。ギルドを作られる際はお声がけくださいね。私も優秀でお給金の良いギルドであれば移籍を考えますので』

『そ、そう……』

つまりNPCも雇えってことかな？

それにしても、一人一人のNPCに個性があって自己アピールしてくるとか、どれだけ作り込んでるんだろ……

『合宿があるとは思いませんでしたけど、楽しみですね』

「あー、うん。楽しみなんだけど、どうしたもんだかな……」

『何か問題があるんですか？』

「いや、ほら。うちって今は俺と美姫しかいないから」

『セスちゃんも一緒に来ればいいと思いますよ』

「うーん、それができれば一番いいんだけど……」

ベル部長もヤタ先生もノーとは言わないだろうけど、旅費ぐらいは出さないとだよなあ。……美姫から親父にねだれば大丈夫か。

ベル部長たちが例の塔の探索に出発したところで、俺はＩＲＯへとログイン。ミオンもすぐに視聴を始めた。

部活の時に仕込んだ鉄鉱石の精錬。気になっていたそれを確かめに、古代遺跡の廊下を進んで鍛冶場に入る。特に問題なくできてると思うけど……

【古代魔導炉：精錬完了】

「よしよし」

炉の扉を開くと鉄のインゴットが一〇本。

取り出したそれを手に持つと、ずっしりとした重みが伝わってきて実感が湧く。

『一〇本でツルハシに足りそうですか？』

「んー、やってみないとかなあ。まあ、もう一回やっとくよ」

ミオンに調べてもらって、鉄鉱石五個でインゴット一本になることはわかった。

炉に入れられるのは鉱石五〇個が上限。消費ＭＰは五個でも五〇個でも一緒だったんだけど、まあそうだよなって感じ。

入りきらなかった分、四五個の鉱石を放り込んで炉を再始動。ほっとけば出来上がるので、今のうちに別のことを……

「ワフッ！」

「うん、ご飯にしようか」

鍛冶場をあとにして洞窟に戻り、薪代わりの流木を二本ほど抱えて広場に出る。

そろそろ枯れ木やらを集めないとなんだよな。こっちの密林よりも、西の森で探す方がいい気はするんだけど……

しかし、この間のフラワートラウトは美味しかったなあ。また捕まえに行きたいところだけど、川の水位が下がらないとだろう。でも、その前に……

「肉だけっていうのもなんとかしないと……」

『ショウ君、この前西の森で見つけてた葉野菜を忘れてませんか？』

「あ！」

完全に忘れてた！　っていうか、あの時なんで採集してこなかったんだっけ……ロープか！

「えーっと、クレソン……じゃなくて、レクソンを採ろうとしてロープの話になって、ロープ作ってたら土砂降りになって、雨水が入らないように土壁作ったら住居って言われて……マイホームで建国宣言って話まで飛んじゃったのか」

『そうですね。いろいろと重なってしまったので、忘れてたのはしょうがないです』

「ははは……」

慰められるのも恥ずかしい話だけど、ちょっといろいろ立て続けに起こりすぎだよな。ここで一度、積まれたタスクを整理して片付けていかないと。

「ワフン」

「おっと、ごめんごめん」

ルピにはレアな兎肉を、自分はミディアムレアぐらいがいいかな。

天気のいいうちに、先にレクソンの採集とロープを使った罠を仕掛けに行こう。鉱石堀りと鍛冶は雨の日でもできるわけだし。

「ちょっと予定変更して西の森へ行くよ」

『はい。レクソンを採ってくるんですね』

「うん。それと、せっかく作ったロープで罠も仕掛けたいし、ちょっといろんなものの在庫がなくなってるし」

仙人笹もポーションにしちゃったせいで在庫ゼロ。蔓も全部ロープにしちゃったし、パプの実も皮の加工やらに使いきったし……

「ルピ、西の森行くから、ちょっと待ってて」

「ワフ」

インベントリにある余計なものは、洞窟の広間に置いていこう。できるだけ空きを作って、罠の材料とポーションだけでいいかな？

あ、例のアーマーベアに通用するかわかんないけど、麻痺ナイフ持ってくか……

『今日は雰囲気はどうですか？』

「今日も緩い感じかな。あのアーマーベアがいる時がやばい感じだったし、そういう意味ではちょっと安心かも」

『油断しないでくださいね？』

「りょ。ルピ、鹿がいたとこまで行こうか」

「ワフン」

気配遮断をしっかり発動し、気配感知を気にしながら進む。

まあ、気配感知に関してはルピの方が絶対に優秀だろうし、ほどほどでも大丈夫かな。

今日はしっかり地面を確認しながら歩くと、仙人笹だけじゃなくて結構いろいろと見逃してたのに気づいた……

雑草だと思ってたけど、ちゃんと食べられる【キトプクサ】や、枯れ木に生えている【チャガタケ】なんかを採集しつつ進む。

「ワフッ！」

「おお、偉いぞ～」

ルピが急に茂みに飛び込んだと思ったら、フォレビットを咥《くわ》えて戻ってくる。うんうん、こういうのんびりしたのでいいんだよな。

「えーっと、この辺だったかな……。お、あったあった」

レクソンを採集するんだけど、全部採っちゃうとグレイディアが来なくなるかもなので半分ほどは残しておく。

ふと横を見ると、ルピが何かを嗅ぎつけたのかスンスンしつつウロウロ。

「ルピ、どした？」

「ワフ」

これ見ろって雰囲気だったので近づくと、木に泥がこびりついていて、これって……

「バウッ！」

ルピが吠《ほ》え、気配感知に何かが引っかかった次の瞬間、獣道の先に現れたのは結構なサイズの猪《いのしし》。

頭頂部にある太く短い角の上に【ランジボア】という赤いプレートが浮かぶ。

「フゥゥゥ……」

ガツガツと前足で土を蹴り、突っ込んでくる気まんまんだ。

お互いの距離は五メートル弱。今から逃げるのはおそらく悪手だろう。せめて、一撃入れて怯《ひる》ませた後でないと……

『ショウ君！』

ミオンが心配してくれるけど、あの熊――アーマーベア――ほどの脅威は感じない。

ただ突っ込んでくるだけの猪なら対処の仕方はあるわけで。

「フゴッ！」

「〈石壁〉！」


ドゴッ！


「くっ！」

突然現れた石壁に激突し、それを押し倒しそうになったので、慌てて両手で支える。

「バウッ！」

石壁の裏から飛び出したルピが右後ろ足にガッチリと噛みついて支えを奪うと、ランジボアは堪《たま》らず横向きに倒れた。

「ナイス！」

こういう時に斧があったらなあと思いつつ、その首筋に急所攻撃を入れる。

「フギャアッ！」

まだ暴れてるし、しぶといな！　もう一回！

【キャラクターレベルが上がりました！】

【元素魔法スキルのレベルが上がりました！】

【調教スキルのレベルが上がりました！】


おっと、意外とレベル高かったのかな、この猪。

これでキャラクターレベルは9だっけ。元素魔法もようやっとレベルアップ。調教も上がって4になったし、そろそろアーマーベア行けるか？

『大丈夫ですか？』

「あ、うん、大丈夫。思ったよりうまくやれたし。ルピのおかげだよ」

「ワフン」

うんうん、ドヤ顔していいぞー。

結構びっくりしたけど、思いがけずいい猪肉が取れそうな予感！　皮も骨も期待大！


【古代遺跡が発見されました！】


「ええー、またかよ……」

『調べてきますね』

「ああ、いいよいいよ。明日にナットかベル部長に聞けばいいし」

『あ、そうですね』

せっかく無人島スタートしたんだし、島以外のことを気にしすぎてもしょうがない。

まずはランジボアを鑑定……


【ランジボア】

『自分以外の動物に突進して襲いかかる猪のモンスター。短距離ではあるが猛スピードで走るので逃げ切るのは難しい。

料理：肉は独特のくさみを除けば美味。内臓も綺麗に洗って加熱すれば食べられる。素材加工：骨、腱、皮は各種素材となる』

おっと、これは美味しそうな鑑定結果。さっそく解体して肉、角、牙、骨、皮となかなかの収穫。

【解体スキルのレベルが上がりました！】


『おめでとうございます！』

「さんきゅ」

ランジボアの皮はなめして革鎧《かわよろい》を作りたいところ。あのでかい熊と戦う前に、初心者装備を脱出したい……

「ん？」

ルピが期待の眼差《まなざ》しで見つめる先はランジボアの肉。

『ショウ君。ルピちゃんにご褒美を』

「ああ、ごめんごめん。一番いいところは……やっぱりヒレ肉かな？」

柔らかくて脂肪分が少ないところの方がいいよな。手のひらサイズぐらいに切り分けたヒレ肉を与えると……

「ワフッ！」

おお、すごい勢いで食べ始めた。というか、普段の食事量が足りてない？

「ルピ、大きくなってるよね？」

『保護した時よりも一回り大きくなってますよ』

「じゃ、ご飯の量も足りてないのかも。ルピ、もう少し食べる？」

「ワフン」

もう一枚切り分けてあげると、それもぺろりと平らげる。あんまり食べすぎるのもだし、今はこれくらいでいいか。あ、そうだ。

「ルピ、これあげる」

「ワフ～」

ランジボアの骨、排骨だっけ？　それを咥えてガシガシするルピ。なごむ……

『ルピちゃん、良かったですね～』

なんか、あっという間に大きくなって、この骨も噛み砕きそうな気がするんだよな。前に作ったフライングディスクもバキっとやったし。

おっと、罠をロープに替えに来たんだった。ルピが骨と遊んでる間に設置しちゃおう。

「これでよしっと。じゃ、戻るよ」

『はい』


骨を咥えたまま嬉しそうに走り回るルピを眺めつつ、のんびりな帰り道。

「一犬、二足、三鉄砲だったかな」

『え？』

「あ、うん。じいちゃんが言ってたんだよ。猟師に重要なのは一番に犬、二番が自分の足、三番目に鉄砲なんだってさ」

賢い犬、しっかりと山を把握する自分の足、その次に鉄砲ってことらしい。

『ルピちゃんが一番ですね』

「何もしなくても優秀だよなあ。二番目の足はまあいいとして、三番目の鉄砲は……」

『学校で話してた弓って直せませんか？』

「ああ、それがあった！」

ちょっとボロい弓だったけど、二つあったし、いいとこ取りして一つ再生しよう。

「弓はなんとかなるとして、矢と矢筒はどうしよう」

『竹はダメですか？』

「そっか、仙人竹はちょうどいいかも」

まっすぐなのを割って削れば、それで矢の出来上がり。節を抜けばそのまま矢筒になるから、あとはロープを通す穴とか開けるぐらいで済みそう。

『矢についてる羽はどうしましょう？』

「あっ……」

そういや直しようもない戦利品の矢にも一応、矢羽ついてたな。ぼろぼろだったけど。

「鳥の羽だよね？　合成樹脂とかあるわけないし」

『そういえば、この島で鳥をまだ見てない気がします』

「確かに。鳴き声は聞いたことがあるようなないような」

そもそも気にしてなかったからなあ。

「今度ちょっと真面目に羽が落ちてたりしないか探してみようか」

『はい。それに鳥も美味しい気がします』

「それだ！　あと卵……を巣から取るのはさすがに気が引けるな。ニワトリみたいなのがいてくれればいいんだけどな。家畜にできそうなら増やしてってのもあるし」

『鳥の羽が集まれば、お布団とかどうですか？』

「そっちもあるなあ。あ、裁縫スキルも忘れてた。残りの時間は裁縫で何か作ってみるかな」

今手持ちにある加工済みの革は二種類。バイコビットの柔らかい革とサローンリザードのゴムっぽい革。

『ポーチはどうでしょう？』

「いいね。腰に吊っておければ、ポーションとかすぐ出せそう」

柔らかい方は小さいし革紐《かわひも》にして簡単なポーチ、要するに巾着袋でいいかな。

『でも、針とかハサミとか、やっぱり作らないとダメでしょうか』

「ああ、それは大丈夫。昔の人は骨とか角で針を作ったらしいよ。だから、バイコビットの骨とか角で作ってみるよ」

『すごいです！』

「あ、でも、骨からそういうの作るのってスキル何か必要そうな気がしてきた……」

素材加工は完成品を作るものでもなさそうだし……

『細工とかでしょうか？』

「なるほど。細工取っておけば、木工細工とかも合わせ技でできそうだし、釣りと合わせて釣針もいけそう」

まずは【細工】スキルを取って、針と目打ちでも作ろうかな。

いや、その前に【弓】スキルとって、短弓を再生しないとだな……

04　水曜日　ギルド外取締役《とりしまりやく》

「で、いいんちょは結局エルフで始めたんだよな？」

「柏原《かしはら》くんとも合流できて、一通りゲームの楽しみ方はわかったわ」

「そこまできっちり調べてくるか？　って感じでさ。教えることもあんまなかったぜ」

いつものメンツでの昼飯。今日は雨なので屋上ではなく教室で。

ナットが机からタブレットを取り出して見せてくれたのは……

「昨日撮ったスクショな」

ナットといいんちょのツーショット。

革鎧の一部、胸当てと肩部分が金属の鎧を着て、背中に大剣を背負った金髪イケメン男。その隣には革鎧に短弓を持つ、腰まである銀髪をポニーテールにしてる美人エルフ。

なんだこのお似合いのカップルは……って言いそうになったのを、グッと飲み込んでおく。

「いいんちょ、全然雰囲気違うなあ」

その言葉にこくこくと頷くミオンだけど、実況してるミオンもリアルと全然雰囲気違うからね？

「やっぱ弓道やってるだけあって、弓めっちゃ当たってたぞ」

「あれはスキルアシストっていうのがあるからだってば」

そう答えるいいんちょだが、少し頬が緩んでるのが微笑《ほほえ》ましい。

こっちはやっと短弓が手に入ったけど、矢がまだ用意できてないんだよな……

「矢ってどこかで買うんだよな？」

「おう。武器屋に普通に売ってるぜ」

ナットといいんちょの話だと、一五〇〇アイリスと結構いい値段がするそうだが、ちゃんと回収して手入れをしてれば繰り返し使えるそうだ。と、ミオンがちょいちょいと袖を引っ張る。

「ああ、そっか。弓も矢も木工で修理できるし、いいんちょは取っておいた方がいいかもな」

こくこくと頷くミオン。あってたらしい。なんだけど、

「ええ、その辺は事前に調べてあったから」

「俺が教える前にもう取ってたぞ」

と呆れ顔のナット。まあ、いいんちょならそうか。

予習復習も完璧っていう秀才タイプ。ゲームでも一切手を抜かないってことか……

少し不安なのは、そういうのと相容《あいい》れない人たちも多い点なんだよな。というか、多少失敗するのも楽しむエンジョイ勢の方が普通だと思うし。

ちらっとナットを見ると軽く頷いてくれた。俺の思うところは伝わってるみたいだし、任せておけばいいか。

「そいや、木工にも道具が必要なんだよな？　それも街で買える？」

「商業ギルドでおすすめの道具屋を教えてもらったわ」

「道具屋ってどんなの売ってんの？」

「えーっと……」

ノコギリ、カナヅチ、ノミなんかのごく普通の道具は売ってるそうだ。

ざっくりと鍛治で作るべき道具はその辺かな。カナヅチはゴブリンからの戦利品もあるけど。

「俺より詳しいじゃん。ＭＭＯＲＰＧ初心者とは思えないいんだけど」

「わからないことは、大抵はギルドの職員に聞けば教えてくれるもの」

なんでもチュートリアルにそういうのがあるらしく、困ったら誰かに聞けって話だそうだ。

ナットが「そうだっけ？」みたいな顔をしてる。俺もお前も説明書読まないタイプだもんな。

「ま、無人島にギルドなんてねーし、ショウはチュートリアルもやってねーしな」

「加えて所持金もゼロだぞ」

使い道がない金を持たされてても、それはそれで「どっかで使えるのか？」って気になるし、なくて良かった感じかな。

「それで、さっきの話からして伊勢君も弓を？」

「ライブの時にゴブリンアーチャーを倒したんだけど、その戦利品を直したんだよ。今は矢を作らなきゃって段階かな」

「その辺、全部自前でやらないとってのも大変だよな」

「いいんだよ。それが楽しいんだから」

その言葉にミオンがまたこくこくと頷いていた。

放課後。ベル部長の昨日のライブを視聴中……

「へえ、結構、本格的なダンジョンって感じの塔だなあ」

『セスちゃん、頑張ってますね』

「ひいき目でなくてもゲームうまいんだよ、あいつ……」

俺と姉貴も「親のいいところは全て美姫にいった」ってことで意見は一致してる。

それを妬んだりする気は一ミリもないし、むしろ大変なものを押しつけちゃったなって感じなんだけど……できればもうちょっと大人になって欲しい。

ベル部長たちのパーティは古代魔法の塔を順調に攻略していく。

塔のフロアは敷き詰められた部屋とそれを繋ぐ通路に分かれていて、それぞれにモンスターが出てくるという一般的なもの。

第一階層はゴブリンばかりで、最奥のフロアにボス。ゴブリンリーダーとその取り巻きのセットは俺が洞窟前で倒した連中に似てるんだけど……

「六人パーティーだとあっさりだよな」

『一人で倒しちゃったショウ君がすごいんですよ』

そう言ってくれるものの、似たような敵をわずか五分ほどで倒してしまうベル部長たち。

視聴者参加ってことでパーティに入ってる三人もなかなかできる人たちっぽいし、その辺、ゲーマーファンが多いんだよな。魔女ベルの館って。

戦利品を回収して奥の小部屋に入ると部屋の天井付近からアナウンス音。

『ご利用ありがとうございます。行き先階ボタンを押してください』

「エレベーター？」

『ボタンもパネルもそっくりですね』

当然、ベル部長たちもそれに突っ込んでいる。

『完全にエレベーターなんだけど、古代魔法って実は最先端科学とかそういうオチかしら？』

『お約束の「十分に発達した科学技術は魔法と見分けがつかない」かもしれんの』

なんか、セスが小難しいことを言っている。どこでそういうネタを仕入れてくるんだか。

『あら〜ん。でも、行けるのは途中までみたいよ〜ん』

パネルの前でくねくねしつつ告げるゴルドお姉様。

ボタンどうやら三〇階まであるっぽいが、ボタンの明かりがついてるのは一〇階まで。

『じゃ、一フロアずつ順に上っていこうと思うけど……よろし？』

ベル部長ならそうだろうなと。フロアの未踏地域は順番に埋めていきたいタイプだろうし。

ゴルドお姉様が②を押すと、次の瞬間、小部屋がふっとブレる。

エレベーターっていうか転送っぽかった？　コメント欄もそんな感想で溢れていて……

「お待たせ。あら、昨日のライブ見てくれてるのね。良かったわ」

スッと部室の扉が開いてベル部長が現れ、そのまま自分の席についてＶＲＨＭＤを被る。

あとはヤタ先生だけど、水曜は職員会議が長引くんだっけ……

「それで、相談ってなんでしょ？」

「昨日、ライブの最初にギルドについて話を聞いたでしょ？」

「もう実装されてるみたいすね」

「それで、懇意にしてる生産組とギルドを作ろうってことになったのよ」

マジか……。確か設立するだけでも一千万ぐらいかかるって話だったような。

とはいえ、ベル部長が懇意にしてる生産組は、俺からアンチパラライズポーションの製法が流れて儲《もう》けてるはずだし、不思議でもないのかな？　ただ……

『お金だけでなく、貴族様の推薦状が必要という話がありませんでしたか？』

ミオンがそれを言ってくれる。

どういう手段だかわからないけど、いや、多分クエストなんだろうけど、貴族様とコネを作ってどうこうって話が必要そうなんだよな。

「ええ、それに関してなんだけど、セスちゃんが既にあるみたいなのよね」

その話にミオンはびっくりしてるけど、俺としては「またなんか引き当てたか」ってところ。

「ショウ君は驚かないのね」

「あいつはそういう奴なんで。剣とか盾とか鎧の話って聞きました？」

「ええ、それを聞いたら、ちょっとしたクエストの報酬だって答えが返ってきたわ。詳しいことはあなたが知ってるそうだけど」

本人に説明させようと思って投げたのに、あいつ、面倒だから俺に投げ返しやがったな。

『クエストですか？』

「あいつ、チュートリアルが終わった後、いきなり特殊なクエストを引き当ててるんだよ」

俺が見つからなくて街をウロウロしてたところで人助けをした結果……っていうセスから聞いた内容をミオンとベル部長に説明する。

「そんなクエスト聞いたことないわよ……」

『すごいです。それって最初に持ってるお金を全部出さないとダメだったんですよね？』

「多分？　そこで有り金全部叩きつけるのがあいつらしいんだけどさ」

そのあたりはうちの血というか、俺はともかく、真白姉は間違いなく同じことをすると思う。

「それで、セスちゃんが貴族にツテがあるっていうのも？」

「あいつが嘘《うそ》を言うことはないんで……ちゃんとあると思いますよ。その武器防具をもらった商人ってのも、共和国の名のある人物とか言ってたし、そこからとか？」

持ち金全部って言っても、チュートリアル直後だから三万アイリスを立て替えただけ。

命の恩人とはいえ、そのお礼に金属鎧一式に大盾、長剣をくれるような太っ腹。

しかも、武器防具をくれるってことは、それを取り扱ってる商人って線が高いわけで……

「納得がいったわ」

「なんでまあ、セスがいいって言うんなら、そのツテを使っていいんじゃないすかね？」

「それなんだけど、セスちゃんから条件を言われてるのよ」

「条件？」

「ギルドにショウ君が入るならっていう条件よ……」

「はあ!?」

いやいやいや、俺が入るのは物理的に……ってのもおかしいか。ともかく、無人島から参加できるわけないじゃん。

「本当にギルドメンバーとして入るんじゃないわよ。今のところはギルド外取締役としてってかたちでいいって」

頭を抱える俺。抜かりなさすぎて困る。

「強敵……」

「ん？」

『いえ、なんでもないです』

ミオンがなんか呟いた気がするけど。

いや、それよりギルド外取締役ってなんだよ……

「俺が兄だってことも、その生産組の人たちにも伝わってたりします？」

「いえ、私だけよ。知らない人には言わないっていう約束をしてるって」

「あー、うん。約束してますよ。そこはちゃんと」

サーロインステーキ食わせたし！（親父の金で）

「どうかしら？」

「どうってことは、ベル部長は乗り気なんですね？」

「ええ。私があなたたちと繋がりを持ってることが不思議じゃなくなるもの」

「あー、なるほど。でも、プレイヤーズギルドで何ができるかって、まだ全然ですよね？」

昨日あの後、どこか別の誰かがプレイヤーズギルドを作ったって話はないっぽいし、公式から告知なりヘルプなりも出てない、と思う。

「少なくともプレイヤーズギルドから『依頼』というかたちでクエストを発行できるはずよ」

「あー、それくらいは当然できて欲しいなあ」

『プレイヤーがクエストを作れちゃっていいんですか？』

「複雑なクエストではなくて、お使い的なものね。例えば薬草をいくつ集めてきて欲しいとかそういうものよ」

生産組としては、それができるだけでも随分とはかどるんだろうな。

自分で行く時間分は生産に回せるわけで、その分の時給を報酬として上乗せする価値はある。

今までだって知り合いに頼んでたんだろうけど、それを不特定多数に頼めるならってことか。

『それでワールドクエストが進む？』

「ええ。生存圏の拡大っていう命題の中に『新たな街の開発』があるのだけど、それを円滑に進めるには、プレイヤーズギルドっていう存在が必須なんじゃないかって」

今は国が主導して開拓を進めてるんだけど、いまいちはかどってないとのこと。

「はかどってない原因ってなんです？」

「上からくる開発関連のクエストがまわってないのよ。それらは当然、国主導で貴族が指示を出して進めてるんだけど、商業ギルドや冒険者ギルドを取り合ってるみたいなのよね……」

ウォルースト王国は三方向に生存圏を拡大しようとしているらしい。

一つが部長たちが昨日行ってた古代遺跡の塔がある南東方面。もう一つが雷帝レオナ様が古代遺跡を発見した北西方面。残りの一つは南西方面で、確かナットたちが行ってたはず。

『仕事がありすぎて、公共ギルドだけで処理しきれてない？』

「そうなの。かといって、急に職員を増やす訳にもいかないらしくて」

予算とか人員とかのさまざまな問題があって、なかなか進まないそうだ。

ゲームなんだし「職員ＮＰＣ増やせばいいじゃん」ってならないのが、ＩＲＯすごいよな。

「で、セスはなんて？」

「公共ギルドを経由して開拓を進めると、どうしてもお役所仕事になって遅くなるから、プレイヤーズギルドがそこに置き換わればいいって言ってたわ」

「あー、つまり三つのうちどこかの貴族様と直接契約して、人の手配やら何やらを全部、そのプレイヤーズギルドでまわせってか」

『すごいです……』

そんなこと可能か？　いや、可能かどうかは生産組のやる気次第って感じなのかな。さすがに事務のお姉さんＮＰＣとか雇わないとキツそうだけど。

「ベル部長はそれでうまくまわる気がしてると……」

「そうね。最初から全てうまくいくとは思わないけど、何もしない今のままでは改善されそうにないのよね」

つまり、このうまくまわってない状況をなんとかしろっていうのも、ワールドクエストの一部と考えてるのか……

「じゃ、いいっすよ。俺がそのギルド外取締役をやっても。けど、俺って具体的に何すりゃいいんです？　何もできないと思うんですけど」

「それに関しては、セスちゃんが説明してくれるそうよ」

うーん、まあ、何かしら助言っぽいことをすればいいんだろうとは思うけど……

「うーん、ともかく詳しいことは夜にって感じですよね？　セスも入れて」

「ええ、いいかしら？」

「りょっす」

まあ、あいつが一緒に遊びたいってのすっぽかしてるし、これくらいはしょうがないか……

◇◇◇

「ばわっす」

「待たせたの」

俺とセスがバーチャル部室に入ったのは午後八時前。

いつもの時間だが、既にミオンもベル部長も、そしてヤタ先生もいる。

『こんばんは』

「こんばんはー」

「やっと来たわね」

ベル部長、どんだけ待ってたんだって感じ。

夕飯の時にセスと話して、俺がギルド外取締役とかいうのになるのはＯＫしておいた。

俺がその立場で何をするのかについては、セスはちゃんと考えてあるとは言うものの、中身に関しては今からに取っておくとか言われてる状態。

「えーっと、ヤタ先生にはどういう話があったかは説明済みです？」

「はいー、聞いてますよー。ゲームの中の話にどうこう言うつもりはないですしー、いいんじゃないでしょうかー」

とのこと。

「じゃ、まずはセスちゃんが紹介してくれる貴族について、教えてもらっていいかしら？」

「うむ。エドワード＝アミエラ子爵、ウォルースト王国国防軍の武具調達をしておる御仁よの」

すらすらと答えるセスにしっかりとメモを取っているベル部長。そして、当然の質問。

「どういう経緯か聞いていいかしら？」

「兄上から我が助けたご老人の話は説明があったそうだの。そのご老人が懇意、いや、御用商人をしておるのがアミエラ子爵なのだ」

なるほど。セスがもらったのも、その調達した武具だったたってことか。

「その方は共和国の商人って話じゃなかったかしら？」

「表向きはの。あの商会は武具取引を装って、各国の軍備を調査するための諜報《ちょうほう》機関よ」

その言葉に唖然《あぜん》とするベル部長……。いや、ミオンもか。

「適当言ってるわけじゃないんだよな？」

「うむ。アミエラ子爵の三女、エミリー殿と仲良くなったゆえな」

「お前、ホント……。いや、ドヤ顔はいいから説明しろ」

ケタケタと笑うセスに説明を促すと、その三女と仲良くなった一部始終を話してくれた。

セスは、特にやりたいクエストがない日は王都にあるその商会で、子飼いの護衛の人たちに稽古をつけてもらってるそうだ。

で、たまたまそういう日に、そのエミリー嬢を連れて現れたのが、アミエラ子爵。

子爵と商会長が大人の話をしている間に、そのエミリー嬢とすっかり仲良くなったらしい。

「どうやって仲良くなったのか聞いても？」

「今習ってる勉強がよくわからんというので教えただけよの。つるかめ算は久しぶりだったのう」

「……つるかめ算ってどんなだっけ？」

『えっと……』

「連立方程式ですねー。つるとかめの合計が四〇匹でー、足の数の合計は八六本だとするとー、それぞれ何匹ずついるでしょー、とかそういう感じですー」

あー、やったような気がする。けど、方程式じゃなくてどうやって解くんだ？

ダメだ。方程式を使わないで解く方法を思い出せない……

「それがどうやらエミリー嬢のお父上、エドワード殿に伝わったようでな。時間が空いた時はエミリー嬢の家庭教師をしたりもしておる」

「お前、ホント無茶苦茶だな……」

てか、ＮＰＣに家庭教師するってなんなんだよ、このゲーム。

「で、子爵殿と直接話をすることがあっての。単刀直入に質問をぶつけてみたのだ」

「よくそんな直球で聞くわね……」

「エミリー嬢の護衛を頼みたいという話だったのでな。であれば、依頼主の素性はきっちりと知っておくべきであろう。

ああ、この件に関してはここだけの話で頼む。生産組とやらにも、我とアミエラ子爵の繋がりはエミリー嬢と親しいからというだけで良かろう？」

「もちろんよ。私だって王国の貴族を敵に回したくないもの」

呆れたようにそう答えるベル部長。

「で、プレイヤーズギルドを作るとして、俺は何すりゃいいんだ？」

「兄上はいつも通り無人島でゲームプレイすれば良い。ただ、何かを作った時に、それを配信する前に報告してもらいたいのだ」

「んー、それだけでいいのか？」

大したことないし、そんなの普通にベル部長に伝えてる気がするんだけど。

「兄上はわかっておらんのう。ミオン殿、兄上が最近やらかした……何か作って驚いたものがあるのではないか？」

『あ、はい。一番驚いたのはロープです。あと昨日はモンスターの骨から裁縫用の針と穴を空ける道具を。それと……作ったものではないですが、光る苔を増やしてたりしてます』

ミオンの言葉に目を丸くするベル部長なんだけど、それそんなに驚くことかな？

「ちょ、ちょっと待って。ロープって？」

「いや、括《くく》り罠が鹿とか猪相手は蔓のままじゃ厳しそうだったんで、素材加工してロープを編んだだけですけど。ロープなんて街の道具屋とかで普通に売ってますよね？」

その問いに首を横に振るベル部長。……え？

『ロープって存在がないわけではないんですよね？』

「ええ、この間のアップデートまでは売ってたわよ。ただ、ワールドクエストが始まって早々に、開拓に使われそうな道具はあっという間に店から消えたわ……」

「なるほどー。ロープはいろんな使い道がありますしねー。一気に需要が増えて供給が間に合わなくなりましたかー」

ベル部長の話だと、ロープの他にもずだ袋や木箱、樽《たる》、瓶といったあたりも品薄らしい。要するに『生存圏の拡大』に必要な道具や消耗品がガンガン買われてると。

「二人がジンベエさんを紹介してくれたおかげで、瓶では随分と儲けさせてもらってるわよ」

ジンベエさんって……誰？　とミオンを見ると、

『フォーラムで陶工についてまとめてた方ですよ』

「ああ、師匠か」

そういえば教えたのすっかり忘れてた。

勝手に師匠って呼んでるので、いつか話すことがあったら正式に師匠と呼ばせてもらおう。

「つまり、ショウ君がやらかしてるのを先に教えてもらって、それをネタにギルドを黒字化するということかしら？」

「うむ。いずれライブでばれようが、ギルドで先に販路を確立しておけば、安定した黒字が見込めるであろう。特に今のワールドクエストが続くうちはの」

「ミオンさん！　ショウ君のやらかしをリストアップしてもらえるかしら？」

……やらかしやらかし言われてるの、泣いていいかな？


「俺、そんなやらかしてるかな？」

『お二人とも褒め言葉で言ってますから』

「そう思うことにしとくよ……」

結局、プレイヤーズギルドを作る話は、メンバーで話し合ってからということになった。

「ワフ？」

「ん、大丈夫だよ」

なんだか心配そうに首を傾《かし》げているルピを撫でて落ち着く。

ＩＲＯにインすると、どうやら小雨《こさめ》が降った後らしく、広場が少し濡れていた。

地べたに座るのもなあってことで、石壁の魔法で簡易ベンチを作ってルピと座る。

とりあえず飯にして、その後はポーチでも作ろうかな。

『ルピちゃん、お野菜食べますか？』

「ん、どうだろ。ルピ、レクソン食べるか？」

「ワフン！」

好き嫌いないっぽいし、ルピはいい子だなあ。

あ、でも、玉ねぎとかぶどうとかダメなんだっけ？　レクソンは多分平気だよな。

レクソンをランジボアのバラ肉で巻いて出来上がり。

「よし、食べていいぞ」

ガツガツと美味しそうに食べるのを見てると、俺もお腹が空いてきた。

「俺は鍋にするかな」

『お鍋ですか？』

「鍋っていうかしゃぶしゃぶだけどね。出汁《だし》はとりあえずチャガタケで」

そいや、昆布は普通に海に潜ればあるかも？　水泳とか潜水のスキル取って素潜りすれば、普通に海の幸を食べられる気がしてきた。

「明日にでも海に潜るか……」

『え？』

「ああ、ごめん。素潜りすれば昆布とか海藻が採れそうだなって」

『そうですね。でも、海のモンスターが出たりしないか心配です』

「ああ、確かに。うーん……」

岩場とかで足を引っ張られたりしたらと考えるとゾッとする。浅瀬から少しずつ探索するか……

薄くスライスしたランジボアのロース肉をチャガタケの出汁が効いたお湯にさっとくぐらせてからパクっと。

「お、うまい。けど、ポン酢とか欲しい……」

『ごまだれとかでも美味しそうです』

「あー、いいね。ごまの方は探せば見つかるかもか」

次はレクソン。これは青くささがあるし、ヘタっとなるまで茹でてからいただく。

ふむ、これもなかなか……

『ルピちゃんが欲しそうに見てますよ？』

「ん？　こっちも食べてみる？」

「ワフン」

いい返事が来たので、肉とレクソンを一緒に茹でて、空いた皿に置いてやる。

熱いのをちゃんとわかってるのか、しばらくスンスンして、冷めたのを確認してから美味しそうに食べるルピ。

結局、二人でランジボアのロースを食べきってお腹いっぱいに。

「ふう。ルピは寝てていいよ。散歩行く時は呼ぶから」

「ワフ……」

洞窟のベッドに行くのかなと思ったら、俺の隣に丸くなった。

大きくなったけど、可愛いのはそのままでいて欲しいなあ……

「じゃ、ポーチでも作るよ」

『はい』

そう小声で返してくれるミオン、優しいよね。


「こんなもんかな？」

『ちゃんとできてますよ。また部長に報告しないとです』

「いやいや、さすがにポーチぐらいは作ってるでしょ」

サローンリザードの革とバイコビットの革紐でできたポーチ、もとい、巾着袋を作ったことで、裁縫のスキルレベルが上がった。

試しに仙人笹から作ったヒールポーション一瓶を入れて腰にぶら下げる。

「なるほど、こうなるんだ」

インベントリを開くと瓶サイズが一枠分追加されていて、かつ、そこは常にアクセスできるようになっていた。2Dゲームでいうところのショートカットみたいな感じなのかな。

探さなくてもというか、ポーチに手をやれば出せる……当たり前か。

『便利そうですね』

「うん、薬をすぐ取り出せるのは大きいかな」

もう少し大きめのサイドポーチとか作ってみるか？　いや、いくつもぶら下げたら、今度は体動かすのに邪魔になりそうだし。

『次はバックパックですか？』

「あ、それだ。採集するものの種類も量も増えたし、一度に持ち運べる量を増やさないとな」

『裁縫スキルが上がれば革鎧とか金属鎧も？』

「いいね。今日、ナットがスクショ見せてくれたけど、ああいう複合鎧？　あれくらいなら作れそうな気がするし」

そのためにランジボアの皮の加工もしとかないとなんだよな。となると、皮を革にするためのパプの実を取ってこないとか。

屋根用にと思って、防水があるサローンリザードの皮はそれなりに溜《た》め込んであるし、バイコビットの皮はもっとあって、どちらも洞窟に置きっぱ。

『前にロープで仕掛けた罠も見に行った方がいいのでは？』

「あ、そうだった。よし、ルピ、散歩行くよ！」

「ワフッ！」


パプの実はしっかり採集できたけど、罠の方は空振り。

その分、レクソン、チャガタケ、キトプクサを採集して、採集スキルもレベルアップ。

そして、思い出したもう一つのこと。

『鳥の羽、見つかりませんでしたね』

「もうちょっと奥へ行けばあるのかもだけど、装備整えないと怖いんだよな」

あの罠の場所より奥、北東方面はアーマーベアがいる可能性が高い。

キャラレベルは上がってきたけど、装備が追いついてないので、そっちが整うまでは慎重に……

戻ってきてさっそく皮の処理を。


【素材加工スキルのレベルが上がりました！】


「ふう、これで素材加工もレベル5か。でも、レベル上がって具体的にどうなるんだろうな」

『品質が向上するとかでしょうか？』

「なるほど。ロープとかなら、切れにくい方が助かるもんなあ」

ログハウスを建てるとして、高い場所に木材を運ぶのにロープは必須だよな。

なるほど。生存圏の拡大のためにロープとかが品切れになるのもわかる……

『その革でバックパックを作って今日は終わりですか？』

「かな。今って何時ぐらい？」

『一〇時過ぎたところです』

「りょ。三〇分もあれば作れると思うけど……」

うーん、型紙もないので一発勝負なのは怖い。

ああ、適当な大きさの石壁を作って、それを包むように作ればいいのか。背中の大きさで……

「〈石壁〉」

『え？』

「ごめんごめん。これにこうやって……」

サローンリザードの革を被せてからロープで縛り、横に切れ込みを入れていく。

あとはうまくバックパックになるように、縫い代を残しつつカットして……

「……まあ、最初はこんなもんだと思おう」

微妙に左右が不揃《ふぞろ》いだったので、真ん中で折ってから形を調整。あとは縫い代部分に穴を空けて革紐で繋いでいき、最後はくるっと裏返す。袋部分は完成かな。

「うん、縫い代が見えなくなると、綺麗にできたように見えるな」

『すごいです。これに肩紐《かたひも》をつけるんですか？』

「そうそう。あとは蓋もつけるかな。せっかくサローンリザードの革に防水ついてるんだし、雨降っても中身が濡れないようにしたい」

着脱を考えると、ベルト金具とかが欲しいんだけど……鍛治と細工で作れそうな気がしてきた。

これって別に『やらかし』じゃないよな？

05　木曜日　精霊石と精霊魔法

つつがなく授業が終わって部活の時間。

いつも通り、俺とミオンが鍵を開けてベル部長を待つ感じ。

昨日の夜にベル部長もメンバーと話し合いをしたはずだし、それがどうなったか気になる。

『ショウ君、今日投稿する動画、確認してください』

「あ、先週が木曜だったからか」

『はい。今週はライブします？』

「まったりした感じのライブならかな。ああ、でも、ヤタ先生がいてくれた方がいいか。収益化して初ライブになるし」

変なのが絡んでくる可能性があるし、ミオンが心配。

魔女の館みたいにチャンネルの雰囲気が出来上がるまでは、ヤタ先生のサポートがあった方がいいよな。

『先生がいてくれるか聞いてからにしますね。土曜の夜のつもりなので』

「りょ。俺は問題ないよ」

そう答えつつ、アップ予定の動画を確認する。罠をあちこちに仕掛けてる様子と、奥の手として用意した麻痺ナイフの準備とかがメイン。

『アンチパラライズポーションの話も入れてますけど、外した方がいいですか？』

「あー、ベル部長のギルドの話があるから？」

『はい』

どうだろ？　もう十分稼いでる気がするけど。

「このままでいいんじゃないかな。ベル部長が『やめて』って言ってきたら考えるけど、前に『俺の好きにしていい』って言ってたし」

と部室の扉が開いてベル部長が現れた。

「お待たせ」

「ちわっす」

『こんにちは』

なんかウキウキで自分の席についてVRHMDを被るベル部長。

「昨日の話だけど、プレイヤーズギルドを立ち上げる方向でまとまったわ！」

「はあ……。やっぱり俺も参加で？」

『ええ、みんな喜んでたわよ』

「りょっす」

実際にゲーム内でギルドメンバーにはなれないし、名前だけ貸すぐらいの気持ちでいいか。

『あの、セスちゃんがショウ君の妹さんだってことは、皆さんに言ったんですか？』

そういやそうだ。俺をギルド外取締役にって言い出したのはセスだよな。

「そこはうまく誤魔化したわよ。前にライブの解説に入ったのも、ミオンさんが私のファンで交流があって手伝ったってことにしてあるし、そのツテでお願いしたってことにね」

「助かります。俺のせいであいつに妙な嫌がらせとか、マジ勘弁なんで……」

ハラスメント通報も完備されてるし、中三のセスはＰＫ対象外年齢。それでもＭＰＫとかされる可能性はある。あと、あいつ、サエズッターもやってるし。

「ミオンってセスのサエズッターのアカウント知ってるの？」

『はい。この間教えてもらってフォローしました。見ますか？』

「いや、今はいいや」

何書いてあるのか気になるけど、炎上するタイプではないはず。

あいつ、言葉遣いはともかく、言ってることはまともだしな。

『昨日の夕飯はクリームシチューだったんですよね』

「……はい」

まあ、それくらいならいいよ。

「みなさん揃ってますねー」

ヤタ先生が現れ、そのまま自分の席に。ミオンが週末のライブの話をするのかなと思ったら、

『今日、投稿予定の動画のチェックお願いします』

そっちが先だった。ベル部長とヤタ先生に動画を渡すミオン。

「ええ、見せてもらうわね」

「はいー」

「あ、俺はオッケー」

問題があるとしたら、アンチパラライズポーションの製法の部分に、ベル部長から待ったがかかるぐらいだろうけど。

「いいと思うわ。これでライブのところまで追いついた感じかしらね」

『はい』

「一応確認なんですけど、アンチパラライズポーションの製法はもうオープンにしても？」

「ええ、問題ないわよ。国のポーション買い取りも終わってるし、今は新規ユーザーをターゲットにした普通のヒールポーションの方が需要あるわね」

あ、もうピークは過ぎたんだ。なら、気にする必要もないかな。

結局、ナットには言えないままになっちゃったのが申し訳ないなあ。

「問題ないですねー。投稿しちゃってくださいー」

『はい』

手慣れた感じで投稿も終わって公開すると、瞬く間に増えていく再生数……

『ヤタ先生。土曜にライブをやろうかと思うんですが、サポートしてもらえますか？』

「はいー、いいですよー。どういう感じのライブにするつもりですかー？」

『ショウ君のマイホーム訪問の予定です』

ああ、そういや前のライブは洞窟の前で終わってたっけ。

洞窟の中と古代遺跡の方も紹介する感じかな？　あの鍛冶部屋は羨ましがられそうだよなあ。

「えっと、できればライブの前に、ショウ君の『やらかしリスト』が欲しいんだけど……」

その『やらかしリスト』って名称やめてもらえますか？

『私の主観で良ければありますけど』

「マジか……。いや、俺自身だとやらかしてるのかわかんないし、ミオンの主観でいいと思う。ってか、助かるよ」

『やらかしリストじゃなくて、すごいリストですからね？』

「あ、はい。うん……」

ベル部長もヤタ先生もニヤニヤしないでください……

「ちなみに、今そのリストってある？」

『はい。これです』

渡されたテキストデータを見ると、

Sクラス
無人島発見、ルピちゃんに仙人笹で応急手当、ルピちゃんをテイム
パラライズポーション作成、麻痺ナイフ作成、ブービートラップ各種設置
ゴブリン集落の掃討、古代遺跡発見、古代魔導炉・古代魔導火床発見
住居の獲得・マイホーム設定、建国宣言可能（※非公開希望）

Aクラス
罠作成・設置、粘土採集・土鍋・瓶作成、皮なめし剤作成
アンチパラライズポーション作成、仙人笹ポーション作成
川魚捕獲・調理、採掘場所発見、光苔育成、ロープ作成
ランジボア討伐、兎肉の鍋料理、縫い針・目打ち作成

Bクラス
かまど、テント、食器作成、ゴブリン追跡、ランチプレート作成
石壁ベッド作成、石窯新設、ポーチ作成、バックパック作成

「このSとかAとかってミオン的なランク？」

『はい』

建国宣言可能とかがSなのはわかるけど、川魚捕獲・調理とか兎肉鍋ってAかなあ。

ミオンがそう思ってるって話だからいいんだけど。

「見せてもらえるかしら？」

「どぞ」

あ、ベル部長、フリーズした……

「うわ、雨かよ」

動画も無事アップされ、再生数がちゃんと上がり始めたのでＩＲＯへ。なんだけど……

『結構、降ってますね』

「クゥン」

しょんぼりなルピと洞窟から外を眺めると、結構しっかり降ってて外に出ようかという気にはならない感じ。石窯が外にあるせいで、雨が降ると飯が作れないのは問題だよな。

「料理は無理か。ルピ、中でご飯にするからちょっと待ってて」

「ワフ」

『石窯のところだけでも屋根をつけたいですね』

「だね。とはいえ、火を扱う場所だし、やっぱり石壁レンガを組んだ方がいいのかな」

トタン屋根とか作れれば、石壁＋トタン屋根で大丈夫な気はする。煙突部分も上じゃなくて、後ろに煙を出すようにとか。いや、そもそもトタンってどんな金属なんだろ……

「ん？」

洞窟内の広間に戻ってくると、増やした光苔が足元を照らしてくれてるんだけど、一箇所だけ妙に明るいところがある。

『どうしました？』

ミオンの言葉を聞きながら、その光の元へとしゃがみ込むと……

「え？　何これ？　あ、放り出した魔石か？」

指を近づけても熱かったりはしないので、つまんで目の前に持ってくる。

魔石の時は黒っぽかったそれは、いつの間にか透明になってて、光源が中でふわふわしてる。

『ショウ君、鑑定を』

「あ、そうだった。さんきゅ」


【精霊石（極小）：光】

『光の精霊が宿った魔晶石』


「は？」

『精霊さんですか!?』

え、なんで？　こんな洞窟の中に光って……苔光ってた！　って、そうじゃない！

「えーっと、精霊魔法……あった！　取れる！　【精霊魔法】必要SP4！」

迷わず取得！　来い！


【精霊石（極小）：光】

『光の精霊が宿った魔晶石。

精霊魔法：MPを消費して光の精霊を使役することが可能』

「やった！」

『すごいです！』

「……精霊魔法ってどうやって使うんだろ？」

思わず取っちゃったけど、使い方がわからん！

『フォーラム見てきましょうか？』

「あ、うん、お願い」

『はい。ちょっと待っててくださいね』

エルフがキャラ作成時に精霊魔法使えるって話だし、情報ゼロってことはないと思う。

それにしても、なんで『魔石』だったのが『精霊石』ってのになったんだろう。

ん？　いや待て、この『魔晶石』ってなんだ？　これをもう一回……


【魔晶石】

『魔石からモンスターのマナを抜いたもの。

元素魔法：ＭＰを溜めることが可能。精霊魔法：精霊の棲家《すみか》となる』

ははーん……

ここに放置してたら、いつの間にか魔石からモンスターのマナが抜けて、魔晶石になったってことか。じゃ、他の魔石も？　と思って、放置してあったそれらを探してみる。

この辺にどさっと置いた気がするんだよな……

「ああ、なくさないように木のコップに入れたんだった」

で、その中の魔石は変化なし。

多分、放置した時にこぼれたこの一つだけが魔晶石になったっぽい。……なんで？

「うーん、こうかな？」

極小サイズの魔石を三つ取り出して、さっき拾った場所、古代遺跡の入口前、洞窟の入口前にそれぞれ置く。

何かしら古代遺跡が原因で魔晶石になってるなら、これで差が出てくれるはずなんだけど……

『ショウ君、わかりました』

「ありがと。どういう感じ？」

『精霊にイメージを伝えると、それを大まかに理解して具現化してくれるそうです』

「え？　それだけ聞くとなんかすごい優秀っぽいんだけど」

元素魔法みたいに詠唱もいらない？

『その「大まかに理解」っていうのが大変だそうですよ。全く何も起きなかったり、消費するMPがすごかったりするそうです』

「なるほど……」

精霊にお願いしてお任せって感じだけど、うまく伝えるのが大変って感じかなあ。思った以上にMP使われるとかもちょっと怖いんだよな。MPがゼロになるとスタンするって話だし。

「ま、試すなら安全な場所でだよな」

『使ってみるんですか？』

「うん。あ、そうだ、光の精霊ってどういうことができるとか書いてあった？」

光の精霊に「風でバリア張って」とか「水を出して」とかは無理だと思う。

無難なところだと、たいまつがわりの明かりとかかな。

戦闘中での目潰しとかできると強そうだけど消費ＭＰがちょっと怖い。

『あの……』

「あ、書いてなかった？」

『多分、光の精霊を使役してるのは、ショウ君が初めてだと思います』

「え？　……マジで？」

『はい。エルフの皆さんは風・樹《き》・水・土のいずれかの精霊っぽいですよ』

確かにそれはわかる。エルフが火の精霊をバンバン使うイメージはあんまりないし。

でも、光の精霊はもう使役してる人がいそうな気がしたんだけどなあ。

「たまたまフォーラムに載ってないだけかもだし、とりあえず無難そうなのを試してみるよ」

『無難そうな、ですか？』

「うん。えーっと……」

この洞窟をふんわり照らす程度の明かりを天井付近、あのへんに……

精霊石を握って、そうイメージを伝えると、

「おわっ！」

スーッと光の球が上っていって、天井に当たる手前で止まると、洞窟内が一気に照らされて明るくなった。

ちゃんと照明がついてる室内ってぐらいになって、広間がどういう感じなのか、しっかり把握できるレベルで明るい。

『すごいです！』

「良かった。うまくいったっぽいね」

消費ＭＰは……あれ？　かなり少ない？

「なんか、思ってたよりもＭＰ使ってないんだけど、こういうものなのかな？」

『その精霊に向いていることなら少ないという話がありました。でも、まだまだ検証しているところみたいです』

「りょ。まあ、エルフの人たちも今はまだ手探りだよな。キャラ作って一週間も経《た》ってないし」

自分で少しずついろいろ試していけばいいか。

少なくとも、ログハウスができた時に部屋の照明で悩むことはなくなったし。

「あれ？　これいつまで光ってくれてるんだろ？　光ってる間はＭＰも継続消費してる？」

『風の精霊で飛び道具を防ぐことができるそうですけど、解除をお願いすればいいそうですよ。お願いしてる間は必要に応じてＭＰが減るらしいので、気をつけないと一気にＭＰがなくなるそうです』

「あー……」

飛び道具を防いでってお願いしてる時に矢が一〇〇本飛んできたら、防ぎはできても昏倒《こんとう》するってことか。うん、やばいな。

「まあ、この広間を照らすだけなら大丈夫か。んじゃ、中でできる鍛治でもやるかな」

『あの……私が調べ物してる間に、ルピちゃんにご飯あげたんですか？』

「!?　ごめん！　さっきの『待て』扱いになっちゃってた？」

「クゥン……」

「すぐ作るから！」

俺の『のんびり』はなかなか遠そう……


「ごめんな、ルピ」

「ワフ～」

兎二匹分のお肉とレクソンをぺろりと平らげて満足したルピ。もう気にしてないよと頭を膝に擦《こす》りつけてくれる。

『良かったですね。ルピちゃん』

「ワフッ！」

ルピが許してくれたので、ミオンの機嫌も直って一安心。

「さてと……」

古代遺跡の鍛冶部屋には、出来上がった鉄インゴットが一九本。

最初に作るものはツルハシの頭と決めている。なんだけど、

「前に言ってた大きい感じはやめて、もう少し小さいのにするよ」

『小さい？』

「うん、えーっと……これくらいかな？」

インゴットを叩くハンマーを手に取って見せる。

鍛冶をやる時にの参考にと『ツルハシ』で画像検索してたら、片手持ちのやつを見つけたので。

「ナイフとカナヅチで掘れたし、最初から本格的な両手持ちツルハシはいらないかなって」

『なるほどです』

「あと、多分、初めてだから出来悪いだろうしね」

大きなものは鍛冶スキルが5ぐらいになってから。まずはツルハシ、手斧《ておの》、ノミは大きさ変えて三つぐらいかな。おっと、先に水桶に水を張っておかないと。

「ワフ？」

「ここの水は飲んじゃダメだぞ？　あと、ちょっとやかましくするし、部屋が熱くなるかもだから、ルピはベッドに戻っててもいいからな」

火の粉が飛んで火傷とかされてもと思ったけど、ルピは賢いから大丈夫かな？

「あ、ミオンもゲーム音がうるさくなるかもだから、音量下げてもいいよ」

『はい』

鍛冶でガンガンやってる間に雑談はあんまりできないかな。

見てる方も飽きるんじゃないかって気がするけど、これぱっかりはしょうがない。

元素魔法の〈浄水〉で水を張り終えたら、耐熱エプロンと手袋をはめて、古代魔導火床にMPを流し込む。30ほど持ってかれたかな？

『換気は大丈夫そうですか？』

「あ、そうだった。うん、アレで排気してるっぽい」

見上げた先にあるダクト？　に吸い込まれていく熱気。新鮮な空気は洞窟の方まで扉を開けっぱなしにしてるし大丈夫だよな。

「さて、やりますか……」


【鍛冶スキルのレベルが上がりました！】


「キツい！　熱い！　休憩！」

ツルハシの頭、手斧とノミ（大）の刃の部分を作ったところでギブアップ。

ＶＩＴ結構あると思うんだけど、鍛冶そのものに慣れてないからなのかな。腕の疲れとかよりも熱さがキツい……

『お疲れ様です。見ててすごく楽しかったです』

「マジで？　結構、暇なんじゃないかって心配だったんだけど」

『ショウ君が鉄の塊を叩くたびに、形が出来上がっていってすごかったです！』

それは俺も思ったけど、この辺はゲームならではかな。リアルなら半日とかかかるんだっけ？

「あとはこれに柄をつけて完成かな」

『柄はゴブリンが落とした棍棒ですか？』

「うん。あれにちょっと手を入れれば大丈夫のはず」

って、あれ洞窟の広間に置きっぱなしだったな。取りに戻るか。

鍛冶以外の作業もこっちでやる方が集中できていいのかな？

「ワフ」

「ん？　どうした？」

古代遺跡を出たところでルピが何かをスンスンと嗅いでいて……あっ！

『どうしました？』

「あ、うん、これ」

手に取ったのは検証のためにおいた魔石。だったんだけど、

【魔晶石（極小）】

『魔石からモンスターのマナを抜いたもの。

元素魔法：ＭＰを溜めることが可能。精霊魔法：精霊の棲家となる』

なるほど。

『え？　それって？』

「あー、うん、ミオンが調べ物してくれてる間に試してみてたんだけど……」

古代遺跡との距離に関係してるかもと思って、出入り口の近くと遠くと真ん中に置いてみた話を。

『そうだったんですね』

で、真ん中に置いたのを確認すると、まだ魔石のままっぽい。

「やっぱ古代遺跡の不思議パワーで魔晶石になってるのかな」

『ショウ君。調べてると部活の時間をオーバーしそうです』

「あ、もうそんな時間か。部室戻ってからベル部長に聞くよ」

ルピを呼んで、ベッドにごろん。このベッド硬いし、今度何か敷いてみよう……


「で、精霊魔法を取得したのね？」

「です」

「はあ……」

リアル部室に戻ってきて、さっそくベル部長に報告したんだけど、そんな大きなため息つかなくてもよくないかな？

『ショウ君以外に、精霊魔法を自力で取った人っていないんですか？』

「そうね。新規でエルフのプレイヤーが増えたから、精霊魔法自体は見るし、精霊石も初期装備してるから見たことはあるわよ」

ヒューマンの初期装備にあった『初心者の指輪』はエルフにはなくて、代わりに『精霊石のペンダント』というのを持ってるらしい。で、その精霊石の属性は風・樹・水・土のいずれか。

「精霊石の鑑定結果が『精霊が宿った魔晶石』でしたけど、ひょっとして魔晶石が手に入らない？」

「いえ、手に入るわよ。魔石に神聖魔法の〈浄化〉をかければいいだけだもの」

ちょっとすごい発見かなと思ってたけど、もう普通のことだったのか。

まあ、俺自身は神聖魔法取れてないから、それはそれで有用なんだけど。

『えっと、じゃあ、精霊さんを見かけないということですか？』

「そうね。厳密には『誰とも契約してないフリーの精霊を見かけない』かしら」

「うーん、島に俺だけで、精霊にとって棲みやすいからとか？」

俺以外に人がいないはずだし、自然あふれる場所なのは間違いないはず。

『でも、それなら今開拓に出てる人たちも遭遇してそうです』

「なのよねえ」

そんなことを話していると、さっきの動画のアーカイブを見直していたヤタ先生から指摘が。

「やっぱりこの光る苔でしょうかねー。暗い場所に光るものがあればー、光の精霊は当然そっちに寄っていくんじゃないかとー」

「ええ、おそらくそうかと」

『そのまま近くに落ちてた魔晶石に宿ったということですか？』

「それが自然な気がしますねー」

実際に光の精霊が光苔に寄ってきて、その近くの魔晶石に宿るところまで観察できればいいんだろうけど、さすがにそれはちょっと……

「この話もうちのメンバーにしちゃっていいかしら？」

「いいっすよ。っていうか、俺も他にやることたくさんあるんで、検証は任せたいです」

『部長。すごいリスト更新しておきました』

あ、うん。『すごいリスト』はめちゃくちゃ恥ずかしいです……

◇◇◇

夜。いつものバーチャル部室にいるのは、俺とミオンとヤタ先生の三人。

ベル部長とセスはすでにＩＲＯに行っていて、今日はライブの日だけど、お休みにしてプレイヤーズギルドの件を進めるらしい。

セスがベル部長やゴルドお姉様を連れて、アミエラ子爵にお願いに行くそうだ。お願いがダメだった場合、ギルド設立自体はいったん保留。

ギルドっていう体裁が整わないと国から、この場合は開拓を仕切ってる貴族とかだけど、直接依頼を受けられないので、別のコネを探すとのこと。

セスの奴、ホントに大丈夫なんだろうな……

ちなみに俺からの情報提供への対価だけど、ゲーム内で何かを返すことは現状不可能。なので、こっちでどうしても困った時に、解決策を知ってたら教えてもらうことになった。

『ショウ君。部長からみなさんの紹介動画が届いてますので、見てみませんか?』

「りょ」

ミオンが動画を見やすい位置に置いて再生してくれる。これはベル部長が「うちのメンバーは何が得意かも知っておいてもらわないとね」ってことで用意してくれたらしい。

「ベルさんは勉強にもこれくらいマメだといいんですがー」

ヤタ先生のぼやきには突っ込まずにスルー。

つらつらと六人分の紹介を見たんだけど、ゲーム内で会うわけでもないし、顔と名前を覚える必要ってあったのかな?

そう思ってミオンを見ると……ちゃんと要点をまとめてくれていた。

・ユキ：生産組リーダー。槍《やり》、料理、素材加工、会計。真面目そうなお姉さん。
・ゼルド：戦槌《せんつい》、鍛冶、木工、細工。髭《ひげ》もじゃで大きなおじさん。
・ジンベエ：剣、小盾、陶工、素材加工、細工。本物の陶芸家みたい。
・バッカス：斧、木工、大工、伐採、細工。マッチョなお兄さん。
・シーズン：細剣、裁縫、素材加工、細工。セスちゃんと同じぐらいの女の子。
・ディマリア：農耕、園芸、調薬、陶工、素材加工。優しそうなお姉さん。

俺が見てるのに気づいて、それを見やすい位置へと置いてくれる。

「さんきゅ。見てて思ったんだけど、やっぱり細工持ちが多いなあ」

「細工が適用される範囲が広いからでしょうかねー。素材加工なんかもそうですしー」

生産もやるなら取っておいて損はないスキルって感じかな。

「それにしても、俺が作ったロープとかって、この人たちなら気づいてそうなんだけど」

『ショウ君がすごいからですよ？』

いやいや、単に親父やじいちゃんに教えてもらって知ってただけだし……

「普通にゲームしてる人たちはー、まずゲームのお約束の方に引っ張られますからねー。街中で安く売っているロープを作ろうとはなかなか思いませんよー」

「確かにそうかも……」

俺も普通に王国スタートとかしてたら、今頃はナットやいいんちょと普通にクエストとかしてただろうし、ロープを自作したりとかは……なさそうだよな。

『あと、大人の方が多いです』

「え？　ミオン、わかるの？」

『活動時間とか、その……声の感じとかで』

あ、そういや、ミオンはそういうところ鋭いんだった。ベル部長が香取先輩なのも声で気がついたって言ってたよな。

「大人になってもゲームは楽しいものですからー」

「……前から気になってたんですが、ヤタ先生はＩＲＯやってないんですよね？」

「やってませんよー。生徒と一緒になってゲームで遊んでるとか言われそうですしー」

ええー、それはなんか違うような。吹奏楽部の先生が一緒に演奏しても怒られないのに。

『納得がいかないです……』

「だよな」

「納得いかなくても受け入れるのが大人ですからねー。気にしてくれるのは嬉しいですがー、先生は先生で別の楽しみがありますからー」

別のってなんだろ？　思わずミオンと顔を見合わせ、ヤタ先生の方を見ると、

「二人が大人になればわかりますよー」

とニコニコ顔。そういうものなのかな……

「はいはいー、話してると九時になっちゃいますよー」

「あ……」

『そうですね。ショウ君、行きましょう』

「りょ。せめて今日のうちにツルハシぐらいは完成させときたいもんな」

てか、ルピがほっとかれて機嫌悪くしてないか心配……

【帝国・王国・共和国】ＩＲＯ雑談総合【みんな仲良く】


【一般的な王国民】

結局、プレイヤーでギルド作れた人たちはまだいないの?


【一般的な共和国民】

金はあるんや。けど、コネがないんや……


【一般的な王国民】

王国とかそもそも貴族街に入れないし、どうやって接点持てって話なんだが。


【一般的な帝国民】

帝国の方がそういうチャンスはあるかもな。

アンハイム領も難民対応に冒険者駆り出してるし、そこで覚えめでたいって感じになれば。


【一般的な帝国民】

ゲームだとわかってても難民対応するのすごく辛《つら》い。はよ内戦終わってくれ……


【一般的な王国民】

内戦自体はどうなってるの?　それっぽい話、全然出てこないし。


【一般的な帝国民】

どちらの本隊も帝都南の大きな川を挟んで睨み合いしてるだけだから、話すことないんだよ。

川上とか川下で小規模な戦闘はあるんだけど、お互い負傷者がある程度出たら撤退してる。


【一般的な王国民】

それで難民が増える理由がわからんのだが?

【一般的な帝国民】
さすがに戦場近くは危険だし逃げるでしょ。
あと内戦に参加してる領は兵を出しちゃってて、モンスターに対する治安がね。
お年寄りを留守番に残して逃げてきてるって言ってたよ……

【一般的な王国民】
ばあちゃん……

☆☆☆精霊魔法を極めるスレッド☆☆☆
新規制限解除でようやく使えるようになった精霊魔法に関するスレッドです。

☆よくある質問☆
Q.精霊魔法スキルの取得の仕方を教えてください。
A.現時点では不明です。すでに取得しているエルフはキャラ作成時にスキル取得済みです。
Q.どのような種類の精霊がいますか?
A.風、樹、水、土が確認されています。
Q.精霊魔法はどうやって発動しますか?
A.精霊石に対して「こういう魔法をお願い」という思念を送ることで発動します。

【一般的な精霊魔法使い】

他人の精霊石を借りても、その精霊を使えないですね。

これってやっぱり懐いてるとかそういう感じでしょうか？

【一般的な精霊魔法使い】

どうだろう。実は最初に契約的なものがあるのかも？

【精霊魔法使いを目指す一般人】

質問なんですが、用意しておくべきものって、魔晶石だけでいいんでしょうか？

【一般的な精霊魔法使い】

最低限って言うならそうかな。

精霊石の説明が『○○の精霊が宿った魔晶石』だからね。

【精霊魔法使いを目指す一般人】

ありがとうございます。いろいろ試してみようと思います。

【一般的な精霊魔法使い】

正直、エルフでスタートして精霊魔法使えるのはいいけど、種類が増やせないのは辛い。

まさかこのまま一種類だけとかじゃないよな？

【一般的な精霊魔法使い】

風の精霊にウインドスラッシュ的なのをお願いしたら、全然無理でMP枯渇してスタンしたw
【一般的な精霊魔法使い】

だから、かまいたち・真空現象でものは切れないんだってば……

［防衛大国］ウォルースト王国・王都広場［先制的自衛権］

アイリスフィアの日本とも言える平和な国——ウォルースト王国民の雑談スレッドです。

【一般的な王国民】

まさかゲーム内でも「行政の対応が遅い」みたいなことになるとは。

安全を確保した場所は着実に増えてるんだが、なかなか開拓が進まんね。

【一般的な王国民】

ちょっとしょうがない部分はあるよ。

いきなり街を増やす、しかも多方向にってなったら、資材が足りなくなるし。

【一般的な王国民】

資材を確保するための道具が足りないし、その道具を作る資材が足りないっていう。

【一般的な王国民】

大規模な財政出動が必要なんだよな。

けど、俺らはともかく難民の皆さんは帝国に戻るかもだし、リターンを考えるとね……

【一般的な王国民】

ちょっと不思議な話があったんで聞いてくれるか？

【一般的な王国民】

言いたまへ。

【一般的な王国民】

前に急にタンク装備になった女の子の話をしたと思うんだが、またその子を見かけてな？

【一般的な王国民】

ゲームマスター、やっぱりこいつです。

【一般的な王国民】

お約束はいいっての！

東側のハイソで見かけたんだが、いかにもっていうお嬢様の護衛をしてたんだよ。

【一般的な王国民】

相手がお嬢様なら、護衛も同じ歳《とし》ぐらいの女性でっていうお約束かね。

野郎はそういうクエスト引けないの辛いよな。

【一般的な王国民】

半ズボンが似合う少年を護衛するクエストはありませんか？

【一般的な王国民】

ちょっと半ズボン探してくるので、履くまで待って。

【一般的な王国民】

すね毛あったらガムテで抜くよ？

【一般的な王国民】

お前ら……。で、話の続きがあるんだよ。

そのお嬢様と馬車に乗って、そのまま貴族街に入ってったんだよな……

【一般的な王国民】

もしかして……お前ストーカー？

【一般的な王国民】

違うわ！　貴族街の門が見える場所だっただけだってーの！

【一般的な王国民】

え、それってめちゃくちゃ金持ち住んでるあたりだよね？

その子はともかく、君は何をしに行ってたの？

【一般的な王国民】

いや、普通に武器買いに行ってただけだぞ？

あの辺は卸の店が多いから店頭には並んでないけど、個人に売ってくれるお店もあるし。

【一般的な王国民】

マジで!?　ちょっと俺も行ってくる！

【一般的な王国民】

いや、値段は普通に高いんだが……

06　金曜日　学術系スキルと本の関係

「おはよ」

「ぉはょぅ」

駅ではもういつものことのようにミオンが待ってて合流。

で、やっぱり昨日の件が気になってるみたいで視線が……

「ああ、ベル部長たち、うまくいったっぽいよ」

「ょかった……」

俺も気になってて、結局、美姫に「終わったら結果よろ」ってメッセ入れといたし。

結局、一一時過ぎになってから、どういう感じだったのかを教えてもらったんだけど……

「セスがギルドマスターなんだってさ」

「ぇ？」

「だよなあ……」

訪れたベル部長、ゴルドお姉様、セスに対して子爵様が出した条件はそれだけ。

それであれば、セスが助けた御用商人さんも含めて、全面的なバックアップをしてくれるという話だったらしい。

「なんで他の二人じゃダメかっていうと……ゴルドお姉様は神官だけどアレだし、ベル部長は街中で石壁出した件とかがね」

「ぁ……」

二人とも冒険者ギルドでの評価は高いらしい。でも、ちょっと問題もあると。

前もって調べられてたそうだけど、アポなしで行くわけでもないし、事前に誰を連れてくるのかも伝わってるはずだし、そりゃ調べるよなと。

電車が来て乗り込む。四月頭ぐらいは混んでたけど、今は余裕もできて立ってる人も少なめ。

「ただ、開拓に向かうのは古代遺跡の塔があった方面じゃなくて、王都の北西側らしいよ。ちょうどというか、アミエラ子爵がそちら側を任されてて困ってたみたい」

こくこくと頷くミオン。

「初期メンバーの名簿も渡して、身辺調査が終わったらいよいよ設立だってさ」

俺もまあ、あの『すごいリスト』が無駄にならなくて良かったかな……


「ショウ君、ミオンさん、エルフのプレイヤーに知り合いはいない？」

「は？」

部活の時間。部室に来て、挨拶もそこそこに切り出してくるベル部長。

「光の精霊の件を確認したいのだけど、精霊魔法を取る余裕のある知り合いがいないのよね……」

「普通にライブで募集すればいいんじゃ？」

「それだと日曜になっちゃうし、視聴者を実験台にって思われるのもね」

なるほど。すでに精霊魔法を持ってるエルフキャラで、少しでも早く検証ってことか。

『部長。ショウ君のライブで光の精霊の話はしない方がいいですか？』

「していいわよ。隠すのも難しいでしょうし、何が必要なのかは先に教えてもらったもの」

「別に隠してもいいんですけど？」

マイホーム紹介の時に、光の精霊を出さないだけで済むし。

むしろ、散らかり放題のあの空間を見られるのは……

「精霊魔法を取りたがってるプレイヤーも多いし、手間でなければオープンにして欲しいわね。それに、メンバーの総意として、ショウ君のプレイを制約しないってことでまとまってるもの」

『なぜですか？』

「変にプレイを制限すると、ショウ君のやらか……すごい発想が減るんじゃないかって」

ミオンに睨まれて訂正するベル部長。

いやもう諦めてるので、そこまで睨まなくてもいいよ？

「じゃあ、まあ、俺は気にせずプレイってことで。で、エルフの知り合いは一人いますよ」

「ホントに？」

『鹿島《かしま》さん？』

「うん。ナットといいんちょは、いつかセスに合流させようと思ってたから」

セスのギルドから、未開地の開拓に関するクエストを出せるなら、狩場として悪くない気がする。

「前に言ってたショウ君の友だちね。セスちゃんと顔見知りなの？」

「ええ、魔女ベルを隠したいんなら、セスだけに相手させとけばいいですよ。あの二人はセスっていうか美姫を知ってるし」

俺としてもその方が安心かな。

セスから魔女ベルの件がポロッと漏れたとしても、あの二人なら大丈夫だと思う。

「じゃ、お願いできるかしら」

「りょっす。帰宅してセスに了解とってからナットに連絡かな？　いいんちょが今日ＩＲＯやるかどうか微妙だけど」

『鹿島さんには私から』

「あ、ミオンからいいんちょに連絡取れるんだ」

『はい。その……ショウ君が変なことして困ったら連絡するようにって』


「えーっと、困らせてるならいいんちょに連絡する前に言ってね？」

『大丈夫ですよ。困ってなんかないですから』

ヤタ先生も部室に来たので、俺たちはＩＲＯへ。

昨日は小さいツルハシ、手斧、ノミ（大）を作り終えたところで、まだまだ作りたい道具はあるんだけどいったん保留。

まずはいい天気のうちに西側に仕掛けた罠を確認にってことで、そっちに向かってる最中。

「ワフ？」

「ん、なんでもないよ」

腰には笹ポが入ったポーチ、背中にはバックパック、作った手斧も持ってきている。

必要だろうということで斧と伐採のスキルをそれぞれＳＰ１で取得。残りＳＰ12になっちゃったけどしょうがない。

【粗雑な片手斧】
『片手用の斧。作りがいまいち。攻撃力＋18。
斧：片手持ち武器。伐採：ある程度の大きさまでの木を切ることが可能』

初心者のダガーの攻撃力が＋５だったから、一気に13も上がってビックリした。これで作りがいまいちらしいし、ちゃんと作れたらもう＋５とかありそう。

「さて、ちょっと伐採を試してみるかな」

『はい』

今いる洞窟から西側へ向かうには、密林を抜けて、一度南の海岸に出る必要がある。

どうせ頻繁に行き来することになるし、とりあえずは邪魔な枝ぐらい払っておきたいところ。

「よっと！」

目の前を塞ぐ枝に手斧を振り下ろすと、あっさりと枝が落ちて……ちょっと怖い。

「ゲームだからなんだろうけど、切れすぎる感じがするなあ」

『伐採スキルの影響もあるのでは？』

「なるほど。確かにありなしで随分違った気がする……」

スパスパと枝を払って落としていく。

拾うのは帰りにして、石窯の燃料として使わせてもらうことにしよう。


【伐採スキルのレベルが上がりました！】


「はやっ！　まあ1から2だからこんなもんかな？」

『鍛冶も3つ作っただけで3になりましたもんね』

「この前会った人たちとか、もうスキルレベル最大まで上がってるのかな？」

『どうでしょう。6からが大変だという話ですけど』

せっかくだし、ちゃんとスキルレベルまで聞いとけば良かったかな？

「ワフッ！」

海が見えるところまで出てくると、ルピが波打ち際までダッシュしていく。

後ろを見ると、枝を払ってきた部分は「まあ道かな？」ぐらいの感じになっていた。

でも、これ一日もしないうちに戻るんだろうな……

「本格的に道にするなら、木の根を抜かないとダメかな？」

『そうなるとスコップとかクワとかも必要ですね』

なんか、家の中が道具だらけになりそうな気がしてきたな……

「ルピ、なんか珍しいものあったら教えてな」

「ワフン」

海岸をあとにし、西の森の罠を確認に。

最短距離なら一〇分ちょいぐらいだけど、何かないかとふらふらしながら進んでいく。

『鳥、見かけませんね』

「いるけど、見つけられないのかなあ。でも、鳴き声ぐらいは聞けそうなもんなんだけど」

『海岸沿いの方がいるかもですね』

「え?」

『かもめさんとか』

「ああ、東の海沿いの崖とか見た時に全然気にしてなかったけど、いたのかもしれないな」

ちょっと盲点だった。かもめ、うみねこ、あとはサギとか?

「ワフ」

「お、チャガタケ。ありがとな」

適度に採集してバックパックに放り込む。せっかく作ったし。

その他にもキトプクサやらレクソン、そして、

「これは……ゆず?」

『でも、小さいですね』

「だよな。とりあえず鑑定っと……」


【グリーンベリーの実】

『グリーンベリーになる小さい果実。酸味が強い。

料理：皮、果汁を飲料、調味料として利用可能』

調味料！　名前的にはブルーベリーとかに近い方なのかな。

「酸味ってどれくらいなんだろ？　まあ、食べてみたらわかるか」

小指の先ぐらいのそれを一つもいでパクッと……

「〜〜〜っ！　すっぱっ!!」

『ショウ君？』

「あー、酸っぱかった。でも、最初だけだな。そのうち甘くなってきて美味しい」

レモンに近いかな？　酸っぱさはさらに上だけど。

あー、これはあれだ。フラワートラウトを焼いたやつにぎゅっと絞ると超美味しい気がする。

土曜のライブは飯テロするか……

「ワフ」

『え、ルピちゃん？』

「グリーンベリー食べたいの？　かなり酸っぱいけど大丈夫？」

「ワフン」

うーん、本人が食べたがってるならいいのかな。

まあ、毒があるわけでもないし、食べてダメなら吐き出すか。

「ダメならぺってしろよ？」

手のひらに小さいのを一粒だけ乗せて差し出すと、それを躊躇《ちゅうちょ》なくパクッとするルピ。

「クゥ〜〜」

『ルピちゃん、大丈夫ですか!?』

ぎゅっと目を瞑《つぶ》るルピに心配するミオンだけど……

「ワフッ！」

「大丈夫みたい。っていうか、結構好きなんじゃないかな」

酸っぱさが終わって甘くなってくると美味しいのは同じっぽい。とはいえ、こればっかり食べてると口の中が麻痺しそうだし、適度に摘んで帰って、肉や魚の味付けに使わせてもらおう。

「さて、そろそろ罠の場所な気がするけど……」

『気をつけてくださいね？』

返事の代わりに頷いて、気配感知を見逃さないように集中する。

その気持ちが伝わったのか、ルピが足音を消してスルスルと先行し始めた。

「あー、やられちゃってるな」

罠があった場所は盛大に荒らされて酷《ひど》い状態に。ロープも途中でちぎられてるし。

『逃げられました？』

「いや、多分、奴に獲物取られた……」

『え……アーマーベアですか!?』

「うん」

なんか明らかに、鹿でも猪でもないでかい足跡があるし。

多分だけど、罠にかかったグレイディアを横取りして持ち帰ったんだろう。

「ワフッ！」

「ああ、いい加減、あいつどうにかしないとだよな」

『戦うんですか？』

「もう少し準備したらね。武器はこの手斧が強くなったし、次は鎧かな。ランジボアの革があるから革鎧にして、鉄板もつけて硬くしてからだけど」

それと、できればキャラクターレベルをもう一つ上げたい。

ナットに聞いた話だと、10になった時はＢＰが20もらえるらしいので、それも全部ステータスに突っ込む予定。

装備とステータスが整ったら、また作戦を考えないとだよな。サローンリザードの麻痺毒が効けばいいんだろうけど、ゴブリンリーダーに麻痺がかかってた時間を考えると微妙。

新たな切り札になりそうなのは精霊魔法だけど、今のところいい使い道が思いついてない……

とりあえず残されたロープを回収してバックパックに詰める。

しばらくはこの場所に、罠は置けそうにないかな。

「よし、戻ろうか」

「ワフ」


「ふう、お疲れ様」

『お疲れ様です』

リアルに戻ってくると、ベル部長はまだＩＲＯ中。ヤタ先生は明日の授業の準備？

「二人とも時間前に終わってくるのはすごいですねー」

『ちょうどキリがいいところでしたから』

洞窟に戻ってから採集したあれこれを整理。

キャラがデフォで持ってるインベントリ内は時間停止なので、兎肉と猪肉と野菜を詰め込んである。外に出しとくと腐りそうだし。

日持ちするように加工したいところなんだけど、やっぱり燻製とかにしたほうがいいのかな。そうなると塩が必要なんだよなぁ……

唯一、チャガタケは放り出している。放り出してるっていうか干してる感じ。

本当は洞窟の外で干したいけど、ログアウト中に雨に降られる可能性もあるので、洞窟内の風通しのいい場所に石壁ブロックを積んで、その上に転がしてある。

これだけであっさり【干しチャガタケ】になってくれたのはラッキーだった。味も良くなったし、シイタケまんまって感じだ。

『ショウ君？』

「ああ、ごめん。食材の保存方法をちょっと考えてて」

最初のうちは必要になったらバイコビット狩ればいいかって思ってたけど、ここ最近は雨が降ってたりするし、そうなるとちょっとなあ。

ルピが食べる量も増えてるし、備蓄があるといいなあっていう。あと、やっぱりベーコンとか作ってみたい。

「お肉の保存といえばー、干し肉か燻製肉ですねー。どちらもビールに合うおつまみですよー」

「……俺ら未成年なんで」

親父に勧められてビール飲んだことはあるけど、そんな美味《うま》いとは思わなかったんだよな。

「そろそろ塩を確保すべきじゃないでしょうかー？」

「そうなんすよね。岩塩が見つかるとは思えないし、やっぱ海水を煮詰めるしかないか……」

海水一リットルを煮詰めて、塩が三〇グラムほど取れるんだったかな。

ＩＲＯの時間カットがあるから、頑張って一〇リットル分、三〇〇グラムくらい用意できればしばらくはなんとかなる？

「私の勘が当たっていればー、そんなに苦労しなくて済む気がしますよー」

「勘？」

「素材加工スキルが効くんじゃないでしょーかー」

◇◇◇

「ばわっす」

「良き夜よの」

バーチャル部室に入ったのは八時前。

晩飯の時に美姫に話はして、ナットといいんちょを合流させていいかは聞いた。

「うむ。あの二人なら我も気の置けない相手ゆえ大歓迎よの。それで二人のキャラ名は？」

「え？　ナットはいつも通りナットだけど、いいんちょは……聞いてないな」

その答えに大きくため息をつかれてしまう。

いや、いいんちょに似た真面目な感じのエルフっていう外見は見たし、なんならスキル構成とかも聞いたんだよ。でも、なぜかキャラ名を聞いてなかったっていう……

「兄上のそういうところは、父上とそっくりよのう」

「残念なものを見る目をするな……。ともかく、いいんちょにはミオンから連絡行ってるはずだし、お前がオッケーならナットにメッセ入れとくぞ」

という顛末《てんまつ》。

『ショウ君。鹿島さんから返事があって、柏原君と一緒に行くそうです』

「さんきゅ。ベル部長はもうＩＲＯ行ってる感じ？」

『はい。セスちゃんと他の方々にお任せするので、自分は別件があるからと』

まあ、魔女ベルは学校内の人には隠したがってたし、万一を考えるとその場にいない方がいいのかな。でも、別件ってなんだろ？

「で、兄上、配信する必要はあるか？」

「あー、そうだな。挨拶ぐらいはしとく？」

『はい。お二人の姿を見てみたいです』

「うむ、心得た。では、行ってくるとしようかの」

と美姫のアバターが消えるのと入れ違いに、ヤタ先生が現れる。

「こんばんはー」

『こんばんは』

「ばわっす。あ……ってまあいいか」

ナットといいんちょにヤタ先生……熊野先生がライブ見るかもって伝わってないよな。

セスからこの部屋限定配信への招待が飛んできた。

「どうしましたー？」

「あ、まあ、ちょっとセスの配信見ようって話で」

ポチッと開くと映るのはもちろんセス。

『あーあー、兄上、見えておるか？』

「見えてるぞー」

『見えてますよ』

『うむうむ。では、待ち合わせの王都広場まで行こうかの』

その様子にヤタ先生も納得した模様。ここから何が起きるのかは知らないと思うけど。

スタスタと歩いていくセスだが、結構、あちこちから視線が飛んでるのがわかる。

広場の近くはスタート地点に近いのもあって初心者プレイヤーが多いし、セスの装備は目立つよなあ。

『む、あれのようだの』

早足になったセスが向かった先には、美人エルフになんか怒られてる風の金髪イケメン。

『もし。兄上の親友ナット殿と見受けるが？』

『お？　セスちゃんだよな？　良かった！　ほら、大丈夫だったじゃん！』

『はあ……』

大きなため息をついて首を振るいいんちょ。相変わらずって感じで安心する。

多分、待ち合わせなのにセスがどんな姿なのかをナットが全然わかってなくて、それをいいんちょが怒ってたんだろう。

『久しぶりね、セスちゃん。えっと、ここではポリーだけど』

『うむうむ、いいんちょ殿、いや、ポリー殿だな。よろしくお願いする』

その答えに苦笑いするいいんちょ。ポリーって名前だったんだ。覚えとこう。

『さて、まずはパーティを組んでおこうかの』

と二人をパーティに誘うセス。二人が加わったところで、

「おーい、ナット、聞こえるか？」

『お、ショウ？　ああ、セスちゃんが配信して見てるのか』

『ポリーさん、こんばんは』

『あ、い……ミオンさんもいるのね。……大丈夫？』

大丈夫ってどういう意味だよ！　とか言うと、怒涛《どとう》の反撃が来るのでグッと我慢……

『大丈夫ですよ』

「まあ、ちょっと挨拶したかっただけだし、俺らは島行くから」

あとはセスがうまいことやるだろうし、さっさと退散かなと思ってたら、

「二人ともちゃんと楽しんでますかー？」

『え……』

『先生？』

「はいー。遊ぶ時はしっかり遊びましょうねー。勉強も忘れないようにー」

『うっす……』

『は、はい！』

ニコニコしてるヤタ先生。黙ってるのかと思ってたけど、単に一番いいタイミングを狙ってただけだよな、これ。二人が可哀想《かわいそう》だし、さっさと解放してやろう。

「じゃ、セス、あとは任せた」

『うむ、任された！』

『では、失礼します』

ライブを閉じてほっと一息。

ちらっとヤタ先生を見ると、すごく満足そうで……良かったっすね。


「はあ……」

ルピが食べた後の食器を浄水の魔法で洗う。

綺麗に食べてくれるし、ゲームなんだから洗う必要なんてあるのかと言われると微妙だけど。

『どうしました？』

「これ、明日また俺が怒られるやつじゃない？」

『大丈夫ですよ。明日は土曜日で学校お休みじゃないですか』

あ、そうだった。

『二人とも本当にびっくりしてましたね。でも、先生にそのままセスちゃんのライブを見せたのもショウ君ですよ？』

「はい……」

でも、あそこでヤタ先生に黙ってて欲しいとも言えないしなあ。

電脳部の顧問がヤタ先生だって話はしてたし、油断してた二人が悪いってことで。

『今日は鍛冶の続きですか？』

「かな。その前にちょっと川の様子見てくるよ」

『はい』

「ルピ、行くぞー」

「ワフッ！」

洞窟入口の東側、崖伝いに少し下った所にある小川だけど、この前までは雨のせいで濁ってたんだよな。そろそろ戻ってくれてると、明日のライブでも来られそうなんだけど……

「お、綺麗な川に戻ってる」

『これでまたフラワートラウトが食べられますね』

「そうそう、それライブの時にやろうかなって」

『いいですね！』

設置した囲い罠が一部崩れているので手直し。とルピが「泳いじゃダメ？」って顔を……

「川下の方ならいいよ。流されるなよ？」

「ワフン！」

その言葉に突撃していく。なんか綺麗好きだよなあ。

「そういや、ルピって【狼？】から変わらないいんだけど、どうすりゃいいんだろ？　鑑定スキルが上がればわかるのかな？」

『えっと、それと関連するかわからないんですけど、前に植物学とかが取れない話があったじゃないですか。その理由……聞きますか？』

「あ、うん、聞きたい」

俺がネタバレ嫌いなのに気をつかってくれててありがたいんだけど、さすがにこれはもうノーヒントじゃわかんないし……

『すでにスキルを持っている人に聞くか、その学問の本が必要だそうです』

「あー、そういう。先生か教科書がないと取れないんだ」

納得っちゃ納得なんだけど、島で取れる未来が見えない。

「まあ、しょうがないか。じゃ、俺はこもって作業だし、ルピは遊んできていいよ」

「ワフッ！」

川から上がり、狼ドリルでもふもふに戻ったルピを見送る。俺は洞窟を抜けて古代遺跡へと。

『先に採掘ですか？』

「うん。採掘して、炉でインゴット作ってる間に、鍛治をやれば並行してできるかなって」

待ち時間の一五分をうまく活用したい。焼き物なんかも結構待ち時間があるし、そのあたり三つ四つ並行してできれば、ぼーっとすることもなくいろいろとこなせるはず。

『そうなると石窯もあの部屋に置きたいですね』

「なんだよね。一回試してみるかなあ」

換気さえうまくできれば、中に置いた方が断然いい。雨の日も石窯使えるし。

「明日ライブだけど、ミオンは昼は習い事なんだよね？」

『はい、すみません』

塩作りはその間にやるかな。ひたすら海水を煮詰めるっていう単調な作業になりそうだし。

「いや、別に謝ることじゃないって。それに高校まで習い事続けてるってすごいと思うよ」

昔ちょっとだけ書道教室に行ったことあるけど、半年も続かなかったしな、俺。

それにしても、ミオンってなんの習い事してるんだろ。やっぱりピアノとかそういう？

「……なんの習い事してるか聞いていい？」

聞いていいのか悩んだけど、どうしても好奇心には勝てずについ聞いてしまった。

『えっと、ボイストレーニングです』

「おおー」

あ、普段、声が小さいのを気にしてるからってことなのかな？

別にそこまで気にすることもないような。いやでも、生声をたまに聞かせてくれるけど、すごくいい声だし、もったいなくはある。

『あの、変でしょうか？』

「え、いや。ミオンの声ってすごくいい声だから、なるほどって納得してただけ」

外見からは想像できない、ちょっと低音というかハスキーっていうんだっけ？　なんか息が届きそうな甘いセクシー……これ言うと怒られそうだしやめよう。

『いい声、ですか？』

「うん」

『……ショウ君、ありがとう』

しっかりした声量の生声で言われて背筋がゾクゾクッとする。すごい破壊力……

と、とにかくゲームに意識を戻さないと！

「あー、せっかくだし、精霊魔法の練習もするかな」

光苔でうっすらと照らされている採掘場だけど、明るい方がやりやすいだろうし、何より使わないとレベル上がらない。

インベントリから精霊石を取り出して、前と同じような明かりをお願いすると、淡い光の玉がすうっと昇っていく。

「へえ、結構天井高かったんだな」

『階段を下りてきましたけど、元の廊下の天井ぐらいまでありそうですね』

合成音声に戻してくれたようで一安心。それはそれとして……

「なんか、上の方にも採掘ポイントあるんだけど、どうやって掘るんだろ？」

『はしごとかでしょうか？』

「うーん、なんか勢い余って落ちる未来しか見えない……」

あんまり高いところ好きじゃないんだよな。高所恐怖症ってほどでもないけど、やっぱり地面に足がついてるのが一番。

「まあいいや。とりあえず掘らないと」

今は手の届く範囲の採掘ポイントで十分だよな……

「ワフ」

「おかえり、ルピ。バイコビット狩ってきたのか。えらいぞー」

鉄鉱石を持てるギリギリまで掘ってきて、古代魔導炉にまず一回目を放り込もうとしたところに帰ってきたルピ。しっかりとバイコビット二匹を咥えてくるあたり、俺が養われてる可能性……

さくっと解体し、厚めのスライスを一枚、ルピのおやつにあげると、それを咥えて広間の方へと戻っていった。今からガンガンやるし、あっちの方が静かでいいよな。

「さて、まずは鉄鉱石をインゴットに……」

五〇個の鉄鉱石を放り込んで扉を閉める。出来上がる鉄インゴットは一〇本。

まだ前回の残りもあるけど、置く場所はいくらでもあるので、作れる時に作っておきたい。

『今日の鍛冶は大工道具の続きですか？』

「かな。前は大きいノミだったから、今日は中と小を作るつもり。ミオンは何か作った方がいいと思うものある？」

俺としては、もう少し鍛冶のスキルレベルが上がったら、ノコギリを作ってみようかなと思ってる。他の大工道具に比べて、明らかに難易度高そうなので……

あとはカンナとか？　本体を作るのが難しそうだけど、そっちは木工スキルかな。

『あと直せるものがあるんじゃないでしょうか。拾ったナイフとかカナヅチとかです』

「あ、忘れてた」

一度にできるだけ多く採掘したいから、インベントリの中身また広間にぶちまけたんだった。

広場に戻ってくると、どうやらルピはちゃんとランチプレートに兎肉を置いてから食べたらしい。

可愛すぎかな？　で、姿が見えないということは、

「また遊びに行っちゃったかな？」

『遊びたい盛りみたいですね』

「うーん、遊んでやりたいけど、ずっとってわけにもなんだよな」

置いてあったお皿の水が少し減ってたので足し、放り出してあったカナヅチやナイフを回収。

ナイフは錆びてたり、刃こぼれしてたりと、なかなか直しがいがある感じ。というか、よくこれでゴブリンリーダーに刺さったなっていう……

「まだまだ使えるし、直すのもいい経験値になりそう」

『はい。それにダメだったら、炉の方に入れてもいいのでは？』

「そっか。リサイクルもありなんだよな」

『です』

そういえば、結局スルーしちゃってたけど、ゴブリンがカナヅチやらナイフを持ってたのは、やっぱりどこかから拾ったから？　だとすると、そういうものを置いてあった場所がどこかにあるはずなんだよな。古代遺跡奥の開かない扉の先とか？

『どうしました？』

「あ、うん。ゴブリンがカナヅチ持ってたのってなんでかなって。どこかで拾った？　盗んだ？

でも、あいつらってあの古代遺跡には入れなかったはずなんだよな……」

『あの怖い熊に追われて、こっち側に来たかもですよ？』

「なるほど……」

向こうにはアーマーベアだけじゃなくて、ランジボアもいたし、雑魚ゴブリンじゃ相手にならないか。となると、あっちの奥にまだ何か残されてる可能性は高いんだよな。

『でも、それよりも気になることがあるんです』

「え？　何？」

『ゴブリンって文字を読めたんでしょうか。魔導書持って魔法使ってましたし……』

やっぱり、人の言葉を読める頭のいいゴブリンが、ゴブリンマジシャンに選ばれて、英才教育を受けるのかな……

07　土曜日　飯テロライブ！

「んー、完全に一人なのって初日ぶりかな？」

昨日はログアウトまでずっと鍛冶に専念。

カナヅチとナイフの修理も無事できたし、ノコギリもチャレンジしてなんとかなった。既製品みたいな細かい刃は無理だったけど……

それ以外にも木工や石工、細工のための小刀とか彫刻刀っぽいもの。あとはスコップとかカマとかクワとか農耕に必要そうなものとか。

思いつく範囲で手当たり次第作ってたら、日付変わりそうになってたっていう……

おかげで鍛冶スキルのレベルが5になったんだけど、こんな早くていいのかな？　細々といろんなものを作った方がスキルレベル上がりやすいとか？

「ん、いい天気。これなら夜も大丈夫かな」

洞窟を出ると、少し暑いくらいの日差しに、さわやかな風が気持ちいい。

今日の夜のライブはのんびりとした配信の予定。準備しておくことというと……やっぱり塩作りかな。飯テロしたいし。というわけで、海岸へなんだけど……

「やっぱりか」

前に雑に払った枝がきっちり復活してて、ちょっとめんどくさい。

手斧でまた道を切り開きつつ進む。途中で斧と伐採のスキルがレベルアップして驚いたけど、スキルレベル5まではすぐだっけ。

落とした枝はこの後の製塩に薪として役立ってもらう予定。

「ワフ〜」

海が見えてきてルピが走り出す。元気だし可愛い。

さて、最初は苦労したかまど作りだけど、今回は元素魔法の石壁があるから楽ちん。

興味深そうに眺めるルピを傍《そば》にかまどを作り終え、海水を満たした土鍋をどんと乗せる。

基本的には煮詰めるだけだけど、途中でちょくちょく塩以外——カルシウムとか——が出てくるのをすくう必要がある。というわけで空いてる時間にちょっといろいろ試したいことを……

「よし、ルピ。行くぞ〜」

「ワフッ！」

この間しとめたランジボアの骨。排骨がもう一つあるので、これを使って簡単な訓練を。

「ほっ！」

まずは軽く、その場で二メートルほどの高さに骨を放り上げると、待ってましたとばかりにジャンプキャッチするルピ。

「ワフン」

「よーしよし、偉いぞ！」

骨をちゃんと足元においてのドヤ顔がまた可愛くて、ついつい褒めて撫でてしまう。

ちょっと放り上げる高さや方向を変えても、難なくキャッチするルピ。

俺が思ってる以上に身体能力が高い？　いや、成長してるから当然なのかな。

素材加工スキルのおかげか、あっさり煮詰まった土鍋の中身に海水を足す。

こうやって塩分濃度を上げていけば、まとまった量の塩になってくれるはず。

「よし、続き！」

「ワフ！」

繰り返してるうちに、おおよそ一〇リットル分が煮詰まって、塩がもこもこと現れ始めた。

「そろそろいいかな」

ある程度の水分が飛んだところで、小さな穴をいくつも空けた大きな葉っぱへと移す。

穴からしたたり落ちる水分はにがりってやつ。豆腐とかに使うアレだけど、今のところは使い道なし。一応、小瓶に入れてインベントリ行き。

残った塩はこのまま天日で乾かす。量的には三〇〇グラムぐらいになるはず。ＩＲＯの海の塩分濃度がリアルと同じならだけど。

「う〜ん、ずっと同じことしてると飽きるし、ちょっと岩場の方を見に行こうか」

「ワフン」

前に気になってた海藻類。昆布とかワカメに近いものがあればいいんだけど、そうなるとやっぱり水泳とか潜水のスキル必要だよな。

スキル一覧とにらめっこ……の前に検索して発見。どっちもＳＰ１だし取っておこう。

「とりあえず東側の岩場を探ってみるか」

海藻もだけど、カニとかエビとかいないかな……

「ふう、いったん帰ろうか」

「ワフン」

結論から言うと昆布っぽいものは見つからず。けど、岩海苔《のり》っぽい【ビリジール】っていう海藻があったので採集。

エビっぽいやつを見かけたんだけど、岩の隙間に入り込まれちゃったので捕まえられず……

潜水も取ったし、漁具的なのも作っとくべきだったかなあ。ヤスとか。

海岸まで戻ってきて、天日干ししていた塩を確認すると、

【素材加工スキルのレベルが上がりました！】

完成したっぽい。やっぱり素材加工のスキルは関係してたんだな。

上がって6になったし、5以上あるなら変な不純物とかも混じってないはず。

小指の先に少しだけ取ってぺろっと……しょっぱっ！

「よしよし、あとはこれを壺にでも入れとけばOK。しばらくは大丈夫だけど、月に一度ぐらいは作らないとかな？」

「ワフ」

ルピが返事してくれたんだけど、なんかミオンに話しかけるのが癖になってるな……

◇◇◇

時間は午後七時四〇分。ライブ開始は八時半の予定だから、準備の時間は十分のはず。

美姫はまっすぐＩＲＯへ行った。ベル部長も今日はこっちに出演するわけでもないし、明日のライブに備えての準備をするとか言ってたし。

「ばわっす」

『ショウ君』

「こんばんはー」

今日は一番乗りかなと思ってたのに、ミオンもヤタ先生ももういるし。

「今日のお昼の様子を見せてもらいましたがー、塩はちゃんと作れたみたいですねー」

「あ、はい。ちゃんと素材加工スキルも関係あったみたいで」

ちなみに塩は鑑定しても【塩】としか出なかった。リアルと同じじってことかな。

『あと採集してた海藻は海苔ですか？』

「うん、多分？　とりあえず天日干ししたら、よくみる板海苔っぽくなったし、今日のライブで食べてみようかなって」

『いいですね！』

二人とも俺が昼に何してたか確認済みっぽいし、改めて説明はなくて良さそう。

「ライブの準備はもう終わってる感じ？」

『はい。それで少し試したいことがあって』

ミオンの放送に流れてくるテキストコメントを、俺の配信まで届ける方法があるらしい。

「ショウ君がまったりプレイするならー、コメント見られた方がいいでしょうー」

「それはそうですけど、どのコメントを拾うかはミオンに任せてるんで」

どういう雰囲気なのかぐらいは確認するけど、個別にコメント見始めると、目移りしてゲームが手につかない気がするんだよな。

ベル部長はそのへんの匙加減《さじかげん》がすごいっていうか、戦闘しながらコメント見て返事して、笑いも取れるっていう、どっかおかし……すごい人だし。

『はい、任せてください』

「で、ＩＲＯ行けばいいですか？」

「はいー、いつも通りミオンさんにライブ配信してくださいー」

ヤタ先生の話だと、メニューの配信設定を少しいじる必要があるんだとか。なんで、早速ＩＲＯに。そのままライブに突入かな？

『ショウ君、いってらっしゃい』

「あ、うん、いってきます」

ヤタ先生、ニヤニヤするのやめてください……

〈メニューのサービス設定から【外部データ接続を許可する】にチェックを入れてくださいー〉

「りょっす」

この接続を許可すると、ゲーム外といろいろなデータをやり取りできるらしく、それを使って、ミオンのスタジオに届いたコメントをこちらにも流せるらしい。

『大丈夫ですか？』

「うん、これでいいのかな？」

【ヤタ】「どうでしょうかー？」

「あ、見えました」

これ、いつも目の前に出てると気になるな。

『そのウィンドウは任意の場所に移動できるそうです』

「なるほど。こうかな？」

軽く右手でコメントウィンドウを右へずらす。

このへん？　いや、もうちょい右ぐらいで、見る時は首をそっちに向ける感じ……

「ワフ？」

「ああ、ごめんごめん」

ルピにはメニューとか見えてないし不思議だろうな。

あれ？　でも、ミオンの声は聞こえてる風だし……まあいいか。

【ヤタ】「大丈夫そうですねー」

「このままライブ始まるの待つのでいい？」

『はい。あと二〇分ほどです』

「おけ」

今のうちに洞窟の広間をちょっと片付けとこう……


〈そろそろですよー〉

「りょっす。今、どれくらい待機中？」

『三〇〇〇人ぐらいです』

「マジか……」

今日の内容はまったりだし、飯テロ予定なんだけど大丈夫かな。

いや、でもまあガチの攻略系と思われるのもアレだからいいのか。

〈一〇秒前……、五、四、……〉

『みなさん、こんばんは。ゲームミステリーハンターのミオンです。よろしくお願いします！』
【ブルーシャ】「キタワ〜♪」
【シエケナ】「ミオンちゃーん！」
【ガーレソ】「はじまた！」

うわあ、すごい勢いでコメントが流れてく……これ読めるの？　って思ってたら、

【シエケナ】「〈祝！　収益化！：１０００円〉」
【ノンノンノ】「〈収益化おめ！：１０００円〉」
【ブルーシャ】「ナイス！」

『な、投げ銭ありがとうございます！　でも、あまり無理しないでくださいね？』

【シエケナ】「だいじょぶだいじょぶ」
【ガーレソ】「〈無理のない範囲：１０００円〉」
【デイトロン】「〈前回のライブ分：１００００円〉」
【ノンノンノ】「デイトレ神キタコレ！」

【シデンカイ】「もちつけおまいら」

ええええええ……

なんかもう怖いんだけど……

〈ミオンさんー、落ち着いてくださいー〉

『え、えっと、たくさんの投げ銭ありがとうございます。皆さんのおかげで収益化できました。

このチャンネルは、私がショウ君の無人島のんびりプレイを実況するチャンネルですので、ゆっくりとお楽しみいただければと思います』

【ブルーシャ】「いいねいいね♪」
【シエケナ】「無理しないでね」
【デイトロン】「まったり了解」
【ミンセル】「そろそろショウ君プリーズ」

良かった。ちょっと落ち着いてきたかな？

『はい。では、無人島のショウ君に繋ぎますね』

〈いつも通りでいいですからねー〉

ういっす。もう驚きすぎて、逆に落ち着きました。

ベッドに座って、ルピをあぐらの中に入れてスタンバイ。

『ショウ君、ルピちゃん、こんにちは』

「ようこそ、ミオン」

「ワフン」

コメントがまたすごい勢いで流れ始めたけど、もうちょっと読めない感じなのでスルー。

『まずは今いる場所を、ライブを見ている皆さんに説明してもらっていいですか？』

「おっけ。えーっと、前のライブでゴブリンを殲滅《せんめつ》したけど、その時にあいつらがいた洞窟で通じるかな？」

『はい、通じてますよ。軽く中を見せてもらっていいですか？』

「うん、散らかってて恥ずかしいけど」

ベッド、セーフゾーン、片付けてあるつもりのガラクタの山、うっすらと光って足元を照らしている光苔、そして、

「この部屋を照らしてくれてるのは、光の精霊が出してくれた明かり」

見上げた先に浮いているのは淡く光る玉。

【マワラナイン】「ふぁっ？」
【ヨチヒコ】「は？？？」
【サブロック】「光の精霊!?」

【ナンツウ】「どうやって!?」

『ショウ君、光の精霊について教えてもらっていいですか?』

「うん。まあ、俺も偶然だったから、これで確実ってわけじゃないんで」

『はい』

ゴブリンを解体して得た極小の魔石。それを洞窟に放置してたら魔晶石になったこと。

光苔の隣に置いてたらいつの間にか【精霊石(極小):光】になってたことを話す。

【ナンツウ】「マジか! めっちゃ助かる!」
【カリン】「他の精霊も同じかも!?」
【デイトロン】「〈先物情報料:10000円〉」
【マットル】「やべえ、魔石全部売っちゃってる……」

まあ、今ごろはセスのギルドが光の精霊石を作ってると思うので……

「俺もあんまり詳しいことわかってないんで、間違ってたらごめん」

『だそうです』

【ナンツウ】「全然OK!」

【マスラオボウヤ】「手がかりだけでも助かる！」
【ショウヨ】「先駆者的なボーナスもらった？」

「あー、ボーナスSPはもらわなかったと思う」

『ですね。また動画をあげると思いますので』

ってことで、光の精霊の話は終わり。で、そのまま次のネタに。

「で、ここが古代遺跡。一番最初の古代遺跡発見のワールドアナウンスは多分俺かな」

【ジョント】「やっぱりか」
【アサナサン】「デスヨネー」
【モルト】「知ってたぞい」

なんか予想通りだったっぽい？　確かにあの状況で一番ありそうだもんなあ。

「じゃ、中を案内するよ」

『はい』

その言葉に驚くコメントが流れていく。

ああ、そっか。ベル部長が見つけた古代遺跡はがっつり戦闘あったもんなあ。

「ここはモンスターとか出ないんで。今のところはだけど。ルピ、行くよ」

「ワフ！」
通路を進んで鍛冶場に入る。

【チョッケイ】「なんかすごい施設なんだけど」
【ミイ】「これ使えるの？」
【モルト】「炉か!?」

「えっと、鑑定結果は【古代魔導炉】。ＭＰ消費で鉱石をインゴットにしてくれる優れもの」

【モルト】「マジか！」
【ディアッシュ】「裏山！」
【ムシンコ】「え、でも、鉱石あんの？」

流れるコメントをスルーしつつ、古代魔導火床も説明。鍛冶スキルを取ってる人たちが盛り上がってるみたいだけど、鉱石はどこからって話になるよな。
『みなさん、続きがありますよ。ショウ君、お願いします』
「はいはい。じゃ、こっちから出て奥へ行くよ」
奥の扉を出て左へ。そのまままっすぐ進んで、開かない扉へと突き当たる。

「これ開かないんだけど、多分、向こうから開けるのかなって。で、こっち側が……」

流れるコメントを横目に右手の階段を下りると、光苔が暗がりを照らす神秘的な場所へと出る。

【ディアッシュ】「裏山鉱床！」
【モルト】「鉱床じゃ！」
【ムチョムル】「何ここ？」

光の精霊を出して全体を照らすと、採掘ポイントが自己主張してくるのが見える。

掘れるのはごく普通の鉄鉱石なのを伝えたが、それでもうらやましいという反応が大多数。

普通は国が管理してる鉱山に行くか、あまり採れなくなって廃坑にしたとこに行くか。前者は金を払う必要があるし、後者はモンスターがわいたりするらしい。

うちは無料安全掘り放題だもんな……

「えーっと、今行けるのはここまで」

『じゃ、次は外に出ましょうか』

「りょ」

来た道を戻ってる間にコメントを見てたんだけど、露骨に「ずるい！」みたいな反応はなさげ。

うらやましがられることはあっても、かといって俺と替わるかって言われたら……だよなあ。

『出たところは広場ですね』

「うん。あれから特に手入れとかはしてないかな。引っ越したから石窯は作り直したけど」

洞窟を出てすぐのところに作り直した石窯。

その隣には海岸までの道すがら落とした枝を回収して積み上げてある。

【チョコル】「いつも兎肉だと飽きません？」
【レーメンスキー】「今日のご飯は？」
【マルタイ】「本格的になってる！」

『今日のご飯はなんでしょう？』

「うん、今から捕まえに行くよ。行くぞ、ルピ」

「ワフッ！」

ってことで予定通り東側の崖沿いを進んだ先、少し下って小川に到着。

【ロコール】「川魚!?　シャケ？　マス？」
【ミナミルゲ】「いや、やっぱアユでしょ！」
【モルト】「ヤマメやイワナも捨てがたいのぅ！」
【クランド】「いやここはサワガニとか？」

『川魚が正解ですね』

「うん。もう囲い罠は作ってあって、あとは捕まえるだけなんだけど……いるいる」
二、四、六匹かな。まずは入口部分を閉じて、あとは捕まえるだけ。
「ルピ、逃げたら頼むぞ」

「ワフン」

前回同様、手際よく捕まえては壺へと放り込んでいく。

慌てて岩を飛び越えようとしたフラワートラウトは、ルピがしっかりとキャッチしてくれる。

「いいぞー、ルピ」

『今日も大漁ですね』

「一匹もいなかったらどうしようかと思ってたよ」

ま、昼のうちに何匹かいたのは確認してあったけどね。

石窯のところまで戻ってきて、いざクッキングタイム。

『ショウ君、料理上手ですよね。普段も妹さんに作ってたりするんですよ』

【ネルソン】「マメな男はモテるぞ」
【ブルーシャ】「いいなー。私もご飯作ってくれる彼氏ほしー」
【シェケナ】「ミオンちゃん頑張って!」

マメな男って。うちじゃ、誰もやらないからやらされてるだけなんだけど。

「料理って言っても、今日のは内臓《わた》取って塩ふって焼くだけだけど」

ちゃちゃっと捌《さば》いて、串に通して石窯へ。串もそろそろ金串とか作るかな。

『塩はお昼に海水から作ったものですね』

「うん。素材加工スキルのおかげで、いい塩になったと思う」

パチパチと脂が滴って弾《はじ》ける音がし始め、いい感じの焼き色と香ばしい匂いが漂う。

「そろそろかな。で、皿に移して、仕上げにグリーンベリーの果汁をぎゅっと」

ジュワッという音がし、立ち登る柑橘《かんきつ》系の香りがさらに食欲をそそる。

これは初めて試したけど、大正解に違いない……

【レーメンスキー】「やばい。もう、めっちゃ美味そう」
【ノンノンノ】「なんという飯テロ」
【ミナミルゲ】「あー、渓流釣り行きてえ!」

いい感じに飯テロを食らってくれてるようで何より。

「じゃ、いただきます」

「ワフン」

箸も作ったけど、やっぱりこれはガブっといくのが至高。(異論は認める)

「あつっ！　うまっ！」

脂の乗ったホクホクの白身に若干の塩味。皮の苦みはグリーンベリーの酸っぱさがうまく調和して絶品すぎる……

【アモクン】「やーめーろー！」

【ノンノンノ】「夜のこの時間に罪な放送すぐる……」

【デイトロン】「〈フラワートラウト定食：10000円〉」

【ガーレソ】「ナイス定食代」

『うう、いつもずるいです。私、ずっと見てるだけなんですよ？　ひどいと思いませんか？』

【リーパ】「それはもう拷問やね……」

【ネルソン】「俺、明日の夕飯は焼き魚にするわ」

【シェケナ】「ミオンちゃん、リアルで手料理ご馳走《ちそう》してもらおう」

『いいですね。今度、手料理ご馳走してもらいます』

え、マジで？

いや、まあいいけど……

「ごちそうさまでした」

「ワフン」

俺もルピも綺麗にフラワートラウトの串焼きを二匹ずつ平らげて大満足。

で、今日はもう少し試しておきたいことがあるんだよな。

『残りの二匹はどうするんですか？』

「燻製にしようかなって」

【ドンデン】「飯テロ！　からの飯テロ！」
【デンガナー】「そんなん美味いに決まってるやん！」
【ロコール】「俺も釣りスキル取って渓流釣りに行くかな……」

コメントがまた飯テロにわいてるのを横目に、さくっと残りの下拵《したごしら》えを済まそう。

「まあまあ、燻製はすぐできるわけじゃないんで」

内臓と血合いを取ったフラワートラウトを、キトプクサとグリーンベリーの果汁を混ぜた塩水につけてしばらく放置。

『それは一体？』

「燻製にする前に、ソミュール液ってのに漬けないとなんで、それをありもので作ってみた感じ。砂糖の代わりにグリーンベリーだけどね」

砂糖代わりは無理があるかもだけど、まあまあ塩水がしっかりしてれば大丈夫だと思う。

【マスターシェフ】「キトプクサはニンニクの代わりかな」
【ヒラリ】「料理のこと詳しすぎでしょｗ」
【アモクン】「本格的すぎ！」

やっぱ詳しい人もいるみたいだなあ。

キトプクサって、どうもギョウジャニンニクっぽいから、いけると思ったんだよな。

「多分、しばらく待つけどどうしよ？」

『あ、じゃあ、少し質問募集しますか？』

「うん。答えられる範囲でね」

リアルに影響のない範囲でお願いします。っていうか、ヤタ先生いてくれてるよね？

今まで以上の速度でコメントが流れていくのを見て、俺の方で拾うのはもう無理だな、これ。

〈ステータスの話が多いようなのでー、問題なければ見せてあげてくださいー〉

あ、良かった。ヤタ先生いた。

『スキルレベルやステータスの話が多かったので、今のステータスを見せてもらえますか？』

「おっけ」

NAME：ショウ　LV9
HP：304　MP：273
STR：34　DEX：33　AGI：22　INT：24　VIT：27　LUK：10
元素魔法：2　短剣：5　解体：6　鑑定：5　投擲《とうてき》：5　木工：5　石工：5
気配感知：5　気配遮断：5　応急手当：1　調薬：3　採集：6　料理：4
調教：4　罠作成：5　罠設置・解除：6　罠発見：3　陶工：5　素材加工：6
裁縫：3　弓：1　鍛冶：5　採掘：3　細工：1　精霊魔法：2　斧：2
伐採：3　水泳：1　潜水：1
残りSP：10　残りBP：0

【リーパ】「ステ高いやん！」
【メガマワー】「そんだけスキルあってまだSP10も余ってるのか……」
【リンレイ】「リアルでこれくらいスキルありそうなのよね」

「あ、レベルアップでもらうBPは今まで全部ステータスに振ってるんで」

その答えにまたわき上がるコメント。

『そういえば、LUKに全然ポイント振ってないんですね。理由あるんですか？』

「うーん、あんまり実感がわかないかなって。LUKに振って実感あった人っています？」

【リーパ】「わいもラックは無視派や」
【シェケナ】「微妙にドロップがいいかも？」
【ミンセル】「もともと引きが強い奴なら効き目はありそう」

そうなんだよな。セスがＬＵＫ上げてたりするとシャレにならない気がする。っていうか、あいつそれを理解してるから振ってそうなんだよなあ。
『少しある人が多いみたいですね』
「うーん、俺はリアルＬＵＫ低いんで、ここでＬＵＫ振っても意味ないかなって思ってるし」
【ヨンロー】「ミオンちゃん、引いといてそれはない」
【サクレ】「俺、明日、パン咥えて学校行くんだ……」
【ブルーシャ】「ショウ君を引いた、ミオンちゃんのＬＵＫが高い説」

なんか好き勝手言われてるっぽいのでスルーしよう。

〈いいですねー。こういうノリのチャンネルで行きましょー〉

……そろそろ漬かったかな。

「これから燻《いぶ》すんで、その間に次の質問よろしく」

『はい』

串を通してから、石窯の天井に近いところに設置。あとはこれで下から煙だけを当て続ければ大丈夫のはず。リアルだと桜のチップとかを燃やしたりなんだけど、今ここで一番マシそうなのはパプの木の枝かな。

「〈着火〉っと」

いい感じに煙が出てきたし、これで放置すればオッケー。

「ん、おっけ。次の質問って決まった？」

『はい。最近作ったものを教えて欲しいそうです』

「作ったものか。えーっと……」

採掘用のツルハシ、伐採用の手斧、大工道具に大中小のノミ、ノコギリ、小刀……

それ以外にも裁縫道具だったり、裁縫で作ったポーチにバックパック。陶工で鍋やら小瓶、甕《かめ》も
結構作ったし……

「なんかわからなくなってきたし、作ったもの並べてみようか？」

『はい。お願いします』

というわけで、軽い説明を挟みつつ一つ一つ並べていく。こんなたくさん作ったっけ？

【イザヨイ】「でも、必要なもの作ってるだけなんですよね」

【リーパ】「裁縫までできるとかおかんやん」

【デイトロン】「〈鑑賞料：10000円〉」
【マルサン】「ナイス鑑賞料！」

っと、盛り上がってる間に石窯をチェック。
取り出した二匹のフラワートラウトは食欲をそそる飴色《あめいろ》に。

【料理スキルのレベルが上がりました！】

「お、ラッキー」

【ドライチサン】「おめ〜」
【ティーエス】「おめっと！」
【カティン】「そんな美味そうなもん作ったら、スキルレベルも上がるよなあ？」

「ワフワフ」
キラキラした目でしっぽフリフリ……
ルピはよく食べるよなあ。食べた分、大きく強くカッコよくなってるけど、可愛さは変わらず。
むしろアップしてるかな。

「じゃ、半分こしようか」

片方をインベントリに放り込んで、もう片方を串から抜く。

まだちょっと熱いので半身に割って、少し冷ましてからルピと分ける。

「うまー」

「ワフー」

コメントがまた悶絶《もんぜつ》してるけど、そんなことより白米が欲しい……

〈そろそろ一時間ですー。終わりにしましょうかー〉

『ショウ君、そろそろ終わりの時間です』

「はやっ、なんかあっという間だった」

【コージ】「俺氏、体感三分」
【レーメンスキー】「俺、終わったらコンビニ行くんだ……」
【デイトロン】「〈無理せず頑張って：10000円〉」
【モルト】「〈祝収益化（遅）：1000円〉」
【ズンダモッチ】「〈収益化おめ！：1000円〉」

うわわわわ！　投げ銭が雪崩《なだれ》を打って流れてくのやばすぎるっ！

『あ、ありがとうございます！』

「え、えーっと、このライブは今後もまったりなんで、そんな感じでお願いします」

〈二人とも落ち着いてくださいー。最初だけですよー〉

そうは言われてもビビるんですよ！


〈はいー。お疲れ様でしたー〉

「お疲れっす……」

ばったりとそのまま後ろに、大の字に寝転ぶと、ルピが右腕を枕に寝転がる。

正直、前回のライブよりも疲れた……

『ショウ君、お疲れみたいですし、すぐ上がった方が』

「んー、片付けしたら上がるよ。ルピ、ごめん」

「ワフン」

「よっと！」

起き上がって、並べた作品をインベントリに放り込んでいく。整理は後回しにして、洞窟の広間に放り出しておこう。

「ワフ」

「さんきゅ」

ルピも皿やらなんやらを運んでくれる。賢い。

〈ざっと計算した感じですがー、三〇万と少しぐらいの投げ銭でしたよー〉

「マジか……」

『ショウ君、どうしましょう？』

「どうって……どうしよ？　とりあえず、ログアウトして部室行くよ」

『はい』

石のベッドにゴロンと横になるとルピが隣に。ふわっとしたいい匂いがするんだよな……

「ルピ、今日もありがとな」

「ワフン……」

やべ、本当に寝ちゃいそうだ、これ……


『ショウ君、お疲れ様でした』

「うん、ミオンもお疲れ。ヤタ先生もありがとうございました」

「いえいえー、まったりした感じになってきて良かったと思いますよー」

ニッコリとするその右手には電卓があって『３０４８００』と表示されている。

そうなんだろうなあとは思うけど、一応確認。

「今日の投げ銭の合計額ですか？」

「はい。ここから二割が動画サイト、一割がＩＲＯの開発運営会社に取られて、七割がミオンさんの口座に振り込まれますよー」

七割だからだいたい二一万ぐらい。それをたった一日、一時間のライブで？

そりゃ、ゲームドールズの人たちも必死になってファン増やそうとするよな……

「あれ？　じゃ、ベル部長はもっとってことですよね？」

『倍はあるんじゃないでしょうか？』

「いえいえー、そんなにないですよー。普段は一回のライブで一〇万円弱ですねー。お誕生日とかはすごいですけどねー」

視聴者数が多くて投げ銭もたくさん飛びはするけど、ほとんどが三〇〇～一〇〇〇円って感じだそうで。めでたいことがあった時には、デカい額がバンバン飛んだりするらしいけど……

「じゃ、今日のもご祝儀が多かった感じです？」

「ですねー。収益化して最初のライブですしー、前回のライブで投げられなかったのもあるんじゃないかとー」

ああ、まあ、あっちの方が見栄えのするライブだったたし、二回分プラスご祝儀って考えればなんとか納得……ホントに？

「理由はわかりましたけど、正直、今回のライブはめっちゃ疲れました……」

前回は戦闘に集中し始めてからは、ライブのことすっかり忘れてたし。

その後はなんだかんだやり取りしてる間に終わっちゃった記憶。

『私もです。前回は部長もいてくれましたし』

ミオンもベル部長のフォローがあるとないとじゃ、だいぶ違ったって感じかな。

場数が違うというか、あんな勢いで流れるコメントから、面白い会話になりそうなのをピックアップしてって……やっぱ才能なのかな。

「その辺は慣れですよー。お二人も場数をこなせばできますからー」

ヤタ先生曰《いわ》く、ベル部長は収益化するまで、それなりに――それでも早い方だけど――時間がかかったらしい。

ライブをやるごとに視聴者がだんだん増えていったそうで、それもあって慣れてるって話。

「俺ら、まだ今日でライブ二回目なんすけど」

「おかしいですねー。今年いっぱいは収益化なんて全然って予定だったんですがー」

だよなあ。俺もミオンも「まあまあ二桁ぐらいの人がライブ見てくれればいいかな」って感じだったんだけど。

「ちなみに今日のライブ視聴者数ってどれくらいだったの?」

『三万人ぐらいでした』

「……もう規模がわかんないんだけど」

「スタジアムの収容人数がそれぐらいですよー」

マジかー……。

『ショウ君、欲しいものないですか?』

「うーん、特にはないかな。あ、そうだ、夏は沖縄で合宿とかって話ありましたよね?」

「はいー、今年もやりますよー」

「うちは家に俺と美姫しかいないんで、あいつが一緒に行きたがったら、その分の旅費を出してもらえると助かるかも」

いくらぐらいかかるのかさっぱりだけど、今日の投げ銭の収入あれば足りるよな?

『はい!　任せてください!』

「なるほどですー。けどー、教頭先生に聞いておかないとですねー。美姫ちゃんは部員でも生徒でもないですしー。

保護者が自費で付き添うのはオーケーなのでー、それと同じということで納得してもらいましょうかー」

あ、そうだった……

まあ最悪、『たまたま』同じ旅行先に『偶然』日程も行程も同じってことで許してもらおう。

「こんばんは」

「兄上、ただいま!」

と、ちょうどいいところにベル部長とセスが来てくれた。

「で、収益化後の初ライブはどうだったのかしら?」

「えっと、まあまあ盛況だったでいいのかな?」

『でしょうか?』

「大盛況でしたよー。投げ銭も三〇万超えましたー」

ヤタ先生の言葉に目を丸くするベル部長と、うむうむと納得顔で頷いているセス。

お前は一体何を納得してるんだって感じだけど、それよりもだ。

「美姫、夏に部で沖縄合宿に行くって話があるんだけど」

「なんだと！　我も行きたい！」

だーよーなー。

「ってことで、ミオンお願い」

『はい。今日の分で旅費とか足りますよね？』

「え、ええ、十分よ。けど、そもそも部員の分は私の収益から出して、経費で落とそうと思ってたし、私が払ってもいいんだけど？」

とベル部長。ミオンの配信がこんなに早くに収益化すると思ってなかっただろうし、最初からそのつもりだったっぽい。

『いえ、セスちゃんの分は私が出します！』

「まあまあ二人とも。ここは間を取って、兄上に出させようではないか」

「おい！」

そう突っ込むとケタケタと笑うセス。ったく……

「では、兄上の分をミオン殿が払い、我の分はベル殿に払っていただく、これでどうだ？　それぞれライブの出演料と思えば良かろう？」

「ああ、なるほどね。それならいいんじゃないかしら？」

『はい！』

で、しっかりいい落とし所に持ってくんだよな。天才かよ……うん、天才だったわ……

「はいはいー、明日は休みですがー、そろそろいい時間ですよー」

「りょっす」

気がつけばもう一一時も回って明日が見えてくる時間。

『ショウ君、明日はＩＲＯお休みしますか？』

「いや、別に昼から……。あ、いや、買い物に出ないと冷蔵庫空っぽだったな。起きられなかったら、買い物が午後からになっちゃって、少し遅れるかなってぐらい」

『はい。では、おやすみなさい』

「うん、おやすみ」

【無人島実況】ミオンのチャンネル（仮）【ショウ君&ルピちゃん】

期待の新人バーチャルアイドル&ゲームミステリーハンター、ミオンちゃんのチャンネルについてのスレッドです。

ミオンちゃんだけでなく、無人島の全般の話題、ショウ君・ルピちゃんの話題なども全然ＯＫ。

ライブまったり実況もこちらで！

！注意！

チャンネルの告知にもある通り、無人島関連の情報はチャンネル外では発信してないそうです。

怪しげな噂に惑わされないようにね！


【まったり視聴者】

ということで、専スレ立てました。テンプレは随時更新していきましょう〜

【まったり視聴者】

たておつ〜

【まったり視聴者】

無人島全般にすると、攻略情報の質問来たりしないかな？

【まったり視聴者】

まあ、その時はわかる範囲で攻略サイトかそっちのスレへ誘導かな？

厳しくするよりは、緩い方がいいかと思いまして。

【まったり視聴者】
おけおけ。
それにしても『ミオンのチャンネル』ってデフォの名前のままだよな？
【まったり視聴者】
そう。スレ立てる時も何度も確認したよ。
これが正式名称なのか、変えられることに気づいてないのかどっちかな？
【まったり視聴者】
気づいてなさそうなんだよな。
チャンネルのヘッダ画像もないし、そのあたりベルたそから聞いてないんかね？
【まったり視聴者】
たておつ。ま、焦らなくてもいいんじゃない？
二人とも素人っぽいし、徐々にそのへんも整ってくると思うよ。
それも見守っていく感じでいいんじゃないかな。
【まったり視聴者】
ベルたそのとこみたいにファンアート募集するかもだよねー。
ちょっと描いてみようかな。
【まったり視聴者】
絵描ける人はええのう……

【まったり視聴者】
ディスじゃないと断っておくけど、ミオンちゃんって合成音声でしゃべってるよな？
実はおっさんって可能性ないの？
【まったり視聴者】
中の人などいない！
いやまあ、声が特徴的で身バレするのが怖いからとかじゃないの？
【まったり視聴者】
一八歳以上って線はかなり薄いと思ってる。
ベルたそと同じで、午後一〇時には絶対にライブ終わるって話だしね。
【まったり視聴者】
つまり、二人とも高校生で同級生とか？
でも、ミオンちゃんが女の子とは限らないよな？
【まったり視聴者】
ショウ君の気の使い方見ればわかるよー
【まったり視聴者】
ゴブリンが吊られてた時のやり取りとかでわかるよね。
男同士なら「気分悪くなったりしてない？」とか聞かないでしょ。
【まったり視聴者】

あのやりとりだけでご飯三杯はいけるよね！
ナチュラルにあれ聞ける気づかい。
かー！　うめえ！

【まったり視聴者】
新しい動画きた！　これはライブ前の準備かな？
【まったり視聴者】
ライブでは使われなかった罠がたくさんあったんだな。
……でかい石が降ってくるやつとか凶悪すぎでしょ。
【まったり視聴者】
なんか古い映画にあったよね。
乱暴とかいうやつ？
【まったり視聴者】
間違ってるけど合ってる。
【まったり視聴者】
だいたい合ってる。
【まったり視聴者】
何が始まるんです？

【まったり視聴者】
第三次……ってそれは違うw
それにしても、あのトカゲが結構おいしいね。
皮も使えそうだし、毒腺は例の麻痺ナイフにできるし。
【まったり視聴者】
でも、麻痺ナイフ、ゴブリンリーダーへの効果時間が短かったからなあ。
もっとレベル高いモンス相手だと厳しいかも。
【まったり視聴者】
パプの実ってこんないろいろ使えたのか……
【まったり視聴者】
なるほど、柿だったんだな。
ドライパプを見た時に「まんま干し柿だな」ってとこで思考が止まってたわ。
【まったり視聴者】
アンチパラライズポーション!?　完全に盲点だった……
【まったり視聴者】
売ってるものも原材料を鑑定し直した方が良さそうね。
完成品を鑑定しても、なくなっちゃってる特性とかありそうだし。
【まったり視聴者】

しっかし、パラライズポーションを作るだけじゃないのなちゃんとアンチパラライズポーションも用意するあたりが……

【まったり視聴者】

マメだよね。ついでに小瓶の形、よく見てみ？

笹ポとちゃんと形変えてあるんだよ。

【まったり視聴者】

ホントだw　細かすぎw
【まったり視聴者】

お、次回ライブ告知出たぞ！　土曜夜だ！


【まったり視聴者】

おつおつ～♪

まったりライブだったけど、あっという間だったね～

【まったり視聴者】

光の精霊、古代遺跡、古代魔導具……まったりとは？

【まったり視聴者】

本人たち、あんまりすごいって思ってないのかね？

俺だったら、小躍りしてダチに自慢するんだけど……

【まったり視聴者】
見せることはできても、誰もいない場所だからじゃないかな？
うらやましいとは思うけど、じゃ、ショウ君と交代って言われても困る……
【まったり視聴者】
むしろミオンちゃんと交代したい。
【まったり視聴者】
女性ファン多そうなスレですね……
【まったり視聴者】
いや、俺だってショウ君が作った料理とか食ってみたいが？
魚の捌き方知ってたし、明らかに普段から料理やってるでしょ。
空いた時間に一品作るとかできそうな感じだったし。
【まったり視聴者】
あの飯テロは反則でしょｗ
【まったり視聴者】
燻製を作れる男子高校生がいると思わなかったよ。
実家がレストランとかそっち系だったりするのかな。
【まったり視聴者】
いいなー、私もショウ君の手料理食べたい……

【まったり視聴者】
収益化して初ライブってのもあるけど、随分と投げ銭飛んでたね。
かく言う俺も投げたんだけどさ。
【まったり視聴者】
デイトレ神が見てるとは思わなかったわ。
意外と投げ銭控えめだったのにも驚いたけど。
【まったり視聴者】
それでも総額で五万円ぐらい投げてたけどなｗ
【まったり視聴者】
千円飛んでくるだけで驚いてるのが初々しい。
ガチャ十連で三千円飛ぶゲームとかあるんだけどな……
【デイトロン】
あんまり投げすぎても困惑させるかなと思ってね。
でも、ライブが面白すぎてついつい投げちゃったよｗ
【まったり視聴者】
ふぁっ！　本人降臨!?
ってか、公式フォーラムに書けるってことはＩＲＯしてたんですか。

【デイトロン】
新規制限解除でようやくね。
ゲーム自体はほどほどに、どっちかっていうとここでの交流目的。
あ、一応、本人証明ね。≫［リンク］
【まったり視聴者】
わーお、本物だ……
デイトロン氏なら、ＩＲＯ内でも商人プレイでひと財産稼げそうですけど。
【デイトロン】
ゲームの中でまでデイトレはしたくないなあｗ
株式も何も、この世界は金本位制みたいだしねえ。
チューリップの値段が上がったりしたら考えるよｗ
【まったり視聴者】
それどっかでバブルはじけるやつｗ
【デイトロン】
おっと、スレ汚しごめんね。
次のライブも楽しみだねってことで！

08　日曜日　予期せぬ遭遇

「ちわっす」

「良き良き」

ライブ明けの日曜。ちょっと寝坊はしたものの、午前中に買い物も終えて一安心。

昼飯を食ってからバーチャル部室に来たところなんだけど、

『ショウ君、セスちゃん』

「こんにちはー」

ミオンとヤタ先生の二人。ベル部長は……ＩＲＯもうやってるっぽいな。

ミオンは動画の編集ではなさそうだし、ヤタ先生もなんか書類を作ってる？

「何してるの？」

なんか申請とか必要なことってまだあったっけ？　投げ銭の関係とか？

『宿題してます。ちょうど先生もいますし』

「ああ、うん。ヤタ先生は何を？」

「連休向けの宿題作りとー、明けてすぐに中間テストがありますのでー」

そうか。もう週末から連休だし、それが明けたら中間テスト……

「ふむ、もうそのような時期だったか。兄上、連休中はどうするのだ？」

「どうって。別に予定もないし、親父と真白姉が戻ってくるかもってぐらいだろ？」

一応、親父は月に一度は様子を見に帰ってくる。

母さんは仕事で大変そうだけど、親父は主夫なので、時間の融通はきくはず。それでも、母さんを丸一日ほっとくのが怖いらしくて、すぐ戻っちゃうんだよな。

あとは真白姉だけど……いつ帰ってくるとか、絶対に連絡してこない人だし……

「ふむ。まあ、今年はＩＲＯのおかげで退屈はせんで済みそうよの」

『ショウ君は宿題はもう終わらせたんですか？』

「うん。土曜のうちに終わらせてた」

なんかこう、宿題しないとってのが頭の片隅にあると、気になって集中できないタイプ。

『もう少し待ってください。すぐ終わらせます』

「いやいや、別に慌てなくていいよ」

で、セスは先にＩＲＯに行っていいぞって言おうとしたら、

「そこはこう……この方が作者の心理をうかがえるのではないか？」

「なるほどー、いいですねー」

「おい、やめろ。お前が監修すると洒落にならん」

その宿題かテストか俺が解けなかったら、今さらだけど立ち直れなくなる。

「しょうがないのう。では、ＩＲＯに行くとするか。ああ、兄上、今日はナット殿やポリー殿と狩りに出かける予定だが見ていくか？」

「お、マジか。ちょっと見たいな。いいんちょは弓がうまいらしいし、他の精霊魔法もどうなのか

気になってるし」

「うむ。では、ここに限定配信を流しておくことにしようかの」

そう言い残してＩＲＯへと向かうセス。

「あ、ここで見るとミオンの勉強の邪魔になるか。ごめん、ちょっとリアルビューに……」

『いえ、大丈夫です。今終わりましたし、私も見たいです』

それを聞いて一安心。俺も土日の宿題はこの時間に消化するかな。

いつもってわけじゃないけど、ヤタ先生がいてくれるなら、わからなくても聞けばいいし。

「つと、来た来た」

セスから送られてきたメッセを開き、配信を大きく映し出す。

『兄上、聞こえるか？』

「ああ、聞こえるぞ」

『大丈夫ですよ』

俺たちの返事にサムズアップで返すセス。場所は宿屋の一室？

部屋を出て、そのまま外へと出ると、目の前に広がるのは絶賛開拓中って感じの広場。

「ここって王都の北西だっけ？　そのアミエラ子爵が担当してるってあたり？」

『うむ。ここが開拓拠点だな』

待ち合わせをしているという中央広場（仮）に向かいつつ、状況を説明してくれる。

アミエラ子爵領は元々、ウォルースト王国の北西の端にあって、人口一万人ほどの街。そこからさらに北西側に広がる森を開拓という話らしい。

今のこの場所はその街から半日ほどの場所。このあたりまでモンスターは駆逐できてるそうだが、肝心の拠点作りが間に合ってないらしい。

「そうなんだ。結構、切り拓かれてるみたいだけど」

『そこは金曜、土曜と立ち上げたギルドが奔走したゆえな』

『二日でここまで進むんですね』

『生産組のメンバーが、フル回転でギルド業務をこなしておるからの。ここで調達した素材は加工されて王都へと向かっておるし、それをまた別の方面の開拓組が購入することで、十分黒字が出ていると聞いたぞ』

うへ、すげえな。そりゃ、ロープだったり木箱だったりはいくらあっても足りないだろうから、余ったそばから王都へって感じなんだろうけど。

『む、あれだな。ナット殿、ポリー殿』

『お、セスちゃん、ちっす』

『こんにちは』

で、カメラを見てサムズアップするセス。多分というかパーティーを組んだんだろう。

「お二人さん、ういっす」

『こんにちは』

『お、ショウにミオンさんか。昨日は大盛況だったみたいだな』

『……今日は先生はいないわよね？』

ごめん。いるんだな、これが……

バツ印のマスクつけて［私はいません。精霊の話に］ってフリップ（？）出してるけど。

『ポリーさん、光の精霊は取れたんですよね？』

『え、ええ。セスちゃんのおかげなんだけど、いいのかしら？』

『気にすることはないぞ。悪く言えば「実験台になってもらった」のだからの』

なるほど、検証はうまくいって、二つ目の精霊を使役できるようになったと。

『あら、セスちゃん。これからモブ狩りかしら？』

『む、ベル殿もか？　良ければ同行せぬか？』

おい、セス。そのベル部長が現れるのは完全に仕込みだろ？

そして、完全に予想外のプレイヤーがもう一人……

『ベル、知り合いかい？』

銀髪ショートの長身美女、雷帝レオナ様……マジか。

ナットは二人を知ってるからか完全に硬直してるし、ポリーはよくわかってないのかナットの様子におろおろしてる状態。

『ええ、最近知り合って、よくメイン盾に入ってもらってるセスちゃんよ。私がいるプレイヤーズギルド「白銀の館」のギルドマスターでもあるわ』

『セスという。二人は我の友人でナット殿とポリー殿だ。おっと、説明いただかずとも存じておる

セスの奴。

ぞ。雷帝レオナ殿』

『はは、面白い娘だね』

楽しそうに握手する二人。ホント、度胸座ってんな、セスの奴。

『で、ボクもまぜてもらっていいかい？』

『あー、知人に限定配信しておるので、それでも良ければだが』

『全然かまわないよ』

マージーかーよー！　って、またカメラにサムズアップするセス。

だと思ったよ。わかったわかった……

「ども、ショウです」

『ミオンです』

その言葉に珍しく驚いた顔になるレオナ様。そして……

『あはははは！　こんなところで話題の無人島ペアと知り合いになれるなんてね！』

それはこっちのセリフです……

〈ショウ君、このライブ、最後まで見たいんですがいいですか？〉

〈え、あ、うん。俺も最後まで見たい〉

いきなりウィスパーされてビックリしたけど、ちゃんとウィスパーで返す。

セス、ナット、ポリーだけだったら、挨拶だけしてＩＲＯへと思ってたけど、魔女ベルに雷帝レオナ様と揃ってるこの状況は見ていたい。

それに今すぐ抜けるのは、俺たちを歓迎してくれたレオナ様に悪い気がする……

『それで、どこへ行くつもりだったのかしら？』

『いや、特には決めておらなんだな。三人で手頃な場所と考えておったが』

『じゃ、古代遺跡へ行かないかい？』

そう切り出したのはレオナ様。そういえば自力で発見して、そのまま突っ込んでったって話があったと思うんだけど、その時どうなったのかは知らないな……

と、ポリーがナットが背負ってる大剣をちょんちょんと突く。

『あー、すまんが、この娘は見ての通り新規組なんだ。いきなり古代遺跡はちょっと辛いかもしんねーんだが』

どうやら著名Vとの遭遇から立ち直ったらしいナットが申し訳なさそうに伝える。

なんだけど、

『大丈夫だよ。いざとなったら、ボクが守ってあげるからね』

『は、はい……』

レオナ様にそっと手を取られて惚《ほう》けてしまうポリー……

ふと、視界のはしで動いたヤタ先生を見ると［キマシタワー］というフリップが。

思わず吹き出しそうになるのをグッと堪える。

隣のミオンは……よくわかってないのかキョトンとしてるな。

『レオナさん……』

『おっと、これ以上はベルが怒るからね』

パチンとウインク一つ。ライブの時は修羅みたいなウォーマシンなんだけどなあ……

『はあ。じゃ、古代遺跡でいいかしら？』

『うむ！』


古代遺跡までは、歩くと三時間はあるそうだが、今はもう馬車で移動できるらしい。

今はその乗合馬車の中で雑談中。

『古代遺跡方面の最前線は、昨日の夜に仮のものができたところよの』

『おかげで大助かりだよ。乗合馬車と認識されると移動が五分で済むからね』

セスがそう話してくれ、レオナ様が答えてくれる。

なるほど。ちょっと時間のかかるポータルみたいな扱いにしてくれるのか。

『ただ、まだ村とも言えぬ状態なのでな。ログアウトすることはできぬ。もう二、三日あればといったところかの』

『人は足りてるのかしら？』

『プレイヤーの方は十分だな。レオナ殿とベル殿のおかげもあろう。

加えて「白銀の館」でクエストを出せるようになったおかげで、王都でクエストを探していたプレイヤーも増えておる』

有名V二人にクエスト完備、内戦の余波も来ないってなりゃ、そうなるか。けど……

『ＮＰＣはどうなの？』

プレイヤーはログアウトしていなくなることが前提。

休日はともかく、平日は深夜から夕方までプレイヤーも減るはずで、そうなるとＮＰＣは必須な気がする。

『帝国からの難民のうち、王国への亡命を希望する所帯持ちを選んで採用しておる。昨日、今日は問題なさそうではあるが、問題は明日以降よの』

『家族連れに悪人は少ないだろうってことか』

『なるほどね』

なんだかいろいろと考えてるっぽいが、生産組の人たちがうまく回してくれるんだろう。

『そういえばベル、アンシアもＩＲＯ始めたそうだけど？』

『ええ、知ってますよ……』

ちょっと面白そうな感じで問いかけるレオナ様に、うんざりしたご様子のベル部長。

氷姫《ひょうき》アンシア。ゲーム実況系バーチャルアイドルの中でも、特にシミュレーションゲームを得意とし、対人戦ともなればそれはもう氷のような冷酷さをもって……

ベル部長も前にシミュレーションゲームで対戦コラボして、ボコボコにされてたからなあ。

『まあまあ、アンシアもベルのことが好きだから』

『わかってます。でも、アンシアさんはなんというか……』

『あはは、あの子は好きな子をいじめちゃうタイプだからね』

なるほど、そういう……って、ヤタ先生［キマシタワー×2］とかいいから！

『では、IROでもウォーシムをするつもりということかのう？』

『まあ、ボクやベルがこっちにいるのを知ってて共和国に行ったからね。多分、そのつもりなんじゃないかな』

『ほほう……』

そうニッコリと笑いかけるレオナ様に対し、セスはニヤリとして……完全に面白がってるな。

『セスちゃん、ほどほどにね？』

ポリーがそう声をかけると、セスも表情を戻しておどけたように答える。

『ふむ、今はお互いそれどころではあるまい。帝国の内戦がなんらかの形で決着せねば、王国と共和国が戦うということにはならんだろうしの』

『俺はセスちゃんがマジにならないことを祈るよ、ホント……』

ナットがぽろっとそうこぼし、俺もそれに同意しそうになって、慌てて口をつぐむ。

リアルのセスを知らないのが二人、いや、一応ミオンも入れて三人。余計なことは言わない方がいいだろう。

『さて、着いたようだね』

一行が降り立ったのは、まだちょっとしたキャンプ地って感じの場所。

寝泊まりできる施設は鋭意建設中って感じで、建てかけの家屋がちらほら。

『姐《ねえ》さん！　お帰りなさい！』

『うん、ただいま。ちょっとベルたちと古代遺跡に行くけどどうする？』

『はっ！　人足を集めて参ります！』

あれは確かレオナ親衛隊長のダッズさんだったかな。

ドワーフってことは限定オープンの時には、はいれてなかったのか……

『えっと、どういうことかしら？』

『ああ、古代遺跡までの道を作っておきたくてね。ここから一〇分もかからないぐらいだし、そっちのギルドにとっても悪くないだろ？』

とセスを見るレオナ様。

乗合馬車を降りて、すぐ古代遺跡に行けるようにしておけば、訪れるプレイヤーも増えると。

遺跡からのドロップ品はセスのギルドで扱えるし、消耗品も売れるしで……

『ふーむ、ありがたい話ではあるが、こちらが得をしすぎであろう。そちらにも何か利があって然《しか》るべきだと思うがのう』

『セスちゃんは優しいね。ま、ボクは難しいことは苦手だから、後でダッズと話してよ』

レオナ様が肩をすくめてそう答えたところに、戻ってきたダッズ氏。

『姐さん、準備整いました！』

と、その後ろにずらっと並ぶ屈強な男たち。手には斧やら鍬《くわ》やらなのは、先行するパーティーの後を道に整地していくって感じかな。

『うん。じゃ、行こうか』

〈洞窟から海岸までの道作りの参考になりそうですね〉

〈あ、そうだね。しっかり見とかないと〉

やば、完全にただの視聴者として見ちゃってた……


「はぁ……」

「ただいま、兄上！」

ライブを終えてバーチャル部室に戻ってきた二人。

セスが元気なのはいいとして、ベル部長はお疲れのご様子。

「お疲れっす」

『お疲れ様です』

時間は午後四時前。一時過ぎから始めて、二時間ちょいのライブだったけど、いろいろと見るべき点が多く参考になった。

ただ、古代遺跡のダンジョンはあっさり。第二階層の奥の扉が開かなくて進めずって状態。

ダンジョン内部は、ところどころに無人島の鉱床と同じ、鉱石が掘れる場所もあって価値は高そう。道さえ整備できれば、初心者を抜けたあたりの人にちょうどいいぐらい？

「どうだ、兄上。参考になったか？」

「ああ、アーマーベア戦も見られたしな。戦い方はマネできそうにないが、弱点というか攻撃が通る場所はわかったよ」

馬鹿正直に切りつけても、名前の通りアーマーと化した表皮に弾かれるっぽい。

セスが大盾で攻撃を受け止め、ナットが大剣で殴りつけてよろめかせたところを、レオナ様が首筋を一閃《いっせん》。

逃げ出そうとするそいつは、きっちりとポリーの樹の精霊に転ばされるっていう……ソロには無理な攻略方法でした。

『部長、大丈夫ですか？』

「ええ、大丈夫よ。と言いたいところだけど、レオナ様と組むのは疲れるのよ」

「そうなんです？　なんか、思ってた以上に仲がいい感じでしたけど」

ベル部長は少し有名になり始めたあたりから、レオナ様やアンシア姫なんかに呼ばれてたし、同じ独立系のよしみみたいなのはあったんだと思う。

けど、それ以上に親しげに「ベル」って呼んでた気がしたんだよな。

「今日は組んだメンバーが全員うまかったもの。ミスが多くなると途端に不機嫌になるわよ」

あー、なんとなくわかる。レオナ様とパーティ組むには相応の腕が必要って言われてるし。

『そうなんですね。知りませんでした』

「ミオンはレオナ様のライブはあんまり見てない感じ？」

『はい。切り抜き動画を見て、アクションゲームがすごく上手な人っていうのは知ってました。でも、ライブでは黙々とプレイしている人だったので……』

ミオンの趣味には合わなかった、と。

ベル部長みたいに視聴者とやり取りしながら楽しくプレイが好きな感じだもんな。

「とはいえ、あの手のストイックなタイプは、自らの非を認めればそうも怒らぬであろう？」

「ええ、そうね。ＩＲＯは対戦ゲームでもないし、もう少し気楽にしてても良かったのかしら」

ベル部長からしてみれば、いろんな意味で大先輩だろうし、自然と緊張しちゃうんだろう。

「ところでセス。お前、ダッズさんと話はしたのか？」

「うむ、夜のライブ前に改めてということにしておいたのだ。我だけで決めて良いことかも図りかねるゆえ、ジンベエ殿にでも同席してもらおうかと思っておる」

師匠か。多分、リアルでは一番年上だろうし、適任な気がする。

「はいはいー、そろそろいったんお開きにしましょー」

パンパンと手を叩くヤタ先生。そろそろ、夕飯の支度しないとだよな。

「ん？　どうしたの、ミオン」

『今日のお夕飯はなんですか？』

「え？　いやまあ、普通にニラ玉、鶏ささみサラダ、中華スープかな？」

その答えに嬉しそうなのはセス。ニラ玉好きだもんな。

そして質問したミオンはというと、

『今度、食べさせてください……』

うん、まあ、うち来てくれるんならいいけど……

◇◇◇

『お夕飯、すごく美味しそうでした……』

「いや、特別なこと何もしてない普通のニラ玉なんだけど」

セスがサエズッターに載せた夕飯の写真を見たらしいミオン。

そのセスと部長は今日のライブでプレイヤーズギルド「白銀の館」を公表するらしい。

すでにアミエラ領にいる人たちから広まってるそうだけど、正式発表って感じかな。

「ルピ、昨日の燻製でいい？」

「ワフッ！」

軽く炙《あぶ》って温かいのを出してやると美味しそうに食べ始めるルピ。

さて、今日は初心者の革鎧を卒業するか。

『今日は鎧を新しくするんですよね？』

「うん。ランジボアの革もあるし、鉄板も用意できるしね」

今日のセスのライブでナットの革鎧をいろんな角度から見せてもらったし、初心者の革鎧も参考にすれば作れるはず。

「これ脱いで見ながら作ればいいか」

装備から初心者の革鎧を外して観察。っていうか、バラせばいいじゃん。

裁縫スキルがあるおかげか、メンテナンスのためにバラすことはできるっぽい。

『分解するんですか？』

「うん。手入れのためにバラせるし、これで型をとればサイズをミスることはないかなって」

『なるほどです』

そいや、店売りの鎧とかってサイズどうなってるんだろ？　普通のゲームだとサイズ問題とかないよな……

「ワフ」

「ん、ルピ、ごちそうさまかな。じゃ、またバイコビット狩ってきてくれるか？」

「ワフン！」

そう答えて密林の方へと駆けていく。

ルピにレベルがあるとしたら、もうこの辺のモンスターじゃ経験値もなさそうだし、やっぱりさっさと西側を、あのアーマーベアをなんとかしないとな。

『鎧を新しくしたら、いよいよアーマーベアですね』

「そのつもりだけど、まだちょっと決め手に欠けるんだよな」

どこを攻撃すればいいとかはわかったけど、そのための前段階がまだ思い浮かばない。

前回のゴブリン戦は、最後にゴブリンリーダーが出てきた以外は想定内だったし、奥の手の麻痺ナイフも効いてくれた。

「あのアーマーベアに今の麻痺ナイフは効きそうにないんだよなあ」

アーツの投げナイフと急所攻撃で、うまく刃が通るところにヒットしたとして、麻痺の効果時間はかなり短そう。

ゴブリンリーダーで五分弱だったし一分ぐらい？　その間に仕留めきれるかどうか……

『魔法は効きづらい相手なんでしょうか？』

「魔法か……。そういえば、せっかくゴブリンマジシャンから魔導書拾ったのに、石壁以外に使ってないな」

『元素魔法なら部長にアドバイスがもらえそうですし』

「明日の部活でちょっと聞いてみるか」

今日見たライブは、ベル部長が魔法撃つ前にアーマーベア倒しちゃってたもんな。

レオナ様がいて、初心者に近いポリーもいたからか、裏方というかサポートに徹してた感じ。

純魔ビルドだとどう対応してるのかはちょっと気になる。

『精霊魔法はどうですか？』

「うーん、光の精霊だし、閃光《せんこう》で目潰しとか？」

『……なんだか見境なしに暴れ始めそうな気がしますね』

なんだよな。まあ、それで持久戦になれば？

麻痺と同じであっさり立ち直られそうな気もする。だいたいのゲームだとその手の状態異常は二度目、三度目は効きが悪くなるってお約束があるし。

「樹の精霊魔法はすごかったよな。あいつを転ばせてたし」

『そうですね。ショウ君も樹の精霊魔法が使えるようになるといいんですけど』

樹の精霊を使えるように、か。何か方法はあるはずなんだろうけど……

ミオンとぐだぐだと喋りながら革鎧、いや、複合鎧を製作中。

ルピはいつものようにバイコビット二匹を狩って帰ってきて、おやつを食べてお昼寝モード。

『あの古代遺跡の鉱石が出る場所、ここの採掘場と良く似てましたね』

「だね。でも、あっちは普通にモンスター湧いてたし、こっちも湧いたりするようになるのかな」

『それは……掘ってる最中に襲ってこられると嫌ですね』

「そそ」

インベントリをできるだけ空けて、装備も外して積載量を増やしてから掘りたいんだけど、そんな時に襲われるのはやばい。ルピに頼りっきりってわけにもいかないし。

『あそこの第二階層の奥の扉って、やっぱりレベル制限とかいうものでしょうか？』

「多分？　前にベル部長が行ってた塔も一〇階までしか行けなかったし、それと同じとか」

今のレベル上限でも無理とかにしてあって、実態としては未実装ってパターンかもだけど。

「でもまあ、第二階層まででも鉄鉱石が採れるし、あのあたりの開発は一気に進みそうかな」

『セスちゃんが喜んでました』

「王国は鉱山があまり見つかってなくて、足りない分は共和国から仕入れてるんだってさ。今って共和国と往来が難しいし、王国にとっては渡りに船だろうって」

『そういえば、セスちゃんが助けた商人さんが武具を取り扱ってましたね』

古代遺跡っていうか、ダンジョンだけど、冒険者がモブ狩りしつつ鉱石を掘ってきてくれればって感じかな。そうなると一気に鉱山街に発展しそうな予感。

「よし、できた！」

【裁縫スキルのレベルが上がりました！】

『おめでとうございます』

「さんきゅ」

これで裁縫スキルも5になって人並みになったはず。

で、さっそく出来上がった鎧を鑑定。

【革と鉄の複合鎧】

『ランジボアと鉄板を組み合わせた複合鎧。防御力＋25』

「おお！　防御力、一気に20上がった！」

初心者の革鎧を参考にランジボアの革で作り直し、胸・腹・背中・肩の部分に厚みのある鉄板を装着した鎧。

ナットが着てたやつを参考にしただけだけど、予想以上にちゃんと作れたっぽい。

『着てみてください！』

「おけ」

鑑定結果はともかく、装着感を確かめないと。

「んー、やっぱ重いけど、これくらいなら平気だな」

ＳＴＲ結構上げたおかげかな。

両肩をぐるぐると回してみるけど特に違和感はなし。左右に体を捻ってみたり、前屈なんかの体操をしてみたけど、どこかが干渉してって感じもしない。

「うん、大丈夫」

「ワフ？」

俺が体操を始めたからか、起きてきたルピが「散歩に行くの？」って期待の眼差しを……

『ずっと作業してましたし、少しお散歩に行ってみるのはどうですか？』

「ん、そうするか。まだまだ時間あるし、西の森まで行ってみるよ」

『はい！』

「ワフッ！」


せっかくなので採集も兼ねつつ西の森を散策中。

「ワフワフ」

「お？」

ルピが何か見つけたらしく、前足で土をかいている。

『なんですか？』

「これは……」


【ルディッシュ】

『太い根を持つ野菜。

料理：葉・根ともに食用可能。根は辛味があるが、熱すると消える』

「うん、これは間違いなく大根」

『やりましたね。どんな料理にします？』

「とりあえず大根おろし？　昨日のフラワートラウトにも合いそう。あとは大根の葉は炒《いた》め物とかにすると美味しいし」

持ってきてたスコップで周りを掘っていくと、スーパーでよく見る大根とはちょっと違う、短く太い根っこが出てくる。

『なんだか普段見るのと違いますね』

「だね。ちょっと味見してみるかな」

『え？』

ミオンが驚いてるけど、大根は別に生でも食べれるよ？

浄水の魔法で軽く洗ってから、小さく一口かぷっと……

「んー……辛っ！　うわっ！　めっちゃ辛い！」

「ワフ……」

『ショウ君……』

やべえ、呆れられてるけど、それどころじゃなく辛い。

リアルの大根の辛さぐらいなら、しばらくすれば収まるけど、その倍は辛い気がする。

「はー、辛かった。でも、煮込めば普通に美味しくなる気がするな」

『そうなんですか？』

「だって、おでんとか大根美味しいし」

『それはそうですけど……』

まあ、おでんには醬油《しょうゆ》も砂糖も必要だろうし、兎肉と煮込む感じかな……ん？

ふと見ると、ルピがグッと四肢を踏ん張って木々の向こうを睨んでいる。


【気配感知スキルのレベルが上がりました！】


あ、まずい、これ……

「グルアァア！」

『きゃっ！』

突然、茂みの向こうに現れたアーマーベアに、ミオンが驚いて生声の悲鳴をあげる。

「おいおい、すぐそばにポップするとか、マジ勘弁なんだけど……」

「ウゥゥー！」

ルピはもう完全に戦闘態勢に入ってるし、距離的にも逃げられそうにない。

ここはもう勝負するしかないか……

右手に斧を構え、左手はとっておきのために空けておく。それはもちろん、ベルトのナイフケースに刺してあるアレ。

「グアアッ！」

右腕から繰り出された大きな振り下ろしを後ろに避ける。

隙があるようなら、その腕に斧を振り下ろそうかと思ったけど、アーマーのあるところにしか攻撃できなくて思いとどまった。

「バウッ！」

ルピの右前足が、アーマーベアの左後ろ足を薙《な》ぐが、脛《すね》のアーマー部分に当たったのか、硬質な音を響かせるだけ。

「ルピ、狙うなら膝か太ももの内側にしとけ」

「ワフ」

動画を見返した感じだと、関節部分や外にあまり出ない側にはアーマーがないらしいし。

「ガアッ！」

足にちょっかいを出されてヘイトが変わったのか、今度はルピに向かって両腕を振り下ろすアーマーベア。

大振りなそれで、今のルピを捉えることができるはずもなく、スッと避けられて地面を叩く。

「ルピ、離れろ！」

「ワフ！」

「〈火球〉！」

テニスボール大の火球がアーマーベアの右顔面に直撃して弾けた。

「ギャアアッ！」

思わず悲鳴をあげて後ずさるアーマーベアに、ルピの追撃が入る。

先程の場所より少し上、左後ろ足の膝に太く三本の太い傷が刻まれた。多分、裂傷状態——動くたびに少しずつダメージ——になってるはず。

「ルピ戻れ！　……〈石礫《いしつぶて》〉！」

もう一度、顔面を狙って石礫を放つ。

散弾となって飛んでくる小石に、思わず腕をあげて顔を隠すアーマーベア。

チャンス！

「〈ナイフ投げ〉〈急所攻撃〉！」

しっかりと喉元に刺さったナイフには当然、サローンリザードの毒腺から抽出した麻痺毒が塗られている。

せめて三〇秒効いてくれれば……

【アーマーベア：形態変化中】

「嘘だろ……」

「グウゥゥ！」


【レッドアーマーベア】

『アーマーベアの突然変異種。生命の危機を感じた個体が稀に変異するとも言われる』

表皮のアーマー部分。もともとは濃い灰色だった部分が赤黒く変色し、熱を帯びているかのように周りの空気を揺らめかす。

「ガアアァッ！」

「やばっ！」

突進してきたアーマーベア……レッドアーマーベアをかわすと、奴はそのまま後ろにあった樹に突っ込んでそれを薙ぎ倒《たお》す。

『ショウ君、逃げた方が！』

ミオンの声が聞こえてくるんだけど、ちょっともう……

完全にバーサーク状態のレッドアーマーベアは、もうこちらに向き直り、確実に俺をロックオンしている。

裂傷状態は続いてるのに、怒りでそれを忘れてるっぽい。

喉元には麻痺ナイフが刺さったままだけど、筋肉か何かで奥まで届ききらなかったか……

「今からは無理そう。ルピ、俺がやられたら逃げ……」

「バウッ！」

食い気味に拒否されるのは嬉しいんだけど困る。

ミオンの話だとルピもちゃんとリスポーンするらしいけど、やられるところは見たくないし。

「グルァアァ……」

ゆらりと近寄ってくる奴からの圧がすごい。

これは、目を離した瞬間にどちらかの腕が襲いかかってくるな……

「グガァッ！」

右腕の横振りが来て、後ろに下がろうとしたところで木の根が足に、

「やばっ！」


ギィイイン！

胸部の鉄板が奴の爪を防ごうとして悲鳴をあげ、同時に強烈な衝撃が俺を襲う。

吹き飛ばされた俺は、後ろにあった樹に思いきり叩きつけられ、ＨＰの五割を一気に失った。

「くっ、ゲームバランスおかしいだろ！」

ポーチの笹ポに手を伸ばして一気にあおるとＨＰは徐々に回復し始める。こういう時に即効性がないのは辛い……

「ウゥ……、バウッ！」

ルピが俺の回復時間を稼ごうと、必死になってタゲを取ってくれているが、重い腕を狂ったように振り回されては避《よ》けるのが精一杯……

「ルピ！　戻れ！」

その声に反応し、距離を取ってからこちらに向かって駆け出すルピ。

今ならいけるはず！

「光の精霊！」

その呼びかけに、首にかけてあった精霊石から小さな光の玉が奴の目の前まで進むと……フラッシュのようにカッっと眩《まばゆ》い光を放つ。

「ギャアアアアッ！」

薄目にしていても眩しいそれを直視した奴が両手で顔を覆う。

「ルピ、ついてこい！」

「ワフ！」

今のうちに距離を取れば、

『逃げきれそうですね！』

「いや、倒す」

『え？』

ミオンが驚いてるが説明してる暇はない。今この瞬間が一番チャンスがあるはず……

「ルピ、吠えてくれ」

「バウッ！　バウバウッ!!」

その声に反応し、まだちゃんとは見えてないままに突進してくるレッドアーマーベア。

熊って時速四〇キロで走るっていうけど、マジだな、これ。

「〈石壁〉！」

四つ足で走ってくる奴の進路に腰ほどの高さの石壁を作る。

それにまともにぶつかってくれれば……


ドゴッ！


『そんな……』

「だよな！　ルピ、行くぞ！」

頭からぶつかったにもかかわらず、少し頭を振ってまた動き始める。

もうこちらが見えてるのか、まっすぐ追いかけてくるし、打てる手はもうあと一つ。

「ルピ、西だ！」

先導してくれるルピに進路を伝え、森の中をひたすら走る。

だんだんと加速してきた奴の足音が大きくなってきて、間に合うかどうか微妙な線。

「ワフ！」

「よっし！」

立ち止まり、振り向く。

そして、目の前にもう一度同じ高さの、

「〈石壁〉！」

「ガアアァァ！」

同じ手を喰《く》らうつもりはないとばかりに、石壁を飛び越えて襲いかかってこようとする奴を、

「くっ！」

ルピを抱え、左へと倒れ込むように避ける！


ザッパーン！


俺たちの後ろには何もない。地面も。

その先は三メートルほどの崖となっていて、下には当然海が広がっている。

「ワフ！」

「ルピ、ちょっと待っててくれ」

鎧を脱ぎ、インベントリからロープを出して、ルピに預ける。

『え、ショウ君何を？』

「トドメ刺してくる」

熊は普通に泳げるって親父に聞いた記憶がある。離島とかにいる熊は本土から泳いで渡ったりした奴なんだとか。

「水深は大丈夫そうだな。せーのっ！」

頭から飛び込むのは怖いので足から着水。その勢いのまま、潜って水中に目を凝らす。

海藻目当てで取った潜水のスキル、こんなところで役に立つとは思わなかったけど……いた！

自重のせいでより深い場所でもがくレッドアーマーベア。

必死になって浮上しようと犬かき……熊かきしてるが、そうさせるつもりはない。

ん？　あれは……うまく当たるか？

「〈石礫〉！」

奴の喉元に集中して打ち出した石礫。

それが刺さっていたナイフを深く押し込むと……麻痺が効いたのか、気管を潰したのか、奴の動きがゆっくりとなって、そのまま停止した。

「ぷはっ！」

「ワフッ！」

『ショウ君！　大丈夫ですか!?』

「うん、大丈夫。ルピ、ロープ寄越して」

「ワフン」

放り投げてもらったロープを受け取って待つことしばし。レッドアーマーベアがぷかりと海面に浮いた。

せっかく倒したのに流されちゃったらもったいなすぎるし、ちゃんと回収しないと……


【キャラクターレベルが上がりました！】

【キャラクターレベルが上がりました！】

【キャラクターレベルが上がりました！】

【元素魔法スキルのレベルが上がりました！】

【元素魔法スキルのレベルが上がりました！】

【短剣スキルのレベルが上がりました！】

【精霊魔法スキルのレベルが上がりました！】

【水泳スキルのレベルが上がりました！】

【潜水スキルのレベルが上がりました！】

【エリアボスを討伐しました】

【セーフゾーンが追加されました】

【島南部エリアを占有しました】
〖エリアボスが単独で討伐されました！〗
【エリアボス単独討伐：10ＳＰを獲得しました】

「うわぁ……」

『ショウ君！　海のモンスターが出るかもです！』

「あっ、やべ！」

ロープをレッドアーマーベアに巻きつけて、少し南に見える岩棚まで泳ぐ、泳ぐ、泳ぐ。

こんなところで、クラゲみたいなモンスターにやられたら、オチとしてしょうもなさすぎる。


【水泳スキルのレベルが上がりました！】


「ふう……」

「ワフワフ」

なんとか岩棚の上に引き上げて腰を下ろすと、ルピが崖を伝って下りてきた。

なるほど。そういうふうに伝っていけば、ここと行き来できるのか。

「ありがとな、ルピ。やっとリベンジできたな」

「ワフ～」

嬉しそうに顔を舐《な》めてくれるのはいいんだけど、しょっぱくないのかな？

『ショウ君、無茶しすぎです……』

「あー、ごめん。今、倒さないと次はもう警戒されて無理かなって気がして」

火球にしても、麻痺ナイフにしても、光の精霊の閃光にしても、やる時は一発勝負だと思ってた。

ただ、もうちょい先のはずだったんだけどなあ。

「で、やっぱりワールドアナウンスされちゃった？」

『あっ、多分そうだと思いますけど、フォーラム見てきますね！』

仕留めたレッドアーマーベアを担いで帰るのは不可能なので、さっさと解体。

結果、肉、骨、皮を大量にゲットしたんだけど、驚いたのは中サイズの魔石。野球のボールぐらいのサイズがある……

「インベントリに収まらないな。ルピ、バックパック取ってくれるか？　多分、あのルディッシュが生えてたあたりに置きっぱだと思う」

「ワフ」

そう答えると一足飛びに崖を登っていってくれる。

ミオンが戻ってくるまでは、何がどれだけ上がったか確認でも……

『戻りました。やっぱりワールドアナウンスされてました』

「ありがと。ちなみに『エリアボス単独討伐』ってやつかな？」

『です。フォーラムの皆さんはそもそも「エリアボス」について知らないみたいでしたが……』

「うん、俺も知らなかった」

そもそもエリアとかに分かれてるゲームだったんだって感じだよ。

この無人島だけが特殊って可能性もあるけど……

「ワフン」

「お、ルピさんきゅ」

崖上から覗き込んでるルピの隣にバックパックが見える。

あいつ、大暴れしたし、ズタボロになってるかもと思ったけど良かった。

「ともかく、いったん洞窟に戻るよ。今って何時ぐらい？」

『一〇時過ぎです』

「戻って整理したら、今日は終わりにするかな」

いろいろとレベルアップしたのは、明日の部活の時でいいか。

『あの、ショウ君……。ベル部長から「ワールドアナウンスについて聞きたい」って』

「……りょ」


「お疲れっす」

『お帰りなさい。お疲れ様でした』

待っていたのは、ミオンにベル部長、さらにはセスも。

「ごめんなさいね。ライブが終わって、ちょうど上がろうとしたところでだったから」

「で、あのワールドアナウンスは兄上なのであろう？」

だから、バーチャル部室でまで椅子の上に立つなよ……

「いいからちゃんと座れ。今から見せるから」

セスがちゃんと座り直したところで、さっきの動画のアーカイブを取り出す。

ミオンの声は別チャンネルで入ってるので、そっちはミュートしておくか。

確かこのあたりからだから、二〇分弱ぐらいかな……

スクリーンに映し出されるのは、何か異変に気づいたルピ。そして、大根……ルディッシュをかじっている俺。程なくしてアーマーベアがポップして戦闘が始まる……


「うむうむ！　さすが兄上よの！」

レッドアーマーベアが海面に浮いたところで流れる多数のレベルアップ。

続いて、ワールドアナウンスと特殊褒賞SPが流れたところで再生を止めた。

得意げなセスと目を丸くしているベル部長。

「えっと、大体わかったけど、最後に海に潜った後はどうやって倒したのかしら？」

「あー、喉に麻痺ナイフが刺さってましたよね。あれってちゃんと刺さってなかったんで、石礫の魔法を撃って押し込みました」

『そうだったんですね。配信のカメラが海面しか映してくれなくて、ハラハラしてました』

「そういや映ってないな。配信のカメラって水中に入ってくれない？」

ＡＩがいい感じにカメラ位置を調整してくれるので、見てる方はプレイヤーの行動もその意図もだいたいわかるっていう優れもののはずなんだけど。

「仕様なのかしら？　でも、それだとこの先、水中戦をミオンさんが見られなくて困るわね。運営に報告した方がいいかもしれないわ」

「案外、海面のコリジョン設定にミスがあって潜らなかったのかもしれんのぅ」

セスが何か難しいことを言ってるが、要は地面みたいな扱いだったたってことかな？

「バグなのか仕様なのか、運営に問い合わせてみたらどうかしら？」

「なるほど……」

ああ、あとおかしいと言えば、

「最初にアーマーベアが近くにポップしたのって、ああいうもんなんです？」

「そこはなんとも言えないわね。私は純魔ビルドで気配感知を持ってないもの。セスちゃんはどうかしら？」

「いや、我も気配感知は取っておらんな。見てから盾で防げば良いと思っておるのでな」

くっ、パーティ前提なビルドしやがって……

『そのことも運営さんに聞いてみるのはどうですか？』

「あー、そうするか。報告ってことは一回ＩＲＯにログインしないと？」

「その必要はないわよ。お問い合わせに投げれば、ウェアアイディからプレイヤーがわかるもの」

じゃ、さっそく投げておくかな。

そいや、自分で公式ページを開いたのって登録の時以来？

「で、エリアボスってなんなのかしら？」

「いや、俺もわかんないんですって」

えーっと、時間は九時四〇分から一〇時ぐらいでいいのかな。

発生した内容……二つ別々に書く方がいいのか？

『ショウ君、簡単に状況をまとめたのでこれを』

「うわ、さんきゅ」

ミオンが渡してくれたテキストをコピってペーストっと。

「ふーむ、形態変化はボスゆえ当然として、もっとダメージが入ってからかと思うのだがのう」

セスが動画を勝手に巻き戻して見直しているが、まあ好きにしてくれって感じ。

ただ、ダメージの話は頷けるところがある。

「俺の麻痺ナイフが絶妙な当たり方したせいとか？」

「その前のルピちゃんが与えた裂傷が大きいんじゃないかしら？」

「ふむ。未だ【狼？】のままなのであったな……」

俺よりもルピが強かったってことなら納得せざるをえない。

っと、これ返事を受け取るのはメッセかゲーム内でか。……なんでゲーム内？

「これでいいかな？」

『はい、大丈夫だと思いますよ』

じゃ、送信っと。送った内容はいったんＡＩで精査されて、すぐに答えられるような質問の類《たぐい》なら五分もしないうちに返事が来ると書かれてた。

【お問い合わせ内容を精査中……】


という表示が出ているのでしばらく放置。

「それで、この動画はいつアップされるのかしら？」

「え？　えーっと……」

思わずミオンを見る。編集に関してはほぼノータッチなので申し訳ない感じ……

『次の火曜はロープを編んだり、弓を直したりですし、木曜は鍛冶と裁縫の話になるので、その次でしょうか？』

昨日のライブでそのあたりの作ったものは説明したけど、工程は全然説明してないもんな。

まあ、妥当な線だと思うんだけど、

「なんかまずいことが？」

「まずいというわけでもないけど、少し早めに公表した方がいいかもしれないわ」

ベル部長曰く、ただのアーマーベアが、エリアボスのレッドアーマーベアに変わる可能性、いや、危険性は早めにプレイヤーに周知した方がいいとのこと。

「うーむ、我やベル殿がサエズッターで拡散するわけにもいかんしのう」

だよなあ。コラボで繋がりがあるとはいえ、情報回すのが早すぎるってなるし。
そもそも無人島の情報はミオンのチャンネルでって決まりを破ることになる。
『なるほどです。でも、今日はもう……』
「ええ、明日、部活で話しましょ。ヤタ先生の意見も聞きたいわ」
ということでお開き。さっきのお問い合わせはというと……
【お問い合わせ内容はGMチームへと転送されました】
となっていた。

【витч белл】魔女ベルの館【жк виртюал идол】

ゲーオタJKバーチャルアイドル、魔女ベルのIROゲームプレイに関するスレッドです。

IRO公式フォーラムですので、他ゲーの話はなしでお願いします。

チャンネル登録してなくても雑談には遠慮なく参加してね♪
☆ベルたその現在位置と活動状況☆
ウォルースト王都北西、アミエラ領。

プレイヤーズギルド「白銀の館」を設立。北西部の安全確保のためのモブ狩りがメイン。
☆ライブ情報☆
日・火・木の午後八時～九時半までが定期ライブです。

法令の関係上、午後一〇時以降はライブ配信が強制的に切れます。
☆おやくそく☆
・投げ銭コメントが必ず拾われるわけではありません！　節度を守って無理のない投げ銭を。
・ライブへのセクハラコメントは一瞬でBANされて二度と解除されません。
ゲーム内でのセクハラはIROから完全BANされます。冗談では通じませんよ？


【魔女の信奉者】

テンプレ更新。既にギルドは稼働開始しています。

開拓地での討伐やら、採集やら、生産やらのクエストがばんばん出てますよ～。

【魔女の信奉者】

更新おつおつー。

しかし稼働早いな！　やっぱりユキ姉が回してくれてる感じ？

【魔女の信奉者】

大枠はそうかな。もちろん、他の生産組メンツも手伝ってるけどね。

【魔女の信奉者】

生産の待ち時間とかなら手伝えることあるし、はよ現地行かねば。

【魔女の信奉者】

あの、すみません。ファンでなくても行っていいんでしょうか？

【魔女の信奉者】

いいよいいよー。

普通にゲームしてるだけだから是非来てください。現地、まだ人が足りてないです。

【魔女の信奉者】

ありがとうございます。

王都ではクエストなくなっちゃって困ってました。

【魔女の信奉者】

だよなあ。

お役所仕事って言うのも悪いけど、急に上から大量の仕事降ってきたらパンクするわな。

【魔女の信奉者】

今さらな質問だと思うけど、なんでベルたそのところはクエスト回ってるの?

【魔女の信奉者】

お上に認められたプレイヤーズギルドなら、ちゃんとしたクエストが出せるんですよ。

なので、お役所（冒険者ギルドなど）を介さずに、領主様から直接受けて回してるわけ。

【魔女の信奉者】

へー、役人が足りないので民間に投げるみたいな話なのね。

【魔女の信奉者】

リアルでそういう話聞くと「なんだ癒着か?」みたいな気がするよな。

でも、ベルたそのところは現状「金足りてんの?」ってぐらい、クエスト出しまくってるよ。

【魔女の信奉者】

俺らはそのクエを達成して金もらうわけだけど、その分は領主様から出てるの?

【魔女の信奉者】

その辺はわからんなあ。

ただ、素材納品は加工して生産すれば、利益になって戻ってくるはず?

木を切れば木材が手に入って、そのまま家建てるのもよし、端材は木箱とかになるだろうし。

【魔女の信奉者】

なるほど。木箱とかめちゃくちゃ品薄だから助かる。

【魔女の信奉者】
ゴールドラッシュで一番儲けたのは誰だってやつだな。
【魔女の信奉者】
スコップ売る人だっけ？
【魔女の信奉者】
諸説あるが、ジーンズ売った人だって言われてるね。
あれ、毒蛇に噛まれにくいらしい。

【ユキ@白銀の館】
みなさん、お疲れ様です。報告と簡単な質問なら答えますよってことで来ました。
もう知ってると思うけど、プレイヤーズギルド「白銀の館」稼働開始しました。
アミエラ領の北西の開拓に関連するクエストを大量に発行中。
ベルたそファンもそうでない方も是非！
【魔女の信奉者】
おお、ユキ姉、お疲れ様です！　人手は足りてます？
【魔女の信奉者】
おつユキ～♪
雑事人手足りてないようなら手伝いに行きますよ～

【ユキ@白銀の館】

お手伝いはもうちょっと待っててね。

肝心のギルドカード作る魔導具ってのが、まだ届いてないんですよ。

お手伝いしてもらう以上は、ギルド員になってもらった方がいいと思うので。

【魔女の信奉者】

了解です。そりゃそうだよね、お金扱う作業もあるんだし。

間違ってPKをギルド登録したとかは洒落にならんよね。

【ユキ@白銀の館】

そうなんですよ。

その魔導具が届かないことには、不心得者をキックできるのかどうかとか、謎なことが多くて。

【魔女の信奉者】

ラジャー！　この手のギルド、大所帯になりすぎると大変なんだよね（経験者談）

【魔女の信奉者】

わかる。他ギルドから妙な難癖つけられたりするからな……（遠い目）

【魔女の信奉者】

あれ？　じゃあ、ユキ姉もまだギルドメンバーではない？

でも、フォーラムの名前に「@白銀の館」って。

【ユキ@白銀の館】

立ち上げメンバー分は先にギルドカードもらってます。

その魔導具にプラスして、カード素材（なんと魔銀《ミスリル》！）が必要なの。

【魔女の信奉者】

魔銀!?

【魔女の信奉者】

魔法金属キタコレ！

【ユキ@白銀の館】

今のところは、ギルマスのセスちゃん、サブマスにベルたそ、ゴルドお姉様、私。

初期メンバーの生産組五名の計九名です。

【魔女の信奉者】

あれ？　ベルたそがギルマスじゃないの？　いや、セスちゃんでも全然いいけど。可愛いし。

【魔女の信奉者】

衛兵さん、こいつです。

【魔女の信奉者】

王国スレからの天丼やめろｗ
【ユキ@白銀の館】

セスちゃんがアミエラ子爵様を紹介してくれたし、一番信頼されてるからね。

ベルたそやゴルドお姉様ではダメなんです（笑）

【魔女の信奉者】

(……なんとなく理解した)

【ゴルド@白銀の館】

ホント、失礼しちゃうわ!

……まあ、セスちゃんの方がやらかしもなくて安心なのは確かかね。

【魔女の信奉者】

せやなw
【魔女の信奉者】

セスちゃん、そもそもどうやって領主様と知り合いになったんだ。

謎の美少女すぐる……

【魔女の信奉者】

王国スレ見ると、たびたび登場しては謎を振りまく美少女だったなw
【ユキ@白銀の館】

その辺は日曜のライブで正式発表の際に質問してもらえれば、ってベルたそも言ってたよ。

【魔女の信奉者】

おお! 楽しみ!

【魔女の信奉者】

じゃ、さっそくアミエラ領行きますか!

【魔女の信奉者】
お、通知来た！
【魔女の信奉者】
ちょ、いきなり始まってる！
まさかのタイトルコールなし!?
【魔女の信奉者】
え、何これ……
【魔女の信奉者】
完全に記者会見ｗ
神妙な顔してるのがめっちゃおもろいｗ
【魔女の信奉者】
やっぱ、ベルたそ好きだわ～
ゴルドお姉様あたりの仕込みなんだろうけど、ノリが良すぎる。
【魔女の信奉者】
質問終了かな？
時間的に今日のライブはこれで終わりっぽいね。

【魔女の信奉者】

なんか変な雑談ライブだった気がするけど、めちゃくちゃ面白かった。

プレイヤーズギルドについてもいろいろわかったし。

【魔女の信奉者】

他ギルドとの連合って話もあったし、仲間内でギルド作ってから連合に入るのも面白そう。

【魔女の信奉者】

システム的にアライアンスがあるのかも気になるよね。

【魔女の信奉者】

は？　エリアボスって何!?　単独討伐ってどういうこと!?

【魔女の信奉者】

ライブの画面が完全に緊急速報な件。

わざわざ【エリアボスが単独で討伐されました！】って上に出すなよｗ
【魔女の信奉者】

ベルたそ、めっちゃ焦ってるｗ
【魔女の信奉者】

エリアボスって存在がそもそも謎だが、なんかボスがいて誰かがソロ討伐したんだろうな。

ぱっと思いつくのはレオナ様。もしくは無人島……

09　月曜日　新たな発見

『鹿島さん、全然怒ってなかったですね』

「だね。てか、ナットの方が『急に有名人を紹介するな』とか怒ってたな」

まあ、そうは言いつつも嬉しそうだったけど。

今日の昼は、土曜のライブの話はそこそこに、日曜昼の雷帝レオナ、魔女ベルとのゲームプレイの話がメイン。

俺としては「美姫が勝手にやったこと」っていう、そのまんまの言い訳しかできないし、その言い訳が一番効果的だった。

「まあ、美姫ちゃんならなあ……」

「しょうがないわね」

二人も納得。なんだけど、ホントずるいなあいつ。

『みなさんが来るまで、昨日の部長のライブを見ませんか？』

「あ、そうだね。ギルド設立を発表するとか言ってたし」

魔女ベルのチャンネルを開きつつ、不思議そうな顔のミオン。

『セスちゃんには聞いてないんですか？』

「朝、そんな暇がなくて。あいつよく寝坊するし」

遅刻しないよう、ナットの妹の奈緒《なお》ちゃんが迎えに来てくれるんで、ホント助かってる。

寝ぼけ眼でパンかじりながら「万事、うまくいったぞ」とか言ってたし、問題ないんだろう。

『再生しますね』

「あ、うん」

あれ？　いつものタイトルコールなし？　それに外でなく屋内？

長机を前に座っているのはベル部長。そして、左右に控えているのはゴルドお姉様とセス。

『えー、本日はお集まりいただき、誠にありがとうございます』

「記者会見かよ！」

思わず突っ込んでしまい、ミオンがウケたらしく笑いを堪えている。

『すでにご存知の方も多いかと思われますが、私、魔女ベルとご支援いただいている仲間の力を集結し、ウォルースト王国アミエラ領にプレイヤーズギルド「白銀の館」を設立いたしました』

その言葉に「おお〜」という声や拍手の音が。コメント欄も大ウケしてるし。

その後、代表は魔女ベルではなくてセス。自身はギルドの戦闘部門のサポートをメインにすることなどを発表していく。

ギルドの当面の目的はアミエラ領の北西方面の開拓。

これについては子爵様から直接依頼を受けているので、それに必要なことをどんどんとクエストにしていることなどを発表していく。

『ギルドの名前が「白銀の館」なのはなぜなんでしょう？』

「そういやそうだね。『魔女の館』ってなるんだと思ってたけど」

そんなことを話していると、ちょうど当人が入ってきた。

「お疲れさま。昨日のライブ見てくれてるのかしら」

そう言いつつＶＲＨＭＤを被って視聴会に参加。

『部長。なぜギルド名が「白銀の館」なんですか？』

「ああ、それはもう少し先の質問のところで答えてるわ。今のあたりは二人ももう聞いてる内容だし、飛ばしても平気よね」

と、早送りしていく部長。それを止めたところでちょうど、

『それじゃ、コメントからも質問を受けつけるわね』

となって、すごい勢いで流れるコメント欄。ベル部長、これ追えてるんだ……

『私が代表でない理由ですが、それはまあ、過去の私の王都での行動に問題があってですね……』

【メルソウ】「石壁事件か」
【ラザニアマン】「石壁事件のせい」
【ユンユラー】「石壁事件」
【クラゲリオン】「石壁事件なんだよなあ」

さすが視聴者というか、みんな思い当たってるのか『石壁事件』ってワードが滝のように流れていくのが面白すぎる。俺もミオンも思わず吹き出しそうになって堪えてるんだけど、

「……二人とも知ってるのね？」

「まあ、はい。ちょっと魔法で出した石壁が消えるかどうか、ミオンに調べてもらって」

「まさか消えないとは思わなかったのよ……」

などと供述しておりって感じだけど、そうこうしているうちに例の質問に。

『ギルド名が「白銀の館」なのはどうしてですか？　ですが、これはアミエラ子爵の三女、エミリー様がつけてくださいました。すごくいい名前だと思います』

へー、そんな話なんだ。

「セスちゃんは『魔女の館』にしようと思ってくれてたんだけど、エミリー様に『セスお姉様は魔術士じゃないですよね？』って言われたらしくて」

「あいつメイン盾ですしね」

「で、じゃあって話になった時に、あの白銀の髪がかっこいいから『白銀の館』ってことになったのよ」

『なんだかすごいです』

「何者なんだよあいつ」

俺の妹だけどさあ。

まあ、魔女ベルとしても、ギルドのことばかりやるわけにもいかないしってことで、ちょうど良かったのかな。実務はあの生産組のみなさんがやってくれるんだろうし。

「こんにちはー、みなさん元気そうですねー」

ヤタ先生が来て、やっと例の話ができる状態に。

ベル部長から「説明しなさい」的な目線が飛んできたので、

「ヤタ先生、ちょっと意見を聞きたいんですけど」

「はいー？　ゲーム内のことはよくわかりませんよー？」

いや、それは嘘でしょと思いつつ、昨日のアーカイブを見せる。

全部見せるとそれなりに長いので、ところどころ早送りしつつざっくり把握してもらう。

「よく倒せましたねー」

「それはいいんですけど、エリアボスって存在は他のプレイヤーも知らないみたいで」

「公式からも特にはー？」

「ありません。フォーラムはちょっとした騒ぎになってますし、これは早めに動画化した方がいいんじゃないかと」

ベル部長が引き継いでくれて、ヤタ先生もなるほどという感じ。

ミオンが考えてくれてる投稿スケジュールに割り込ませるとして明日の火曜。急いで編集しないとなんだよな。

『今日頑張って編集すれば、明日には投稿できると思います』

「んー、それも大変そうですしー。伝えたい部分だけの短編はどうでしょー？」

「あ、一分未満のやつですか」

ちょっとしたネタ動画とかに使われがちな短編動画だけど、別にネタに使わないとダメってわけでもないよな。

「なるほど。エリアボスが存在するのを伝えられるし、完全版に期待を持たせられますね」

でも、一分に重要な部分だけ収めるとか、結構大変な気がするんだけど。ちょっと見せてるだけで一〇秒とか経つし、それでもう六分の一なわけで。

「ミオン、大丈夫？」

『はい。えっと、鑑定したら【アーマーベア：形態変化中】と出た部分。そこから【レッドアーマーベア】に変わった部分。最後のワールドアナウンスのところで締めればいいでしょうか？』

「う、うん」

もうミオンの中で出来上がりが見えてるのか、テキパキと編集作業に入ってくれる。

「じゃ、ショウ君は概要欄に書く、動画の説明の方を考えなさい」

「ですねー。国語教師が添削しますよー」

「……はい」

◇◇◇

「ばわっす」

『ショウ君』

夕飯終わって、いろいろと片して午後八時すぎ。

いつもの時間にバーチャル部室なんだけどミオンしかいない。

「あれ？　セスとベル部長はもうＩＲＯへ？」

『はい。レオナさんから、エリアボスに心当たりがあるって連絡があったそうで』

「へえー……」

まあ、死ぬギリギリまで攻める人だし、未開地でやばい敵に何度か遭遇はしてそうだよな。

俺もあの時ばかりはデスペナ覚悟したし。

『それと部活の時にあげた短編動画ですが、もう一〇万再生を超えました』

「……は？」

部活中に間に合って速攻あげてから、三時間弱しか経ってないんだけど？

しかも「完全に予想外で、勝てたはいいけど何もわからない」的なことを書いておいたのに。

『フォーラムを見てきたんですが、みなさん、アーマーベアを見たことがある場所に確かめに行ってるみたいです』

「うへ、マジか」

おかしなことにならなきゃいいんだけど……って、

「コメント欄、荒れてない？」

『はい。みなさん、ショウ君を褒めてますよ。あと、完全版が早く見たいという人が……』

悩みどころだよなあ。正直、この短編に入ってない部分って、俺が苦戦してるぐらいだし。

「一応、予定通り来週火曜でいいんじゃないかな。ヤタ先生が来たら聞いてみるってことで」

ちゃんとその辺済ませとかないと……

そういや、昨日はレベルアップとかいろいろ放置したままだったな。

『はい、いってらっしゃい』

「じゃ、俺も行ってくるよ」

『はい』


「えっ？」

目が覚めて洞窟の天井が見えるはずが、なぜか謎空間にいた。

大理石っぽい床があって、周りには何もなく、淡い光の壁だけがある感じ。

「ようこそお越しくださいました。ショウさんですよね？」

「うわっ！」

あちこち見回してたら、いつの間にか目の前に女性が立っている。

服装はなんというかコンパニオンっぽい感じ。これはひょっとして……

「ここはGMルーム、私はゲームマスター統括のGMチョコです」

「あ、どうも」

GMチョコってアップデート配信ライブに出てた人だよな。

偉い人が出てきて直接対応とかするんだ。

〈ショウ君？〉

「あ、すみません。ちょっとウィスパー来たので待っててください」

いつもは一分以内に配信始めてるし、そりゃ不思議に思うよな。

とはいえ、ここでは配信できないっぽいし、というかメニューがそもそも見当たらない。

気分的に後ろを向いてからミオンにウィスパーを返す。

〈ごめん、ミオン。今、ＧＭと話してるからまたあとで〉

〈あ、はい。わかりました〉

「すみません、大丈夫です」

「いえいえ、急にお呼びしてしまってすみません」

「えっと、用件は？」

「昨日、報告いただいた件についてですね」

報告？　ああ、あれか！

エリアボスの件で慌てて短編作ったりしてたせいで、すっかり忘れてた……

「あ、はい」

「報告いただいた二件ともバグだと判明しました。どちらも修正適用済みです」

「あ、そうだったんですね。……どういうバグだったか聞いても？」

何がどこまでバグだったのかは気になるところ。

アーマーベアが早々に形態変化したのもバグだったのかとか……

「はい。まず、カメラが水中に入らなかったのは、水面のコリジョン設定ミス……つまり、地面と同じような設定になってたからですね」

「なるほど」

これは予想通り。セスが言ってたやつだな。

「アーマーベアに関しては、前回のメンテナンス終了直後からポップまわりの挙動がおかしく、それに気づいたGMが手動でリポップさせたところ……」

と、めちゃくちゃ申し訳なさそうに話すGMチョコ。

うん、まあ、はい。俺のリアルLUKパラメータならしょうがない。それよりも、

「割とすぐに第二形態になったのはバグじゃないんですか？」

「いえ、それはバグではありません。ということだけお伝えしておきます」

「はあ……」

やっぱりルピが強かったからとか？

ただ、俺はもう確認する機会がなさそうなんだよな……

「さて、バグ報告のお礼ということで、こちらから褒賞を選んでいただけますか？」

GMチョコが手を振ると、俺の目の前にウィンドウが現れる。そこには、

【女神褒賞：3SP】
【女神褒賞：300000アイリス】
【女神褒賞：魔晶石（中）3個】

女神褒賞って名前でお金があるのに違和感が……

でもまあ、これは俺にとってはほぼ一択。

「3SPでお願いします」

「わかりました。褒賞はゲームに戻ったところで授与されます。他にご質問はありませんか？」

「えっと、このことは他の人、プレイヤーに話しても？」

「もちろん構いません。この部屋は配信はできませんが、他の方が来られたこともありますよ」

なるほど。っていうか、クローズドベータの時にあるよな、そりゃ。

「じゃ、以上で」

「はい。バグ報告、および、本日はありがとうございました」

その言葉とともに、だんだんと暗くなっていく部屋。

これは目を瞑ってた方が良さそうな感じ……


「ん、戻ってこられたかな」

【女神褒賞：3SPを獲得しました】

おお、なんか嬉しい。これでまたスキル取れるし。

「ワフッ！」

「っとと。ルピ、おはよう。ちょっと待ってくれ」

飛びついてきたルピを膝に座らせて、いつものようにミオン限定配信をオン。


【ミオンが視聴を開始しました】

と出て、すぐに、

『ショウ君、何があったんです？』

「えっと、昨日、お問い合わせに報告した件で、直接話があっただけ。だけっていうか、どっちもバグだったから、報告したお礼ってことで３ＳＰもらえたよ」

『すごいです！』

「他にも三〇万アイリスか、魔晶石（中）三個かだったけど」

どう考えてもお金って選択肢はないよな。俺が無人島にいてお金が意味ないのは知ってるんだろうけど、規則か何かでそうなってるんだと思う。

『魔晶石（中）を選ばなかったのはなぜですか？』

「ああ、レッドアーマーベアを倒して、魔石（中）が手に入ってたから」

インベントリにしまったままだったそれを取り出してミオンに見せる。

小サイズから一気に大きくなった気がするけど……あれ？　小サイズってゴブリンリーダーのや

つだっけ。

『なるほどです。それなら、大きな精霊さんでも中に住めそうですね』

「ああ、それいいね。精霊探しもそのうちやらないとなあ。けど、その前に……」

ステータス画面を開くと、BPがガッツリ溜まってる。

キャラレベルアップが9↓10で20BPもらえて、10↓11と11↓12でそれぞれ10BPずつ。合計40BP増えた。

未使用SPもエリアボス単独討伐で10、さっきの女神褒賞で3もらえて、23SPに。

『BPはどう使うつもりですか?』

「うーん、SPが減ってきてたし、10はBPのままにして、いざという時の保険にしようと思ってたんだけど……」

『SPがまた増えてますね』

レアスキル(9SP)を二つ取ってもまだ5余るし悩むんだけど……

「やっぱ、全部ステータスに振るか」

『全部ですか?』

「うん。今の時点で、島でのんびりするためのスキルはだいたい揃ってるかなって。それと、島の残りも探索するってなると、もっと強い敵が出てきそうな気がするし……」

レッドアーマーベアも、俺がキャラレベ10超えてからを想定した相手なんだろうな。

『そうですね。ショウ君、これからもいろいろと褒賞がもらえると思いますし』

「そうかな？」

『だって、次のエリアボスも一人で倒さないとなんですよ？』

「あ……」

エリアボスがあいつだけって線は……ないな。まあ、それも今さらか。

さて、まずは、

「飯にしようか」

「ワフン！」

『今日のご飯は何を？』

うーん、せっかく採ってきた大根——ルディッシュで一品作りたいところ。俺の中で大根っていうとおでんなんだけど……醬油がないと無理だよなあ。となると……

「兎肉と大根で塩煮込みを作ってみるかな」

『塩煮込み？』

料理酒とかもあるといいんだけど、ないものはしょうがない。素材の味を活《い》かすってことで。

ルディッシュを輪切りにし、皮を剝いて面取りをして……軽く切れ込みを入れておく。

土鍋に水を張って塩を適量。干しチャガタケにさっきの大根、兎肉の角切りを入れて煮込む。

「もう一味何か欲しいんだけど……」

『ショウ君、この間のライブで海苔を使ってなかった気が』

「ああ、それだ！」

昆布のかわりってわけじゃないけど、塩味メインの出汁に海苔は合うはず。

最後に千切ってパラパラとまぶす感じで……

「できた！　兎肉と大根の海苔塩煮込み」


【料理スキルのレベルが上がりました！】


お、ラッキー。これで料理スキルもレベル6か。一人前ってことでいいのかな？

「ワフワフ」

『すごく美味しそうです……』

兎肉、フォレビットの方が脂身が多いのかコクがありそうだし、干しチャガタケのうま味と海苔塩味がマッチしてそう。

「ちょっと待ってな、ルピ」

ルディッシュ、大根よりかなり辛かったので一応味見してから。

煮物があっという間にできるの本当助かる。リアルでもこうならもっと煮物作るんだけどな。

箸を入れてほろりと解けた熱々のルディッシュを一口……

「おお、美味い！　すっごい甘くなるし、出汁をよく吸い込んでて海苔塩味が染みる」

「ワフ！　ワフ！」

「おっけおっけ。ルピ、熱いから火傷するなよ」

平皿に盛れば冷めるのも早いから大丈夫だよな。……ルピって大根平気なのかな？

『うう、動画にする時もう一度見ることになるんです』

「ごめんごめん。まあ、本当に俺の作った料理が食べたいなら言ってくれれば」

『本当ですね!?』

「あ、うん」

美姫とも随分と仲良くなってるみたいだし、うちに来てくれるんならいつでもなんだけど。

「ワフン！」

「ルピ早いな！　ちょっと待ってくれ」

あっという間に平らげたルピにおかわりをよそいつつ、自分も煮込みを堪能《たんのう》する。

んー、また海苔を取りに行かないとだよな。この前、レッドアーマーベアを引き上げた岩棚のところ、結構良さそうだったし、また行ってみるか。

俺とルピで綺麗に平らげ、川まで来て食器を洗ってるところで、

〈こんばんはー、短編の再生数がすごいことになっていたのでー、少し見に来ましたー〉

『あ、先生』

「良かった。どうしようかと思ってたんで」

〈はいー、プレイしながらでいいですよー〉

とのことなので、食器を片して広場へと戻る。

『完全版を急いだ方がいいんでしょうか？』

〈その前にお問い合わせの返事は来ましたかー？〉

「あ、来ました！　っていうかGMルームに連れてかれました」

その時の話をヤタ先生に説明する。

報告のお礼として3SPもらって、内容も別に話してOKということも。

〈ではー、あの短編にその内容のコメントをつけてー、先頭に固定しておきましょうー〉

「なるほど」

急にポップした件と水中での戦闘が映ってない件はバグで、次のアプデで直るってことは周知して良さそうだもんな。

『完全版を急ぐ必要はありますか？』

〈いえー、そのコメントをつけてー、完全版を出す予定日を書いておけばいいかとー〉

『わかりました。ショウ君、私、ちょっとそっちに行ってきます』

「おっけ。俺とルピはゆっくりと西側の様子見に行くから」

『はい。すぐ戻りますね！』

うん、まあ、そんな急がなくてもと思うけど……

洞窟前の広場からいったん海岸まで出て、そこから西の森へのいつものコース。

「なんか随分とのどかな感じがする。これってやっぱりエリアボスを倒したからか？」

あの時は確か【セーフゾーンが追加されました】と【島南部エリアを占有しました】とか出たんだっけ。

島の南側では俺が一番強くなったって感じなのかな？　あのレッドアーマーベアがまた出たら、それはそれで苦戦しそうだけど……

「ワフッ！」

ルピが一足飛びにジャンプし、草むらへと飛び込むと、

バサバサバサバサッ！

「うわっ、鳥いたんだ！」

「ワフン」

ルピがドヤ顔で仕留めたそれを置いてくれる。

艶のある紫の羽が綺麗な……野鳩《のばと》？　まずは鑑定を。

【パーピジョン】

『豊かな森に住む野鳥。紫の羽が特徴的。

料理：肉は甘くコクがある。細工：骨・羽を素材として利用可能』

おおお！　鳥肉！　それに羽でやっと矢が作れる！

『ただいまです』

「おかえり。見て、これ」

パーピジョンとその鑑定結果をミオンに見せる。

『鳥ですか！』

「うん。多分、野鳩みたいなやつかな。ルピが捕まえてくれた」

「ワフン」

「えらいぞ～」

ドヤってるルピをしっかり撫でてあげる。褒めて伸ばす方針で。

で、解体すると、肉、骨、羽を手に入れることができた。羽の枚数は矢を二〇本ぐらいは作れそうな感じかな？

『なぜ、急に鳥がいるようになったんでしょうか？』

「それなんだけど、あのエリアボスだった熊がいなくなったからじゃないかな？　今日ここに来た時に思ったんだけど、雰囲気が随分と緩くなってるよ」

『あのボスがいなくなったから、平和になったということですか？』

「多分ね。島南部エリアを占有しましたって通知あったし、この辺にはもうやばいモンスターはいないのかも」

『なるほどです』

アクティブなモンスターが全部いなくなるのは困るけど、さすがにそこまではないよな。ランジボアはもう一匹ぐらい仕留めて、今度はブーツ新調したいし。

そんな話をしながら、今まで行けてなかった側、島の中央に近い方へと進む。

ヤタ先生は固定コメントをつけた後、しばらく様子見して、問題なければ落ちるそうで。ホントご苦労様です。

気配感知に特に反応はないし、ルピと二人、軽い足取りで進んでいくと……

「あ、こっちにも広場？」

樹々《きぎ》が途切れ、見えてきたのはテニスコート半分ほどの広さの草原。草原っていうか草むらって感じだけど。それ以上に重要なのは、全体的に薄く淡く光っていることで、

「うん。この場所全体がセーフゾーンになってるんだな」

『あ、そういえば通知がありましたね』

「そそ。一体どこだろって思ったけど、ここだったんだな」

でも、ここって奥は崖になってるし、こんなところにセーフゾーンが追加されてもどうしろって感じなんだけど……

「ワフワフ」

「ん、どした？」

ルピがこっちこっちって感じで呼ぶので、奥の崖の方に行ってみると、

「あ、洞窟……」

『ルピちゃん、ナイスです』

「ワフン」

岩陰に隠れるように、ぽっかりと開いているそれは、広場の奥の洞窟の入り口に似ている。

あれ？　ひょっとして、徘徊《はいかい》してるアーマーベアとは戦わず、見つからないようにここにたどり着くのが正解だったとか、そういうこと？

「ごめん、今って何時？」

『九時半前です』

「よし。じゃ、行ってみるか」

「ワフン！」


「ん、ありがとう」

光の精霊にお願いして、洞窟の広間で使ってるのと同じような明かりを。

俺の頭の上を追いかけるようにお願いしたので、それなりに奥まで見渡せる感じに。

『気をつけてくださいね』

「りょ」

気配感知にしっかりと意識を向けつつ、ゆっくりと奥へと。方角的には東に向かってるはずで、俺の予想が正しければ……

「あったか」

『これは、あっちの洞窟にある扉と同じですか？』

「多分ね。この先で繋がってる気がするんだよな」

『あの行き止まりの扉がこれなんですか？』

「ううん、距離感的にあの開かない扉じゃないと思う」

潜っちゃうとよくわからないんだけど、体感的にはまだ島の西側。これを開けて、もっと東へと進めばなんだろうけど、そんな単純かなとも思うし。

「よし、開けるか」

両開き、中央にある取っ手に手をかけると、前と同じ問いかけが現れる。


【祝福を受けし者のアクセスを確認しました。解錠しますか？】


「はい」

固く閉ざされていた扉がふっと軽くなったのを確認して、そのまま押し開ける。

その先は見たことのある古代遺跡の通路。石でできた床、壁、淡く光っている天井。

『なるほどです。あの開かない扉に続いてそうですね』

「だといいんだけど」

『新しいワールドアナウンスが出ませんでしたし、きっと繋がってますよ』

「ああ、そういやそうか」

ここがあっちと繋がってない、完全に別の古代遺跡ならワールドアナウンスが出るし、褒賞ＳＰももらえるよな。

「ワフ」

「ん、行くか」

ひとまず危険を感じるような気配はない。

ゆっくり、東側へと進んでいくと、やがて左側、すなわち北側に分岐路が現れた。

『これは……北側へですよね？』

「かな。ちょっと奥までは見えないけど、まっすぐ続いてそう」

『どうしますか？』

うーん、悩ましいところなんだよな。東へ進めば、あの開かない扉の反対側まで行けそうな気がするんだけど。

「ワフ」

「ん？　ルピ、わかるのか？」

スタスタとまっすぐ、つまり東へと向かう通路に行こうとするルピ。

俺よりも距離とかの感覚は鋭いだろうし、ここはついていくべきだよな。

『ルピちゃんにはわかるんでしょうか？』

「なのかな。まあ、俺よりはわかってると思うし」

あの扉に続いてるなら、後ろから来られてもダッシュで走って逃げて、扉を開ければ逃げきれるはず。開けばだけど。

時々後ろを振り返りつつ前進すると、しばらく歩いたところで見えたのは、いつもの扉。

「ワフン」

「ルピ、賢いなあ」

ドヤ顔してるのを撫でてから扉に手をかけると、いつもの問いが来たので「はい」と答えて押し開ける。

「うん、この左手に下る道は採掘場へ続くやつだな」

『これで海岸を経由せずに西側に来られるようになりましたね！』

「だね。西側の方が美味しい食材も多いし、木も加工しやすいやつが多いし」

ジャングル系の木はログハウス作りには向いてない気がするんだよな。基本曲がってるし。

さて、まだ一〇時前だろうし、あと一時間は余裕がある。となると、

「あの北側への道まで戻るか」

『ショウ君、その扉は開けっ放しにしますか？』

「うん、そのつもり……ってモンスターが流れ込んでくるかもなのか」

『です』

モンスターはセーフゾーンには入ってこないって言われてるけど、ログインして起きたらセーフゾーンのすぐ側になんてのは嫌だなあ。

「とりあえず開けとくけど、ログアウトする時は広間の方の入り口を閉めてからにするよ」

『なるほどです』

扉は他と同じ。開ききるとそこでしっかり止まるようで、やっぱり開けたままにしておけってこ

となんだろう。

ルピと二人、来た道を戻ってくると右手にさっきの分岐路が見えてきた。道としては幅も高さも全く同じでまっすぐ北へと続いているので、これを越えた先が北側なんだと思うけど……

「よし、行くか」

「ワフ」


「うーん、また扉に今度は上への階段か……」

『扉、少し違いませんか？』

「あれ、そうだっけ？」

左手には上へと向かう階段があり、正面にはいつもの扉、とはちょっと違う？

ぱっと見は同じかと思ってたけど、ミオン曰く、模様が少し違うらしい。

となると、まずは鑑定かな？


【古代魔導扉】

『古代魔法によって施錠されている扉』

「うーん、結果は同じだし、とりあえず開けてみるか」

取っ手に手をかけると、

【祝福を受けし者のアクセスを確認しました。解錠コードを入力してください】

「え？」

解錠コードって……わかるわけないんだけど。

『解錠コードってなんでしょう？』

「いや、さっぱり。なんか合言葉みたいなものかな。……『開けゴマ！』」

……そんなので反応しないよなあ。

「ワフ？」

「ごめん。開かないっぽいんだ」

ルピの「何してるの？」って顔に思わず謝ってしまう俺。

『ふふ、ショウ君、可愛いかったですよ？』

「ううっ……」

思わず『開けゴマ』とか言っちゃった自分が恥ずかしすぎる。

でもまあ、ここが開かないなら、さっきの階段を上るしかないか。

その『解錠コード』を、今探索できる範囲で探すのがゲーム的なお約束だろうし。

「開かないなら、向こうからモンスターが来ることはないよな。よし、階段上るぞ、ルピ」

「ワフン」

気配感知をしっかり意識してるんだけど、特に反応はないのでさくさく上っていく。

まっすぐ西に上り、踊り場があって右に北側に続いてる階段をまた上る。さらに踊り場があって左に西に続く階段を見上げると、

「お？　外かな？」

天井の明かりではない、外の光が見える。

「ワフッ！」

「あ、おい、ルピ！」

一気に駆け上がっていくルピを慌てて追いかける。

「ワフッ！」

上りきったルピに追いついたところで目の前に現れたのは、

「うわ、すごっ！」

かなりの広さの、これは盆地だっけ？　崖に囲まれたスタジアムぐらいの大きさの場所。

この出口がちょっと高い場所にあるおかげで、いい感じに全体を見渡せる。

『そこって屋根があるんですか？』

「うん。階段に雨水が流れ込まないようにだろうけど、地下鉄の入り口みたいになってる」

出口の左右と後ろに低い壁があり、その外側に四本の支柱。これは石柱かな？　その上の屋根も石でできてるっぽい。ちょっと怖いな。

屋根の下を出て、振り向けば東側、島の中央の山が見えるはず……

「えええええ！　この島って火山島だったのか！」

『煙が上がってます！』

見上げる先には急峻《きゅうしゅん》な山と、その頂上付近から立ち上る煙……

いかにもって感じだけど、万一噴火してってことは考えたくないなあ。

今のところ地震を感じたことはないから、すぐ噴火なんてことはないんだろうけど。

『ショウ君、北側に何か建物が見えませんでしたか？』

「え？」

そう言われて北側を見ると、崖の麓に広がる樹々の手前に小さな山小屋のようなものが。

「なんか、ホラー展開っぽくて嫌なんだけど……」

『私もです……』

超苦手ってわけでもないけど、普通に廃屋とかやめて欲しいんだよな……

「じゃ、今日はこの辺で」

『はい。帰る時間もありますもんね』

意見が一致しました。

10　火曜日　事故物件？

「へー、あれってバグだったんだな」

「ああ、勝てたから良かったけど、あのポップはマジひどい……」

いつものメンツ、屋上で昼飯中。

ナットも短編動画は見たけど、後から追加されたバグ報告コメントは知らなかったそうだ。

いいんちょは昨日はＩＲＯしてなくて、例の短編も知らないようなので、ミオンの持ってきた端末で見てる最中。

「これ、伊勢君は怖くなかったの？」

「怖かったけど、逃げられそうになかったし。いずれ相手するつもりだったからなあ。途中でレッドアーマーベアになるのは完全に予想外だったけど」

「海に落とすのはいいけど、そこから自分も飛び込むなんて無茶苦茶よね？」

それにコクコクと頷くミオン。

「いや、やれる時にやっとくよな？」

「だな。俺でも飛び込んでたと思うぜ」

俺に同意してくれるナット。だよなあ。

「そいや、昨日は……セスたちとエリアボス探しに行ったりしなかったのか？」

「あー、誘われたんだけどパスさせてもらった。フレとの約束が先にあって、家作る手伝いをな」

「へー、ナットもひょっとして生産系のスキル取ったのか？」

「ああ、ショウのゲームプレイが楽しそうだったし、大工スキル取ってみたぜ。自分で家作れるようになるの楽しいな」

くっ、俺より先に家づくりに着手するとは。

俺の場合は伐採があって初めて、大工に着手できるからしょうがないんだけど。

「例の古代遺跡の手前の村でログイン・ログアウトできるようにって話があったからな。あのダッズさんって人と話して、俺らが家作ってあの人らが鍛冶するってことにしたんだよ」

「へー、レオナ様の親衛隊と仲良くなったのか」

「俺らもそのうちギルド作るつもりだし、有名どころとはお近づきになっときたいしな」

その答えに驚く俺とミオン。てっきり、白銀の館のメンバーになったんだと思ってたけど……

「セスのギルドには入らなかったのか？」

「おう、悪いな。ギルドの話が出た時には、もう自分たちで作るつもりでいたんだよ。セスちゃんのところとも連携していくってことにしてるから、そっちでは助かってる」

「そっかそっか」

もともとその予定なんだったらしょうがない。

ナットならフレの多さでプレイヤーズギルドを作っても不思議じゃないし、そっちを切ってまで入ってもらうのも申し訳ないし。

で、ちょいちょいとミオンに袖を引っ張られる。

「あ、いいんちょはどうしたの？」

「私はセスちゃんのところにお世話になるわよ。ユキさんにたまにでいいので、ギルドの運営を手伝って欲しいって言われてるし」

ユキさんって誰？　ってミオンを見ると、

「リーダーの……」

「ああ、生産組のまとめ役の人か」

まあ、白銀の館は女性も多いし安心かな。ナットもそこはしっかり誘えよって思わなくもないけど、それはそれで心配だったってことにしとくか……


部室にはいつも通り一番乗りなので、ベル部長かヤタ先生待ち。

短編動画の方は再生数のピークも過ぎたかな。特に変なコメントもなし。

『ショウ君、今日投稿する動画を確認してください』

「りょ」

内容はロープを編んだり弓を直したり。ここにマイホームの設定の話も入るのか。建国宣言の話はちゃんとカットされてるのを確認……問題なしかな。

「ん、おっけ」

『はい。今日は……例の山小屋を調べますか？』

「そのつもりだけど、いまいち気が乗らないんだよな」

『はい……』

とりあえず、昨日のアーカイブを引っ張り出してきて見直してみるか。

あの階段を上がったあたりから再生し、あの時に気づいてなかった何かがないかを確認する。

地上への出口から見渡す先は崖に囲まれた盆地で、崖沿いに森が広がっている。

よく見ると鳥が飛んでるし、結構いろいろと住んでるっぽいな。

『あ、ここ、小さな泉でしょうか？』

「本当だ。気づいてなかったな。近くに寄ればもう少し大きいかも」

北西の端、一段低くなっているところに見えるのは泉か池か。綺麗な水があるなら、動物が住み着いてるのもわかる。

振り向いた先に見える火山。こちら側は急に斜度が上がっていて樹もまばら。そして……

「これか」

一時停止して拡大してみると、石造りの一階部分に木造の二階が乗ってるような家。

いまいち鮮明に映ってないせいか、なんかこう……ホラーっぽい。

「二人とも早いわね」

「どもっす」

『こんにちは』

ベル部長が来てすぐVRHMDを被ると、俺たちが見ている山小屋に目をとめる。

「これは一体？」

「えーっと……」

アーマーベアを倒して、西側が平和になったので探索してたら洞窟があって、その奥が東側の古代遺跡と繋がってて、さらに北側にも行けて……みたいな感じでざっくり説明。

『北側の先で開かなかったのはこの扉です』

ミオンが動画を少し巻き戻して、それを見せてくれる。っていうかそこは、

「ぷっ、くくく……」

俺の「開けゴマ！」にウケるベル部長……

「はあ……。で、その扉の解錠コードってのが分からなくて、階段を上ったら」

『ここです』

ミオンがシークバーを操作して、外に出たあたりから再生開始。

例の山小屋を見つけたところで終わりにしたっていう感じなんだけど。

「普通に考えれば、あれを調べるべきよね。今まで先住者の痕跡なんかなかったわけだし、解錠コードとやらもそこにあるんじゃないかしら？」

「そうですよね……」

「あら？　ひょっとして怖いの？」

ちょっと上から目線というか、からかうように問いかけてくるベル部長。

「正直、苦手っす」

『私も……』

「だらしないわねえ。現実ならともかくＶＲＭＭＯ、ゲームの中の話じゃない。どうせそのうちアンデッド系のモンスターだって出てくるわよ？」

ゲーム。ゲームなんだよな……

「まあ、今日の夜にでも行くつもりなんで」

「そう。今日がライブじゃないなら、ショウ君が怖がってるのを見るのも悪くなかったわね」

くっ……

「こんにちはー。ミオンさんの投稿動画はできてますかー」

『あ、はい』

ヤタ先生が現れて、今日の動画の確認をしてくれる。

投稿直後はコメントの様子をしばらく見ないとだし、部活は飯と罠の仕掛け直しぐらいかな？

「いいですねー。アップしちゃってくださいー」

『はい』

公開してしばらくするとみるみるうちに増えていく再生数……

そして、コメント欄にマイホームについての感想が増えていく。

「それでー、この幽霊屋敷《やしき》みたいなのはなんですかー？」

「ショウ君の新しい家だそうですよ」

面白そうにそう答えるベル部長。

立地としては悪くないんだけど、さすがにあそこに……いや、あれをリフォームはありかも？

部活でのＩＲＯは、ご飯と西の森に罠を仕掛け直して終わり。例の山小屋の本格的な調査は夜からということで、先に準備だけで終わらせた。

「そういえば、ルピちゃんがどういう狼なのかはわかったのかしら？」

「いえ、まったく……」

学校からの帰りはいつもどおり俺とミオンとベル部長。

ＶＲＨＭＤを付けてないミオンは稀にしか喋らないので、俺とベル部長があれこれ話してるパターンなんだけど。

「あ、えっと、鑑定って専門的な知識は学術系スキルがないとって話を聞きましたけど」

ミオンがちょいちょいっと制服を引っ張るのは、いつぞやに話したことを言いたいんだろう。

間違ってなかったようで、こくこくと頷いている。

「ああ、そっちの話があるのね。前にディマリアさんが、自分が知ってる知識なのに鑑定に出てないって不思議がってたのだけど、植物学スキルを覚えたら出るようになったらしいわ」

「へー……」

ディマリアさんって誰？　と隣を見ると、

「ギルドの……」

「あ、白銀の館の人か」

「取締役なんだから、名前ぐらいは覚えて欲しいわね」

そうからかうベル部長だけど、会ったことのない人の名前を覚えるって大変じゃないかな。いや、ミオンはちゃんと覚えてるけどさ。

「動物学スキルとかってありますよね？」

「あるとは思うけれども、私の専門じゃないからなんともね」

と何か思い当たったのかベル部長。

「二人のライブの視聴者さんで、ルピちゃんがどういう狼なのか知ってた人はいないの？」

多分、そういうのはなかったはず……とミオンも首を横にふるふると。それに、

「誰かしら見たことのあるような狼なら、そもそも鑑定できてる気が」

「そうよねえ。ショウ君のやらかしの恩恵に預かってばかりだし、何かしら役に立つ情報でもあればと思ったのだけれど」

とベル部長がうなだれる。

なんか、ミオンが「やらかしじゃなくてすごいです」って顔をしてるけど……ん？

「なんだろ？」

俺たちの前を歩いていた先輩かな？　何かに驚いてばっと道の左右に散った。

この坂道は近所に住む人か登下校の生徒ぐらいしか通らないはずで……

「あ……」

こっちに向かって元気よく走ってくる犬が見えた。リードは……ついてるけど引きずってるっていうか、飼い主さんが手を離しちゃったのか。

「二人とも俺の後ろに」

「え、ええ……」

犬が怖いってわけじゃなさそうだけど、結構大きいからかな。ゴールデンレトリバーとかそういうやつだっけ。で、飼い主らしきおばさんが、後ろから頑張って追いかけてるのが見えた。

そういうことなら……

「ぇ？」

ミオンが驚いてるけど、しっぽを立てて左右に振ってるみたいだから大丈夫。

その場にしゃがんでかばんを置き、両手を広げると……

「バウッ！」

飛び込んでた犬をキャッチ。

「はいはい、いい子いい子」

頭を優しく撫でてやると、嬉しそうに俺の顔を舐めてくれる。

「ショウ君って、ルピちゃんといい、犬たらしなの？」

「動物には好かれる方っすね」

俺は好かれるけど、隣に真白姉がいると逃げるんだよな。

あれは多分、真白姉が怖くて逃げてたんだと思う……

「す、すみま、せん……。うちの、メリーちゃんが……ご迷惑を……」

飼い主のおばさん、走りすぎて息が上がっちゃってるけど、メリーちゃんはすっかり落ち着い

たっぽい。おすわりして、頭を撫でられて満足そうな表情。

久しぶりの散歩でテンションがって話。俺もルピとの散歩はマメにしないとなあ。

リードを渡して、メリーちゃんと飼い主さんを見送ったところで、

「ん？」

ミオンがかばんから取り出したフェイシャルシート？　それで俺の顔を拭こうとする。

「あ、自分でやるから」

「ダメ……」

「はい」

念入りにごしごしやられてる俺を、ベル部長が面白そうに眺めてるし、追い越していくクラスメイトにも生暖かく見られたりしたのだった……

◇◇◇

「よし、忘れ物はないよな」

「ワフン」

バックパックにいろんな道具を詰めて背負う。カナヅチやノミ各種、ノコギリ、ツルハシ、お約束のバールのようなもの。

『ショウ君、急に乗り気になってませんか？』

「部長に煽《あお》られたのもあるけど、あそこ調査し終わったらリフォームしようかなって」

『あそこをですか!?』

「うん。もともと誰か住んでたなら、住みやすい場所なんだろうし、きっちり調べて問題なかったらだけどね」

そんな話をしながら歩いているうちに上り階段に到着。

ゲームだからいいけど、これリアルの階段だったら大変だっただろうな……

「ふう。うん、やっぱりいい場所だよ、ここ」

西側の崖の向こうには海が見えて、景色もなかなか。

北西の奥に泉が見えるので、まずはそっちへ。緩やかな下り斜面を進むと、この盆地の一番低い場所になる感じ。

『すごく綺麗な泉ですね』

「だね。それに思ったよりも大きい。ここの雨水とかも流れ込んでるわりに全然濁ってないし、やっぱりどこかに流れてるんだろうな」

泉の奥の方は森の中に消えているので、落ち着いたらどうなってるか追いかけるとしよう。

当面の目的は山小屋の調査。まずは外をぐるっと一回りするかな。

『気をつけてくださいね』

「うん。ルピ、敵がいそうなら吠えてくれよ?」

「ワフン」

北側の崖沿いの森を左手に眺めつつ、ゆっくり山小屋に近づいていく。

大きさは電脳部のリアル部室ぐらいかな。ルピと住むならちょうどいいサイズだと思う。

今のところ不審な気配はないけど、家の周りが雑草だらけになっているのはいただけない。

「調査が終わったら、まずは草むしりからだな」

手斧で気休め程度の草刈りをしつつ進むと、石造りの一階部分にたどり着いた。

バックパックからカナヅチを取り出して軽く叩いてみる。

『脆《もろ》くなってないか確認ですか？』

「そそ。でも、全然大丈夫っぽい。苔が付いたりはしてるけど、しっかり上を支えてるし、これはそのままの方がいいか」

中の調査が終わったら一つずつ確認して、やばそうなやつだけ石壁の魔法で作ったやつと入れ替えることにしよう。

一階部分をぐるっと一周して、南側にある玄関階段の前に。シンプルな石階段だけど、これも石壁の魔法で作ったのかな。

『一階には入り口がないんですね』

「だね。でも、家の基礎にしては高いし、多分、中に下りる階段があるんじゃないかな」

床下収納の大きいやつみたいな？

この世界の一般的な建物がどうなってるのかとか、俺はいきなり無人島スタートしてるから全然わからないんだけど。

「さて、じゃ、入ろうか」

「ワフ」

玄関扉はごく普通？　木の扉で右開き。捻って開けるような機構はないのか、取っ手がついてるだけの代物。取っ手と隣の柱に横木を通す仕組みがあるんだけど……閂《かんぬき》そのものはなし。

『ショウ君、暗いとあれなので……』

「あ、そうだ」

光の精霊にお願いして、明かりを準備。

外から見えた窓は雨戸なのか、しっかりと閉められていたので、中は真っ暗のはず。

「よし」

グッと取っ手に手をかけて、

「いや、一応やっとくか」

コンコンとノックして……返事なし。ゴンゴンゴンと強めにノック……返事なし。

改めて取っ手に手を掛けて引く……

「内鍵が掛かってるのか……」

『どうします？』

こういう場合、ほぼ一択なんだけど、

「ワフン！」

「だよな！」

ってことで、蹴破るに決定。

あ、せっかく作った大工道具とかは危ないので、バックパックごと置いとこう。

『え？　え？』

「せーの！」


ガコンッ!!


前蹴り一発であっさりと壊れてくれて、そのまま向こうへと倒れる扉。

そして、そのせいで舞い上がるすごい埃《ほこり》……

「うわっ！　埃やばっ！」

「クゥ～」

「ルピ！　いったん離れるぞ！」

二人して、慌ててジャンプして玄関を離れる。

入り口からもうもうと溢れ出《で》る埃が収まるのを待つことしばし……

『無茶苦茶です……』

「いや、だってなあ？」

「ワフ」

二人して頷き合う。

他に方法があればだけど、このためだけに鍵開け的なスキル取るのもなんだかなっていう。

『それならまだ窓をこじ開けた方が、後のことを考えても良かったんじゃないですか？』

「あ……」

バールのようなものまで持ってきてたし、別にそれ使えばよかったたってオチ？

思わずルピを見ると、ふいっと目を逸らされた。賢い。

「えーっと、そろそろ落ち着いたし、中に入ろうかな」

『次は慎重にですよ？』

「りょ……」

外から覗く分には、本当に長い間誰も住んでなかった家。

うん、慎重に。まずは光の精霊の明かりを室内へ。

「なんか、ほとんど何もない部屋だな……」

見えるのは倒れたドア、はまっていた閂、床に積もった埃、左手前に四角いテーブルと椅子、左手奥にベッドだったもの。

そして、右手奥には予想通りというか下に下りる石の階段が見える。

「ワフ」

ルピがそろりそろりと足を踏み入れ、俺もその後に続く。足元の床が抜けないか確認しつつ……

床板が軋《きし》んで音を立てるが、とりあえずは大丈夫そう。けど、これは張り替えたほうがいいんだろうな。

「んー、意外となんもないな。ただの山小屋とかなのか？」

『とりあえず窓を開けませんか？』

「りょ」

窓は全て木窓で、ガラスがはまってたりはせず。

腕ぐらいの長さの閂がかかっているので、それを外してから外に向けて……


バキッ！　ガランガラン……


両開きの四角い窓の両方が、根元の蝶番《ちょうつがい》ごとはずれて外へと落ちてしまった。

『ショウ君？』

「ごめん。ここまで脆くなってると思わなくて……」

窓は東西の壁に一つずつ。壊しちゃった西側に続き、東側を慎重に開けると、気持ちいい風が吹き込んで、家の埃を掃き出してくれる。

「うーん、テーブルに椅子、あとベッドだけって、料理とかどうしてたんだろ？」

『それよりも、入り口の扉は内側から鍵が掛かってましたし、この家の持ち主はどうやって……』

「……」

パターンとしては「白骨化して座ってる」とか「霊体になって浮いてる」とかだよな。

目線を上にやると、片流れ屋根の裏側、斜めになってる部分が見えるだけ。ところどころ傷んでるので、やっぱり新しくした方が良さそうってぐらい。と、なると……

「やっぱり、階段下りてみるしかないか」

『気をつけてくださいね？』

「りょ。ルピ、行こうか」

「ワフ」

この家の持ち主がスケルトンになってたりする可能性は高そう。

けど、神聖魔法は取れてないし、銀とかのアンデッドに効きそうな武器があるわけもなく。

とりあえず、塩が効くか試すぐらいしかないよな……

「えーっと、この先を照らして欲しいんだけど」

光の精霊にお願いすると、部屋に浮いていた明かりがすうっと飛んできて、階段の先へと下りていく。めちゃくちゃ便利。

その明かりに照らされた階段の先は、普通に石畳が敷かれた部屋っぽい。

ぱっと見、骨が散乱とか血糊《ちのり》がべったりとかはないみたいで一安心……

「下りてみるか。ルピはちょっと待ってて」

「ワフン」

なんか取り憑《つ》く系がいたら嫌なので、ルピに待てをして先に下りる。

階段が結構急なのは、なんだか田舎のじいちゃん家を思い出すな。

「よっと」

下り立った一階は石壁に囲まれ、天井まで二メートルもなくて圧迫感がすごい。

ぐるっと見回してびっくりするようなものはなし。

『大丈夫そうですね』

「この家の持ち主がスケルトンになって座ってるかもって、身構えてたんだけどなあ」

「ワフ！」

「あ、いいぞ。ルピもこっち来い」

そう言い終わる前に駆け下りてくるルピ。

ぐるっとあたりを見回した後、安心したように俺の脛に頭を擦りつけてくる。

「よしよし。じゃ、じっくり調べようか」

まず、気になっているのが目の前の壁際にある戸棚かな？　上半分は磨《す》りガラスがはめ込まれた両開きの扉で、アンティーク品っぽい雰囲気が漂っている。

『すごく古そうですし、気をつけて開けてくださいね？』

「りょ。ってか、まず鑑定かな」


【古びた高級キャビネット】

『銘木を素材として作られたキャビネット。かなり昔に作られたもの。

木工：修理・作成可能』

うわっ、高級って。なんでこんな場所に高級なもの置くかな。

雨漏りしてたらやばかった気がするんだけど……

『ここに住んでいた人ってどういう人なんでしょう……』

ミオンの呟きを聞きつつ、扉に手をかける。感触としては普通に開きそうな感じ。

「開けてみるよ」

『はい』

少しだけ力をかけ、慎重に引っ張ると、一瞬の抵抗があったのちに、扉がスッと開いた。

「おおー」

そこにはずらっと並んでいる本。どれもちゃんとした装丁で高そうなやつ。

ざっと背表紙を眺めていくと、魔導書っぽいものから、歴史、地理、事典といった感じ。

『すごいです。ショウ君、これで……』

「うん。今まで取れそうになかった学問系が取れると思う」

ありがたいことにSPはがっつり余ってる。全部取るかどうかはともかく、ここでの生活に役立ちそうな学問は取りたいかな。

「ん？」

棚の下の方、大判の本が並んでいるその上に、無造作に置かれているのは本ではない感じ。

「なんだこれ？」

装丁がなく、ただの紙束に穴を空けて革紐を通してあるだけの綴《つづ》り。

表紙というか一番上の紙には『記録』とだけ書かれている……

『メモ帳みたいなものでしょうか？』

「なるほど。ここの持ち主だった人のかな」

なんか勝手に中を見るのはちょっと気が引けるけど、玄関扉を蹴破っちゃったし今さらか……

「ま、後でもいいか。他を見よう」

『はい』

その『記録』はインベントリに放り込んで扉を閉める。

次にあたりを見回して目についたのは、

「何これ？　魔法陣？」

一メートル四方、厚さ三センチほどの銀色の板。表面に刻まれてる紋様は、魔導書とかで見るやつに似てるけど、意味はさっぱりわからない。

『ショウ君、うかつに近づかない方が……』

「あ、うん、そうだね」

何が発動するかわからないし、ルピを後ろに少しずつ近づいて……よし、鑑定できるな。


【転移魔法陣】

『MPを注ぐことで乗っている人やものを、対となる転移魔法陣へと転移させる。

ただし、転移先魔法陣の上に障害物などがある時は安全の問題があるため発動しない』

「これは封印かな」

『どこに転移するのかわからないのは怖すぎます……』

「対になるやつが海の底に沈んでるとかだと終わるよなあ」

さすがに行き先のわからない片道切符は嫌すぎる。

「あとはこの箱か」

『宝箱という感じでもないですね』

転移魔法陣とやらの隣にあるのは、いかにもって感じの……チェストボックスだっけ？

上蓋をかぱっと開けるタイプの大きい箱で、人一人、膝を抱えれば入りそうなぐらいのサイズ。


【古代魔導保存庫】

『内容物を長期保存してくれる箱。

付属の魔晶石のマナを使うことで長期保存が可能になっている』

「うわ、マジか!?」

これで長期保存できるんなら、インベントリを圧迫してる肉とか魚とか野菜とかを入れておけて、すごい助かる。

『付属の魔晶石ってどこでしょう？』

「箱の外にはないっぽい。……中かな？」

『注意して開けてくださいね？』

「りょ」

罠発見スキルを使ってみたけど反応はなし。スキルレベルが低いからなんともだけど。

鍵が掛かってそうな気がしたけど、ちょっと重いだけで普通に蓋が持ち上がる。慎重にそのままグッと持ち上げると、あっさりと開いて……

「空っぽか」

『前の持ち主が何か残してあるのかと思いましたけど』

「だよな。まあ、ここであんまり強い武器とかもらってもだし。あ、これが魔晶石か」

蓋の裏側に中サイズの魔晶石が埋め込まれていて、その周りには魔法が刻まれている。魔導具ってことなんだろうけど、この仕組みがわかればなあ。

これで全部かな。意外とホラー的な要素なかったのは良かった……

それに、この一階は作りがしっかりしてて、大きく作り直す必要もなさそうだし。

『ここに住んでた人は、さっきの転移魔法陣でどこかへ行ってしまったんでしょうか？』

「あ、そうだね。それなら扉全部、内側から閂が掛かってたのも納得かな」

何かしら用事があってことどこかを行き来してたってこと？

ベッドはあったけど、台所とか風呂とかトイレとかないし。いや、ゲームだからそもそもバストイレは不要なんだけど……

「ん？　じゃ、あの転移魔法陣に誰かが飛んでくる可能性があるのかな？」

『あ、そうですね……』

「埃の溜まり具合からして、もう使われてないんだろうけど、勝手に使っていいものか悩むな」

ゲーム的には、勝手に使っていいよってことだとは思うけど……

『さっきの記録を読んでみるのはどうですか？　何か書いてあるかもしれませんよ』

「なるほど。ここがなんのための山小屋だったのかとか、転移魔法陣の行き先がどこだとかわかるといいんだけど」

『部長もこの小屋に解錠コードの手がかりがあるんじゃないかって』

「あ、そうだった！　じゃ、あれを読んでから決めようか」

厚さからして一五分もあれば読み終わるよな。

『はい。でも、その後は壊した扉を直しましょうね』

「はい……」


「よいしょっと」

圧迫感のある一階や埃っぽい二階で読むものじゃないよなってことで、いったん外に。

玄関へ続く石の階段に腰を下ろすと、ルピが足の間に収まってもふもふを要求してくる。

「よしよし」

「ワフ〜」

インベントリから取り出した『記録』と書かれた本……日記帳？　を改めて見直す。

これって結構ちゃんとした紙だよな。

「ベル部長たちがいるとこだと、紙ってこんないいやつじゃなかったよね？」

『はい。なんか茶色く汚れた感じのですね』

「ああ、わら半紙ってやつかな」

『わら……？』

普通知らないよな。俺もじいちゃんに教えてもらったんだけど、そのじいちゃんですら「大昔はこんな紙を使ってたそうだ」とか言ってたし。

まあ、ようは稲わらを細かく砕いて煮て作った紙らしいということを説明すると、

『ショウ君も紙を作れるかもですね』

「あ、そうか。でも、あんまり使う場面も……いやコーヒーフィルターとか？」

今のところ稲わらはないけど、ちょっと似たような植物は探せばあるはずだよな。

「ワフ？」

「ごめんごめん」

もふる手が止まってたっぽい。

それに紙を作る話は、もっと先でも大丈夫だろうし、今はこの中身の方が重要。

「じゃ、読んでみるか」

『はい』

【花の月の五　中央先端魔導研究所から左遷され、こんな孤島の監視員となってしまった】

いきなりすっごい辛い展開なんだけど？　ともかく先を読み進めていく。
どうやら、これを書いた人はその魔法研究所の一員だそうだが、新型魔導施設の設計方針に異議を唱えてたら、この島に左遷されたって話っぽい。
『ここへはどうやって来たんでしょう？』
うーん、もうちょっと先を読んでみるか……

【この島の火山を利用したマナリサイクルシステムは、旧式で効率は悪いが安全性は高い。本来なら年に一度の点検でいいはずの場所に追いやられてしまったが、中央の連中の顔を見なくて済むという意味ではいい場所だろう】

マナリサイクルシステム？　マナってMPだよな？　どういう意味なんだこれ……

【中央から転移した先は制御室だったが、あそこは殺風景すぎて住む気にはなれない。なので、南西の当直小屋に転移魔法陣を移した】

「ってことは、あれってこの人が言う中央先端魔導研究所に飛ぶってことか……」

『どこなんでしょう？　安全な場所とは思えないです』

ベル部長たちがいる大陸のどこか？　それとも全く別の島とか大陸があるのかもだよな。

「アレはやっぱ封印かな。読み進めるよ」

【制御室の点検は年一回なので、南北の防護壁はロックしておいた。（4725）】

「……解錠コードってこれ？」

『4725ですよね？』

「うん。四桁数字ってどうなんだろって気がするけど、この人しかいないならいいのかな。いや、そもそもいらない気がするんだけど……」

この人が何を考えて設定したのかを考えてもしょうがないか。

単純に必ず四桁数字を設定しろみたいな扉なのかもしれないし。

【食料に関しては一カ月に一度まとめて支給されるとのことなので、保存庫もこちらに移動。大抵が保存食に近いものなので、自力で料理をしたほうが良さそうだ】

「うーん、料理してた感じはないいんだけどなあ」

『ですね。お台所とかもありませんでしたし』

外に石窯作ってやってたかも？　さすがにそれは残ってないよな。いや、その前に、

「保存庫ってすっごい重そうな感じだったけど、あれ運んだってどうやって？」

『インベントリには……入らないですよね？』

「無理だと思う。なんか魔法で運んだのかな……」

インベントリが広くなる魔法とかあっても不思議じゃないか。

必要ＭＰがすごくて、時間制限があるとかじゃないと、ゲームバランス崩壊しそうだけど。

いや、そもそもＮＰＣってインベントリあるの？

そこから先はほぼ日記。たまに古代遺跡の説明が少し。

採掘場と鍛冶場も古代遺跡の施設らしいけど、用途に関しては特に触れられておらず。

この人は採掘とか鍛冶とかできなくて放置してた模様。

「一応、狩りとか釣りとかはしてたっぽいけど……あんまり得意じゃなかったんだな」

『魔法の研究だけしてた人なんですね』

「だね。それでもまあ、本読んだりしてここでの生活はそれなりに楽しんでたのかな」

今日は魚が釣れたとか、でも、どうやって捌けばいいのかわからないので丸焼きにした、とか。

ちょっと親近感のわく日記が続いてて、

「え？」

『どうしたんですか？』

「うん。ここからかな」

【転移魔法陣にかつての同僚が現れた。所長が設備の一部を暴走させ、そのまま昏倒したらしい。強制停止装置もうまく動かないらしく、原理を理解できているメンバーをとにかく呼び寄せてるとのこと。何をやってるんだかまったく。

「追放された魔術士、同僚のピンチに呼び戻されるがもう遅い」ってやつだな。「やれやれ」とでも言いながら対処してこよう】

そして次のページ以降は真っ白……

『戻ってこられなかったってことですよね……』

「多分……」

これを書いた人は戻ってこなさそうだし、逆にあっちへ行くのもかなり危険な気がする。

その暴走とかいうのが止まってればいいけど、止まってなかったら帰ってこられないパターン。

あ、俺はリスポーンがあるから平気っちゃ平気なのか……

でもそれで、デスペナ——一部アイテムロスト、キャラ・スキル経験値ロスト（場合によってはレベルダウン）、二時間のセーフゾーン外への移動不可——は痛すぎる。

「こっちから使うことはないかな。あとは別の誰かとかモンスターが現れたりしなきゃだけど」

『あの魔法陣の説明に「障害物があると発動しない」って書かれてましたよね？　何か上に置いて

おけばいいんじゃないでしょうか?』

「それだ!」

「ワフン!」

障害物を作るのは簡単。

石壁の魔法で、あれをすっぽり覆い隠す一メートル四方の石畳を作ればいいだけ。

さっそく一階へ戻って、

「直接やって発動するとまずいから、いったんこっちに出すよ」

『ですね』

大体の大きさをイメージし、一メートル四方、厚さは一〇センチぐらいでいいかな。割れると嫌だし。

「〈石壁〉っと」

作ったはいいけど持ち上がるか? あ、STRあるからか余裕だった。

これを転移魔法陣の上にすっぽりと被せる。

「これならライブに映っても平気かな?」

『その上にミニチェストとか置くのはどうですか?』

「あー、いいね!」

んじゃ、ここを本拠地に改装しよう!

「とりあえず、これでいいかな？」

『はい。雨が吹き込まなければいいと思います』

壊してしまった玄関扉と西側の木窓を暫定修理。外れた蝶番とそれを留めていた釘を探して、なんとか元の形に戻して付け直した。

いきなり嵐になったりはしないと思うし、本格的に二階を新しくするまで持てばいいかな。

「じゃ、いったん戻るか」

「ワフ」

時間はまだ一〇時前ぐらいだろうし、もう少し何かできるはず。

『戻って罠の確認ですか？』

「それは明日の部活にでもするよ。それより、用意しておきたいものがあって……」

ログハウスって漠然と考えてたけど、釘だったり蝶番だったり、L字型の金具でいいのかな？

そういうの全然思い至らなかったんだよな。

『なるほどです。ショウ君、もう大工のスキルは取ってます？』

「いや、まだだけど？」

『釘とかを作る前に取ったほうがいいんじゃないでしょうか？　石窯のこともありましたし』

「あ……」

そういやそうだった。このゲーム、何か作る時にそれを使えるスキルがあるかどうかで、出来上がりに差が出るんだった。

「てか、大工道具作る前に気づけよ、俺！」

『大丈夫ですよ。木工スキルがありましたし、次に作る時に忘れないようにすれば』

「そだね。てか、今もう取っとくよ」

立ち止まり、スキル一覧を開いて大工を検索……あった。ポチッとやって【大工】を取得。

このことはナットにも教えといた方がいいかな。あいつも大工スキル取ったとか言ってたし。

「ワフ？」

「ごめんごめん。帰ろうか」

さて、頑張っていろいろ作らないとな。


『ショウ君、そろそろ一一時です』

「おけ。これで終わりっと」

釘やら金具やら細かいのは細工スキルも影響してるみたいで、今日だけで2レベル上がって3レベルに。

最初はコツコツと釘を大中小の三種類作り、その他にもL字金具なんかの簡単そうなのを。

あの山小屋、作り直す時に裏口欲しいな……

道具をきちんと片付け、出来上がったものはバックパックに。

鍛冶場をあとにして洞窟の広間へと向かう。ルピはもう寝ちゃったかな？

【パルテーム公国が建国されました！】

「『え？』」

思わずミオンとハモってしまい、カメラに目をやる。

「ベル部長たちじゃないよな？」

『今日はライブでしたし、違うと思いますけど……』

そういやそうか。本気でそんなことするならライブ前に相談あるよな。

「ログアウトして部室行くよ」

『はい』

ダッシュして洞窟に戻ると、ルピがベッドで熟睡中。

そっとバッグパックを置いて、起こさないように隣に……

「ワフ……」

おやすみ。

「お疲れ」

『お帰りなさい、ショウ君』

「あ、うん、ただいま」

なんかちょっと照れくさいんだけど……

ミオンは公式フォーラムでいろいろ調べてるのか、メモを取ったりしてる。

俺はというと……特にすることもないし、動画についたコメントチェックでもするかな？　いや、多分、もうそろそろ……

「ああ、良かった。いたわね」

「ただいまだぞ、兄上」

「ああ、おかえり」

『お帰りなさい、セスちゃん、部長』

予想通り、ベル部長とセスが来た。

普段はみんなＩＲＯから直で落ちるけど、さすがにあの建国宣言は気になるよな。

「で、何か知ってます？」

「聞きたいのはこっちなんだけど？」

「兄上が建国宣言したわけではないのだろう？」

「するわけないっての」

とまあ、誰も状況を把握しておらず、集まった意味があったのかっていう……

『どうやら帝国の内戦で第二皇子側についていたパルテーム領が独立を宣言したようです』

うん。ミオンが一番まともな情報を伝えてくれた。

「第二皇子は王位継承を諦めたということかしら？」

「わからんのう。そもそも大きな戦が起きておらなんだようだが……」

セスも公式フォーラムを見ているっぽい。

まあ、とりあえず俺には関係なさそうなのと、

「ベル部長や『白銀の館』が困ることってありそうです？」

「なんとも言えないわね。第一皇子側がそれを認めて停戦って話になるのが一番困るけど……」

『どうしてでしょう？』

「ウォルースト王国が難民対策に開拓しておる先に南東側、所属不明な地域が含まれておるゆえの。せっかく開拓した場所をあっさり取られるという可能性もあろう」

「うわ……」

王国が頑張って開拓し終えたところで、出来上がりを美味しくいただきますってか。

『ギルドのみなさんは大丈夫ですか？』

「ええ、うちはみんなアミエラ領で活動してるし、離れるとしても王都まで素材や完成品を運ぶくらいね。ただ、南東側は国の方針次第だけど、最悪放棄されるかもしれないわ……」

とのこと。南東側は国がもっとも開拓に力を入れていた場所だそうで、卸した品もほとんどはそっちに買われていってるらしい。

ただ、いきなり停戦したグラニア帝国とパルテーム公国だっけが、今度はタッグを組んでこっちに攻めてくる、とかなると洒落にならないよな……ん？

『どうしました？』

「いや、素朴な疑問なんだけど、その第一皇子と第二皇子って仲悪かったの？」

その問いにミオンだけでなく、セスもベル部長も固まる。

あれ？　俺なんか変なこと言ったかな？　いや、言ったか……

「すみません。忘れてください」

「いやいや、その観点は重要だぞ、兄上！」

「そうよ。ありがちな展開よねって思ってたけど、そんな話は一言も書かれてないわ！」

だから、椅子の上に立つなっての。

ベル部長も公式ページを見てなんか盛り上がってるし。

『でも、実際に内戦までして、国民が逃げてしまってますけど……』

「だよな。住む人がいなくなると国の意味がないし。っていうか、内戦の隙をついて他国が攻め込んできたら、まずかったんじゃないです？」

リアルだって分裂した国を別の大国が後ろから～なんて歴史にはたくさんあるわけで。

「もちろんそれも考慮してあったのではないか？　王国側、共和国側、どちらの国境都市も内戦には参加しておらんのであろう？」

「ええ、そうね。難民が逃げ込む先になってるわ」

なるほど。どっちも攻められても守る準備はできてたってことか……

ただ、推測に推測を重ねてるだけなんだよな。そもそも一回内戦しておいて、実は作戦でしたってすぐに仲良く元通りってなるかな？

「セス、子爵様ってそのあたりに詳しいんじゃないか？　俺たちが妙なことで想像を膨らませるよりも、知ってそうな人に聞いた方がいい気がするぞ」

「おお、そうよの！　さっそく、明日にでも聞いてみようぞ！」

わかったから、椅子の上に立つな。そして跳ねるな……

【帝国・王国・共和国・公国】ＩＲＯ雑談総合【みんな仲良く】
【一般的な王国民】
は？　どういうこと!?
【一般的な共和国民】
パルテーム公国？　どこそれ？
【一般的な王国民】
帝国の内戦で第二皇子側についてた南の大きな街のはず……
内戦じゃなくて戦争になったってこと？
【一般的な帝国民】
こちら帝国、第一皇子派、傭兵部隊。
周りのみんなも何が起きたのかわからなくて混乱中。
情報を求む！
【一般的な公国民】
あー、テステス。ただいまフォーラム投稿テスト中。
【一般的な王国民】
うわ、マジか！
所属勝手に変わったってこと？
あ、スレタイも変わってるｗ

【一般的な公国民】

やっぱ変わってるし……

いや、単純に帝都からパルテームに逃げてきて、難民キャンプ作ったりしてただけだよ？

【一般的な共和国民】

あらら。ってことは、領主だった帝国貴族が独立して国を宣言したってことかな？

【一般的な王国民】

いや、第二皇子が完全に袂《たもと》を分かって分離独立したんじゃないか。

【一般的な共和国民】

ああ、そっちの方がしっくりくるね。

普通に考えると第二皇子の方が正当性に欠けるしな。

【一般的な公国民】

内戦が決着したってわけじゃないんだよね？

【一般的な帝国民】

傭兵部隊に解散の話は来てねえぞ。

ただ、今までやってた散発的な戦闘もなさそうだ。

【一般的な公国民】

え？　ちょっと待って？

上の書き込み私なんだけど、共和国民だったはずなのにどういうこと？

【一般的な王国民】
は?
【一般的な共和国民】
え、マジ?
【一般的な帝国民】
ん? どういうこと?
さっきの人~、どのあたりにいるの~?
【一般的な公国民】
共和国の西の端の小さな街。
パルテームの街と交易してた商人なんだけど……
【一般的な王国民】
おい、それ、その街売られたんじゃないか!?

[防衛大国] ウォルースト王国・王都広場 [先制的自衛権]
【一般的な王国民】
公国ってなんですか?
【一般的な王国民】
そりゃ、ジーク……

【一般的な王国民】
やめろｗ　消されるぞｗ
公国っていうのは、一般的には貴族が治める国に使われることが多い。
モナコ公国は確か一番偉い人が王様じゃなくて大公だったはず。
【一般的な王国民】
はえー、勉強になるー
【一般的な王国民】
んー、ということはパルテーム公国は、第二皇子がその大公になったってこと？
【一般的な王国民】
わかんない。
確定情報がさっぱりないし、そもそも王国から知る手段がないよ。
【一般的な王国民】
なんか共和国の街の一部が、そのパルテーム公国に食われたらしいぞ。
【一般的な王国民】
へ？　どういうこと？
【一般的な王国民】
街ごと売られたんじゃないかって話だけど。
ようするに街の一番偉い人が公国側に下ったってことじゃないかな。

【一般的な王国民】

マジか。さすが商売人の国。

【一般的な王国民】

王国には直接的な影響はないよね？

【一般的な王国民】

いや、南東側の開拓はまずいんじゃないか？

それなりの距離はあるが、どちらも行き来できない距離ではないし……

【一般的な王国民】

古代遺跡の塔、行ってみたかったんだけどなあ。

††† ＩＲＯモンスター情報交換スレッド †††
ＩＲＯ全土に生息するモンスターの情報を扱うスレッドです。（一応、無人島も含む？）
生息地別、種類別などなど、質問の前にこちらのｗｉｋｉをご覧ください≫［リンク］
新種のモンスター目撃情報（特にエリアボス！）をお待ちしております！

【一般的な冒険者】

例の建国宣言でもちきりけど、レオナ様とベルたそのパーティってエリアボス倒せたの？

【一般的な冒険者】

倒してたぞー！
さすがにあのメンバーなら危なげなくって感じだったな。
【一般的な冒険者】
キャラレベ12ぐらいで集まればいけそう？
【一般的な冒険者】
多分いけると思う。問題はまた現れるのかどうかなんだよな。
【一般的な冒険者】
え？　倒したらいなくなっちゃうってこと？
【一般的な冒険者】
そのあたりは全くわからんね。
他ゲーとかだと少し弱いのが現れたりするんだけどな。
【一般的な冒険者】
完全ユニークで早い者勝ちはやめて欲しい……
【一般的な冒険者】
メインストーリーに絡むクエストだけがユニークだって話だし、大丈夫でしょ。
【一般的な冒険者】
ボス戦に入った瞬間にインスタンスに変わってたみたいだよ。
俺らもあそこまで行ければ戦えるんじゃないかな。

【一般的な冒険者】

あそこって、レオナ様が見つけた古代遺跡のさらに奥だっけ。そろそろ行けるか？

【一般的な冒険者】

そのエリアボスってなんだったの？　ライブ見てないから知らないんだけど。

【一般的な冒険者】

ウルクっていうオーガとオークが混じったような三メートル近いデカブツ。

セスちゃんがメイン盾してたが、潰されないかヒヤヒヤしたぜ……

【一般的な冒険者】

丸太振り回してたからな……

物理攻撃メインだし、しっかりしたタンクがいれば、キャラレベ12ぐらいで大丈夫だと思う。

【一般的な冒険者】

エリアボス順番待ちとかになるのかな？　あれって萎えるんだけど……

【一般的な冒険者】

まあ、ベルたそがいるアミエラ領は、今クエストが潤沢で人も多いし。

そのうち検証結果が出るんじゃない？

【一般的な冒険者】

遭遇してきたよ。以下、推測も含みます。

・該当エリアでウロウロしてればエンカウント。
・そのまま全員インスタンス行き。（多分）
・弱くなってるとかはないと思う。（主観）
・ある程度離れると追いかけてこなくなるので逃走可能。
【一般的な冒険者】

乙！　ってか、逃げられるって優しいな。

【一般的な冒険者】

そいや、島の彼も初回遭遇時は逃げきってたな。

【一般的な冒険者】

あそこは島全体がインスタンスみたいなものだし、ちょっと参考にするには特殊すぎる。

で、さっきの人は無理そうだったから逃げたってこと？

【一般的な冒険者】

ああ、恥ずかしい話なんだが、タンク役が寝落ちてた……

【一般的な冒険者】

oh……　まあ、もういい時間だしな。

【一般的な冒険者】

(-_-)..zzZZ「ここは任せて逃げるんだ！」

11　水曜日　道具を作るところから

いつものメンバーで昼食なんだけど、話題は自然とＩＲＯに。

「そいや、ナット。帝国の第一皇子と第二皇子について何か知ってるか？　内戦起こすぐらいに仲悪いとかそういう感じの話とか」

「ん？　相当悪いって話は聞いたな。第一皇子の母親は当然王妃なんだけど、北のアンハイム領の伯爵の娘らしい。で、第二皇子の母親が側室で、南のパルテーム領の伯爵の娘だそうだ」

ナットのくせによく覚えてるな。

「でも、それなら順当に第一皇子が即位して問題なさそうな気がするのだけど」

といいんちょ。ミオンもコクコクと頷いているし、俺もそうだよなと思う。

「それが、実は第二皇子の方が生まれるのが一週間ほど早かったって噂があるんだよな」

「え？」

「ま、これは俺が脱出する時に護衛した商人から聞いた話なんで、信憑性《しんぴょう》ゼロだけどな」

そう言って笑う。

先に生まれてれば第一皇子で帝位継承してた？　いや、側室の子だとダメなんだっけ？

「うーん……」

「どした？　無人島に住んでるショウには関係ない話だと思うぞ？」

「いや、セスのギルドの話もあるし、王国が開拓してる南東方面は大丈夫なのかって話」

仲が悪いのは実はフリだけで、本当は仲がいいんじゃみたいな推測を説明しておく。

「なるほどなあ」

「難民が他国へ押し寄せるようなことまでするかしら？」

いいんちょの意見に頷くミオン。同じことを昨日言ってたもんな。

「うん、その辺は俺も同意見だし、もっともらしい理由も思いつかない」

「まあ、俺らプレイヤーが増えたせいで、難民が予想以上に多かったかもしれないけどな」

「え？　どういうこと？」

「いやだって、俺らプレイヤーは死ぬのを恐れずにモンスターを狩ったり、採算度外視で生産しまくったりするわけだぜ。今までそれで暮らしてた人らは困るんじゃねーの？」

ナットの言葉に固まる俺とミオン。いいんちょはというと、

「そうよね。今までそれで生計を立ててた人のお仕事をダメにしちゃうかもしれないのよね」

とリアルで考えれば至極真っ当なご意見。いや、そうなんだけどさ。

「ゲームでそこまでするか？」

「ありえねーって思うけど、ＩＲＯはそんなことが起きても不思議じゃねえ気がするんだよな。ＮＰＣだって、よくある店員ＡＩとかと違って妙に人間くさいし」

「えっと、そういうのって普通じゃないの？」

俺とナットは苦笑い。ミオンはふるふると首を横に振る。

「まあ普通の、いや、今までのゲームだとプレイヤーに職を奪われるＮＰＣはいなかったな」

「だな。しかし、ゲームだしなって思ってた部分も疑ってかからないとか……」

思えば石壁が残ったりするのも、そういうことなのかな。うかつに魔法を使うとNPCに迷惑が掛かることもあるぞっていう。

「そういえば、前に教えてもらった自宅の件だけど、自分専用の部屋を持つといいみたいね。共用じゃダメなのも、現実に沿った判定をしているからかしら」

「ああ、なるほど。俺も住居の獲得の褒賞もらったけど、そういうことか」

「二人とも例の開拓拠点に？」

「ええ、私は白銀の館の女子寮に一室もらったわ」

「俺は自分で作って、空き部屋をフレに貸してるぞ」

ナットはシンプルな客間を用意して、フレのログイン・ログアウトをサポートしてやってるらしい。相変わらず気前のいい奴だ。と、ちょいちょいとミオンに袖を引っ張られる。

「ん？」

「宿屋……」

「あ、そうか。NPC雇ってフロントやってもらえれば、普通に宿屋になるじゃん」

「ああ、いいな、それ。ちょっとダッズさんあたりに話してみるか。せっかくなら、飯作ってくれる人も雇いたいし」

ナットの奴、すっかりレオナ様親衛隊のメンバーと仲良くなってるな。

「そういや、エリアボスはどうなった？」

「ん？　セスちゃんがレオナ様と魔女ベルと倒したって聞いてないのか？」

「いや、昨日は例の建国宣言でゴタゴタしたし……」

あの二人、エリアボス倒してから部室に来てたのか。

ちなみにそのエリアボスは、俺が遭遇したレッドアーマーベアではなく、ウルクっていうオーガとオークのキメラみたいなやつらしい。

「ま、雷帝レオナと魔女ベル、それにセスちゃんがいたし、余裕だったぜ」

「だろうなあ。ってか、コラボライブだったたんだな」

「コラボっちゃコラボだけど、それぞれ別視点で配信してたし、ファンは好きな方で見ればいいって感じだったな」

「へー」

まあ、お金で揉《も》めたりするかもだし、それぞれ配信って方がいいのか。とはいえ、レオナ様は全然気にしなさそうだけど。

「そうだったのね。私もゲームせずに見れば良かったわ」

いいんちょ、すっかりレオナ様のファンになってるな。

まあ、ベル部長のファンになるよりはいいか……

「ん？　いいんちょ、ゲーム内で配信見られるの知らないのか？」

「え？　見られんの？」

俺もそれ知らないいんだけど……

ミオンを見ても……知らないよな。そりゃ、ＩＲＯはキャラクリしかしてないんだし。

「おいおい、ショウも知らねえのかよ」

ナットの話だと、メニューから外部サイトを見ることができるので、それで動画も公式フォーラムも見れるらしい。

生産中の待ち時間に見たり、作業中のＢＧＶとして流しっぱにしたりする人もいるそうだ。

「ただし、セーフゾーンの中でだけだぜ」

「そんな制限あるんだ。ああ、傭兵で敵側の配信見るとかできるとまずいからか」

「普通に動画見ながらは危ねえしな」

そんな歩きスマホみたいな……

「私たちが今いる場所はセーフゾーンよね？」

「ああ、丸太の柵の内側な」

ん？　柵の内側？

「その柵って後から作ったやつだよな？　柵を作るとセーフゾーンが広がるのか？」

「ああ、作ってすぐってわけじゃないけどな」

柵を作ると広がるんだったら、うちも洞窟前の広場に柵を作ればセーフゾーンが広がるか？　せめて、洞窟の入り口まで広がってくれれば……

「？」

「いや、洞窟の広間にあるセーフゾーン広がらないかなって」

ミオンにそう答えると、ナットといいんちょが不思議そうな顔を。

「ま、俺の勘だけど、入り口に扉でもつけりゃいいんじゃねえの？　あの小さい土壁だと敷居《しきい》って感じだし、バイコビットが飛び越えてくるだろ」

そう言って笑うナット。

ああ、柵なり壁なり扉なり、付近にいるモンスターで壊せないやつを作ればいいのか。

なんかそれが一番しっくりくるし、山小屋の方が終わったら試してみるか……

部活の時間。ベル部長を待ちつつ、動画についたコメントをチェック……

『ショウ君、連休の予定は決まってますか？』

「え？　うーん、特に予定はないけど、親父とか姉貴が帰ってくるかもってぐらい？　それもいつなのかはさっぱりだけど」

『来週の水曜日、空いているようなら母に会って欲しいです』

……そういう話あったね。

ヤタ先生が内容をきっちりと説明してくれたとは思うけど、大事な一人娘が同級生の男とゲームしてる？　って聞きゃ、不安にもなるよな。ただ、

「美姫も連れていっていい？　あいつ一人で留守番って絶対に嫌だって言いそうだし」

『はい、もちろん』

よしよし。これならまあ「部活を通じての友だちなので遊びに来ました」ってとこだろう。

「ミオンの家って駅からは遠いの？」

駅は同じだけど中学の時の学区が違うってことは、反対側、南側のはず。結構距離があるっていう話なら、移動手段を確認しとかないとなんだけど。

『遠いんでしょうか？　自分ではよくわかりませんが、歩きで大丈夫ですよ。駅まで迎えに行きますから』

「そ、そう？　じゃ、お願い。昼過ぎぐらい？」

『お昼ご飯を作って欲しいんですけど……ダメですか？』

「あー……了解。何食べたいかは前日までに言っておいてもらえると」

『はい！』

約束してた気がするし、美姫の飯テロ画像を悔しがってたもんなあ。

美姫が好き嫌いある方だから、向こうでそれで揉めないだけ安心か。

「お疲れ様」

「どもっす」

『こんにちは』

普段は和風美人でシャキッとしてるのに、部室に来た途端、ゲーミングチェアに座ってＶＲＨＭＤを被る落差が酷い。もう慣れたけど。

そうそう、昼の話をしとかないと。

「そいや、ナットから聞いたんですけど……」

帝国で内戦を始めた第一皇子と第二皇子の噂を簡単に説明。噂が本当ならやっぱりかなり仲が悪いし、揉める理由も十分にあることを伝える。

あと、難民が多いのはプレイヤーのせいじゃないのかっていうナットの名（迷？）推理も。

「なるほど。ともかく噂話の真偽はセスちゃんに期待しましょ。それよりも、プレイヤーのせいでNPCが職にあぶれてるって推察は興味深いわね」

『部長もそう思いますか？』

「他のゲームならともかく、IROならありそうな話だと思うわ」

それを言われても、俺は島ぼっち生活だからなんともなんだよな。

セスや部長の配信を見て、本当に人間くさいAIしてるNPCだなとは思ったけど。

「実際にそういうNPCいるんですかね？」

「一時期、ポーションの素材をプレイヤーが奪い合ってた頃があったけど、NPCで採集を専門にする人は減ったんじゃないかしら」

ベル部長の話だと、近場でコプティ――一般的なヒールポーションの素材――を取れる場所は、もれなくプレイヤーが居座ってたらしい。そんな状況なら別の仕事探すよな……

『ショウ君、そろそろ』

「あ、うん」

「行っていいわよ。私は昨日のライブのコメントチェックがあるし」

「どもっす」

エリアボス倒したらしいし、盛り上がったんだろうな。

美姫に突っ込まれる前に流し見ぐらいはしておかないと……

「あそこを改築する前にやっとくべきことってあったっけ？」

『ないと思いますけど、保留になってることはいくつか……』

「あー、うん、あるなあ」

パッと思いつくだけでも「矢を作る」とか「他の海藻を探す」とか。今日ナットに言われた「洞窟に玄関扉をつける」とかも。

『フラワートラウトを捕まえるかご罠を見てみたいです』

「そうだった。それも蔓から作れるし、戻ってきて時間があったらやるよ」

『はい』

というわけで、古代遺跡の地下通路を通って西側へと向かってる最中。

いったん海岸まで出なくて良くなったし、道は舗装されててまっすぐなので早い。

「ワフッ！」

西側の出口が見えて走り出すルピ。

とりあえず、解錠コードの扉が開けない限りは、モンスターが押し寄せたりはしないはず。

『この出たところのセーフゾーン、何かあったりしませんか？』

「そういや、セーフゾーンなことに気を取られて、ちゃんと見てなかったな」

ざっくりと目立つ感じの草を鑑定していると……


【コプティ】

『小さな黄色い花を咲かせる多年草植物。

調薬：ヒールポーションの原料となる。料理：塩茹《しおゆ》でや炒め物なども美味』

「うわ、コプティってこれか！」

『やりましたね！』

「ミオンのおかげだよ。さんきゅ」

やっぱり、これを見つけてからアーマーベアだった気がする。

ともかく、ほどほどに採集してバックパックに放り込む。ヒールポーション作りも、やることリストに追加だな。

ただ、今日のメインは罠の見回り。例の場所にグレイディアあたりが掛かってくれてるといいんだけど……

「おっ！　やった！」

掛かっていたのは狙ってたグレイディア。

ツノも大きいし、オスの成体っぽい。てか、でかいな。体長一メートル超えてる気がする。

「ワフッ！」

「え？　ルピ、大丈夫か？」

「ワフン」

そう答えて、ゆっくりとグレイディアの前へと進むルピ。

『ルピちゃんが仕留めるんですか？』

「うん。なんか本人がやりたいっぽいから……」

もう、バイコビットあたりはそれこそ歯牙にも掛けないし、大丈夫だろうとは思うけど。

いざという時のために、腰の麻痺ナイフで援護できるように身構えておく。

ゆっくりと近づくルピに怯《おび》え、グレイディアが高い鳴き声を発して後ずさるが……

「おおっ！」

一気にジャンプして喉元に食いつくと、ガッチリと咥え込んでグレイディアを引き倒すルピ。

けど、まだ体格的にねじ伏せることができないらしく、もがくグレイディアを押さえ込もうと必死になっている。

「ルピ、手伝うよ」

というわけで、暴れるグレイディアの体をグッと押さえつけることしばし。


【調教スキルのレベルが上がりました！】

【ルピがアーツ〈マナエイド〉を習得しました！】

【ルピがアーツ〈ハウリング〉を習得しました！】

【ルピがアーツ〈急所攻撃〉を習得しました！】


「え？」

『ルピちゃん、すごいです！』

「ワフン！」

ドヤ顔のルピを撫でるのはいいんだけど……いきなりアーツ獲得するとか思わなかったな。

とりあえずグレイディアを解体して、肉、角、骨、皮、腱をゲット。腱は初めてかな？　多分、弓弦《ゆづる》の替えを作れるはず。それはいいとして、

【狼？：ルピ：親愛：自由行動】

『狼？

アーツ：〈マナエイド〉〈ハウリング〉〈急所攻撃〉』

相変わらず【狼？】のままで、解説もなし。やっぱり鑑定のレベルが足りないのか、それか知識がそもそも足りないって線かな。で、アーツなんだけど〈急所攻撃〉はいいとして、

【マナエイド】

『主人にMPを分け与えるアーツ。供与MP量は親密度による』

【ハウリング】

『遠吠《とおぼ》えで同種族を招集・指揮下に置くアーツ。集まる頭数は種族によって異なる』

マナエイドはなんとなく理解。MP切れそうになっても、ルピからもらえるってことかな？

ハウリングの方がなんとも……同種族ってルピと同じ【狼？】が来る？　だとしたら強すぎる気がするんだけど。

「謎すぎる……」

『試してみます？』

「うーん、いいや。今はやめとくよ。アーツはルピが好きに使えばいいからな」

「ワフン！」


「これで良しっと」

仙人竹を割ったものと蔓を使ってかご罠を作ったら、罠作成のスキルが上がって6になった。うん、まあ、罠だけど……同じカテゴリーなんだ、これ。

で、それをさっそく設置。かごの中には、また余ったトカゲ肉を放り込んである。

「まだ時間あるよね？」

『はい。あと三〇分はありますよ』

「じゃ、忘れないうちに矢を作っとこうかな」

広場まで戻ってパーピジョンの羽と仙人竹、あとは木工道具をいくつか持って広場へ戻る。

竹は縦に割ってから小刀で表面を整えて……あとは木工と弓のスキルアシストに頼って黙々と作業していく。

「できた、かな？」

【木矢】

『仙人竹で作られた矢。攻撃力＋5。

木工：修理可能』

えーっと、ダメージ計算時は、短弓の攻撃力と矢の攻撃力を足した値ってことでいいんだよな？

だとすると、攻撃力＋20になって片手斧と同じレベル。

うん、それを遠距離からだから強いに違いない。

『ちゃんとできてますね』

「やっぱり木工のスキルレベルが5あると、それなりのものができるんだな」

『鏃《やじり》はつけないんですか？』

あ、そうだった。ゴブリンアーチャーが持ってた木矢は先を尖《とが》らせてただけだったから、ついついそっちで作っちゃったけど。

「んー、とりあえずこれは練習用でいいかな。鉄の鏃作ってもいいけど、弓が下手なうちはなくしそうだし」

『ショウ君は石工スキルがあるから、石の鏃でもいいんじゃないですか？』

「あ、そっかそっか。石でもいいし、骨も使えるかもだよな」

石器時代って石の鏃とか骨の鏃とか使ってたんだっけ。

『骨の使い道ができましたね』

「出汁でも取るかと思ってたけど、ランジボアのやつでも使ってみるよ」

あれで出汁を取ったら豚骨っぽくならないかなとかちょっと思ってたけど、それなら今日仕留めたグレイディアの方が良さそうだし。

さっそくランジボアの骨で鏃を作ってみる。スキルアシストさんに任せると、弓と細工が作用してるような気がする……

「これでどうかな？」

【骨鏃《ほねやじり》の木矢】
『仙人竹で作られ、骨鏃がついた木矢。攻撃力＋10
木工：修理可能。細工：修理可能（鏃）』

「うわ、攻撃力、倍になってるし」

『すごいです！』

これで片手斧を超えたし、積極的に使ってかないとだよな。斧の方もあんまりスキルレベル上がってないけど……

「ちょっと練習するか」

立ち上がって的になるものを探して……あの木でも狙ってみるかと思ったけど、

「弓のスキルがしょぼいから、外していきなりなくしたりすると凹《へこ》みそう……」

『土壁で的を作るのはどうですか？』

「それだ」

さっそく広場の西側、崖の手前に自分と同じ大きさの土壁を作る。

うん。消費ＭＰ少ないな、これ。確かに石壁の四分の一ぐらいだ。

「とりあえず一〇メートルぐらいから始めるか」

これで外したら恥ずかしいけど、さすがにそれはないと思う。

矢を番《つが》えてぐっと引き絞る。短弓だからあんまり引けないけど、多分大丈夫のはず。

狙いを決めると、微妙にスキルアシストで体を修正される感じがして……

ヒュッ！

かなりの速度で飛んでいった矢は狙った場所から一五センチほど離れた場所に突き刺さった。

「うわ、怖いなこれ」

『前にゴブリンが撃ったのと全然違いますね！』

「あの時は弓も壊れかけだったし、矢もボロボロだったからなんだろうなあ」

ルピが難なく避けてたけど、あれじゃバイコビットも倒せそうにないし。

今のこの弓なら、グレイディアぐらいまでいけそうな気がする。

ランジボアはちょっと無理かな？　あいつしぶとかったしな……

「よし。あと何本か作って終わりにするよ」

『はい！』


時間まで作っては試し撃ちを繰り返して、三本目を試射したところで時間切れ。

部室に戻ってくると、ベル部長はまだコメントチェック中でＩＲＯには行かなかったっぽい。

「ヤタ先生、今日は来ないんでしたっけ？」

『今日は水曜ですし、職員会議の日ですよ』

「進路調査が出揃《でそろ》った頃じゃないかしら。今日は長引くと思うわよ」

そういってゲーミングチェアに深く身を預けるベル部長。

「そういえば、エリアボスを倒したって聞いたんですけど」

「ちょうどその後に例の建国宣言が出たせいで、みんなそっちに目が行っちゃってるのよね」

ワールドアナウンス、インパクトあるからなあ……

ただ、ＩＲＯのプレイヤーも全員が全員、国がらみの重い話が好きなわけでもないし、ベル部長がいるアミエラ領はほぼ無関係。

エリアボスも先着一名様みたいな極悪仕様ではなく、エリアボスが出るあたりをうろついていれば遭遇するそうで、腕に自信のあるパーティーがちらほら集まりつつあるらしい。

「倒した後に【○○エリアを占有しました】って表示出ました？」

「それは出なかったわね。多分だけど、ショウ君がいる島は特別だと思うわよ」

そりゃそうか。やってるゲームは同じだけど、用意されてるのはお一人様専用っぽいし。

『部長とかセスちゃんはまたボスと戦えたりするんでしょうか？』

「どうかしら？　正直、ドロップは微妙だったのよね。経験値は多かったのか、キャラレベルも元素魔法のスキルレベルも上がったけど」

当たり前だけど、強い敵を倒した方が経験値は多いらしい。

で、これまた当たり前だけど、レベルが上がっちゃって相手のレベルに追いつくか、追い越すかしたら経験値も減るわけで。

「なんかＩＲＯは周回するゲームって感じしないすよね」

「そうね。それよりもいろんな敵と戦う方が経験値の入りがいい気がするわ」

同じ敵と何度もやるとパターン化するもんなあ。

オフラインのソロＲＰＧとかで、レベル上げに延々と効率いいモンスターを倒すのって、もはや伝統って気がするけど。

『ショウ君がいろんなものを作ったりしてるのって、実はレベル上がるのが早かったり？』

「ああ、それはあるかもしれないわね。ジンベエさんが言ってたけど、初心者は同じ形のものを作り続けるより、いろんなものを作る方が上達が早いそうよ」

へー、師匠がそういうなら間違いなさそう。

「それに……これはちょっとした噂話なんだけど、限定オープン開始から王都にこもって生産し続けてるゲームドールズの人がいるんだけど、スキルレベル7で止まってるらしいわ」

「マジすか……」

『ずっとやってても上がらない何かがある、ということでしょうか？』

「おそらくね」

ベル部長自身はエリアボスのウルクとの戦闘で、元素魔法スキルが8になったらしい。

ただ、その戦闘のおかげというよりは、その前の日に習得した【基礎魔法学】のスキルの影響があったんじゃないかと。

確かにスキル同士の関連性は俺も結構あるなって感じてるんだよな……

◇◇◇

「ふう、危ないところだった……」

夜のＩＲＯはあいにくの雨模様。

放課後に仕掛けたかご罠は、増水して流される前に急いで回収した。

フラワートラウトが三匹取れたのはいいんだけど……

「やっぱ石窯は中にないと不便だな」

『あの山小屋を改築する時に、中に置くんですか？』

「んー、中だと狭くなりそうだし、西側に土間でも作って、そこにかな？」

水回りのことも考えないと。排水は泉に流せば良さそうだけど、あんまり汚いまま流すのも気が引けるし、下水処理とかするべきなのかな……

『あの……「どま」ってなんですか？』

「あれ、知らない？　いや、普通は知らないか」

俺もじいちゃん家《ち》がそうだったから知ってたけど、もうそんな家ってほとんどないよな。

簡単に言うと、屋内だけど床が地面のままとか石畳とかにしてある場所、でいいのかな。

じいちゃん家は玄関から裏口まで土間が続いてて、その途中に内玄関（？）がある間取りだった。

『そうなんですね。見てみたいです』

「まあ、ここで作るのは土間っていうよりは、屋根がついた庭の方が正しいかも」

あの山小屋には山肌を吹き下ろす風が常に来てるので、火を扱う石窯なんかは風下側に。

屋根のためにも材木が必要だし、まずは太い木を切れる斧を作らないとだな。

「ワフ」

「おっと、今日は凝った料理じゃなくてごめんな」

昼に仕留めたグレイディアのロースを切り分けてルピに。

山小屋のあるあたりを見てまわろうと思ってたけど、雨だと物作りに専念するしかないか。

「今日は中で鍛冶にするよ。大きな斧を作ろうかなって。今の片手斧じゃ辛いし」

『なるほどです』

両手斧を作るには、ちょっと鉄インゴットが足りない気がするな。

久々に採掘もがっつりやって、備蓄作っておくかな。

「よし、今日はカンカンするから、ルピは好きにしていいぞ」

「ワフン」


採掘して精錬して、採掘して精錬して、採掘して鍛冶やって……


【良質な両手斧】

『両手持ちの大きな斧。良品。攻撃力＋43。

斧：両手持ち武器。伐採：大きな木も切り倒せる』

「おお、いいやつできた。てか、攻撃力すごいな！」

『おめでとうございます！』

「やっぱ、鍛冶やら木工やら細工やらが上がると、出来も違ってくるんだな」

ナットが持ってる両手持ちの大剣ってどれくらいの攻撃力なんだろ。明日、聞いてみるか。

『戦闘でも使うんですか？』

「うーん、正直迷ってるんだよな。一人だから、どうしてもタゲは俺に来るし、両手武器は受けができないからなあ」

アーマーベアとの戦いでも回避専念だったせいで、いまいち間合いに踏み込めなかった。

パーティー組めて、セスみたいなメイン盾がいてくれればいいんだけど、そういうわけにもいかないし。

「やっぱり、盾のスキル取るか……」

『セスちゃんみたいな大きな盾を作るんですか？』

「いや、腕につける盾。小盾とか円盾って言われるやつかな。セスの大盾は受け止める盾だけど、俺が使うのは弾くとか逸らす盾だね」

片手斧に小盾って装備なら、まあまあ接近戦もできる気がしてきた。

裏側にナイフを収納しておくとかできるかな？　ちょっと作ってみたくなってきたな……

『重かったりしませんか？』

「どうだろ。そういや、セスの装備ってかなり重そうなんだけど、あいつなんで平気なんだ？」

『やっぱりSTRが高いとかじゃないでしょうか』

「そっか。メイン盾だし、ステータスはVITとSTRよりにするよな。ま、あのサイズの盾を作るつもりはないし、木で作って鉄で補強する感じかな」

剣筋に交差するように木目を並べないとなんだっけ？　後で調べないと。

「ワフッ！」

「ルピ。ひょっとして雨やんだ？」

「ワフン」

やんだっぽいし、散歩にでも行くかな。というか、作った両手斧を試したいところ。

「ちょっと散歩ついでに、この斧の試し切り？　してみるよ」

『いいですね。そろそろ海岸までの道も作りますか？』

「あ……忘れてた」

山小屋を改築して引っ越すとして、あそこから海岸までって、どっちのルートの方が近いかな？　いや、西側の森はフォレビットとかグレイディア捕れるし、あそこは道は作らずに狩場のままの方がいいか。

「保留かな。ただ、大きな木を切った後、どれくらいで復活するかは調べときたいなって」

『なるほどです』

「じゃ、行くぞー」

「ワフッ」

【斧スキルのレベルが上がりました！】

【伐採スキルのレベルが上がりました！】

「ふぅ……」

『おめでとうございます。今日はいろいろ上がりますね』

「さんきゅ。結構、切り倒した気がしたけど、まだまだだなあ……」

先は未《いま》だ密林のまま。振り返ると洞窟前の広場に続く道。

パプの木はもったいないので、鑑定しても大したことのない木を伐採。結果、道がうねうねと蛇行してるけど、これはこれでって感じかな。

「あ、そろそろいい時間？」

『あと二〇分で一一時です』

「マジか。切った木はとりあえず広場に運んでおくかな」

木工でいろいろするための材料としては十分すぎる量なんだけど、やっぱりいったん乾燥させた方がいいんだろうな、これ。

一本ずつ広場に運んで西側の斜面の際に積んでおく。雨降った後だし、明日の部活の時にでも処理するか。晴れてるといいけど。

「そういや、土曜のライブ何するかってミオンはもう考えてる？」

『はい。あの熊との戦闘で何が起きたかを、実況見分みたいな感じはどうですか？』

「おお、面白そう。何が起きてどうなってって、順番に説明する感じでいいの？」

『です。西側の森はあまり紹介してませんでしたし、それも含めてでどうでしょう？』

あっち側の森は動画でアップしてあるのも、ルピを助けたあたりと、前にアーマーベアに追っかけられたぐらいだっけ。

「おっけおっけ。じゃ、あのセーフゾーンの草原からスタートしようか」

『罠がロープになったのも伝えたいので、準備お願いしますね』

「りょ。うまく何か掛かってくれてると最高なんだけどな」

グレイディアが掛かっててくれれば、ルピの勇姿も見せられるし一石二鳥って感じなんだけど。

うちの子可愛いし強い。

「そいや、ルピみたいにアーツ持ってる相棒って他にもいるのかな?」

『調べてきましょうか?』

「あ、いや、いいよ。それもライブで聞いてみてもいいかもだし」

『はい!』

【帝国動乱編】メインストーリー考察スレッド【ワールドクエスト】

ここはＩＲＯのメインストーリーについて考察しようというスレッドです。

が、状況把握なども必要ですので、堅苦しく『考察』にこだわる必要はありません。

すでにワールドクエストなるプレイヤー全員（？）が関わるクエストが進行中ですし、それらの情報共有の場としてもお使いください。

☆現在進行中のワールドクエスト☆

『生存圏の拡大。未開拓地からの魔物の掃討、および、新たな街の開発』

【一般的な考察者】

達成度の上昇率が良くなったのは、やっぱりプレイヤーズギルドができたおかげかね？

【一般的な考察者】

魔女ベルの『白銀の館』を皮切りに、共和国、帝国でもプレイヤーズギルドが開拓を推し進めてる感じだもんな。

【一般的な考察者】

貴族のコネって結局どうやったんだ？

【一般的な考察者】

不人気依頼を片っ端から片付けるのが早道らしい。

冒険者ギルド、商業ギルド、魔術士ギルド、あとは教会かな？

そこでいい感じに役立つ存在をアピールすると、貴族の護衛とかのクエストが紹介される。

【一般的な考察者】

サンクス!

【一般的な考察者】

素朴な疑問なんですが、NPCはそういうギルドを作ってたりしないんでしょうか?

あんなに人間っぽいAIのNPCが、自分たちでギルドを作ってないのが不思議で。

【一般的な考察者】

実はある。というか、共和国の偉い人らはNPCギルドのギルドマスターらしい。

【一般的な考察者】

うわ、共和制ってことで君主がいないとは思ってたが、そういうことだったのか。

やっぱり、資本規模のでかい商人?

【一般的な考察者】

だね。各都市の顔役的な大商人と、あとは教会の偉い人数人って話だそうだ。

共和国の人なら、冒険者ギルドで教えてもらえるよ。

【一般的な考察者】

帝国と王国にもNPCギルドはあるが、表立って募集をしてないのが普通。

ちなみにほとんどが貴族付きの御用商人ってやつだな。

護衛やらなんやらで俺らを雇用することはあるが、メンバーは身内だけが基本。

【一般的な考察者】
そういうNPCギルドが開拓を請け負うって話にはならないんです?
【一般的な考察者】
今回の未開地の開拓って内容がキツいと思うよ。
ぽっと現れた俺らを雇えばって話だが、信用を考えるとまあ博打《ばくち》だよな。
それに貴族の紐《ひも》付《つ》きだとすると、政治的な絡みもあるだろうし。
【一般的な考察者】
そういう意味では共和国が一番開拓に力を注いでる気はするね。
ゲームドールズ主導の南の方はだいぶ進んでるって話でしょ?
【一般的な考察者】
出だしこそ魔女ベルにリードされたが、ファンの動員で追い抜いたかな。
ちなみにゲールズの子たちは依頼なし、独力で開拓してるっぽい。
自分たちが見つけた古代遺跡のあたりをメインに街づくりしてるよ。
【一般的な考察者】
会社の上からの命令なんだろうけど、ゲールズの生産組と別れちゃったのが痛いね。
ロールちゃんとか入れれば、必要なものガンガン作ってくれただろうに。
【一般的な考察者】
えーっと共和国だから生産するプレイヤーは足りてます。

それを差配するプレイヤーが足りてないんですよ。
ゲームスキルでどうこうなるものではないしで、なかなかやりたがる人がいなくて。
【一般的な考察者】
あー、ゲーム内でまで中間管理職をしたがる人はいないか……

【一般的な考察者】
で、パルテーム公国が建国されたわけだが、その後は特に何も起きてないよね？
内戦自体は続行中って認識なんだけど、狙いは一体なんなんだろう。
【一般的な考察者】
一つ確かなのは、共和国の一部が公国に食われたことだな。
もともとパルテーム寄りの街だったらしいので、そう混乱もなく併合されたらしい。
戦線から遠いってのもあるんだろう。
【一般的な考察者】
街がまるまる一個取られたんだよね？
共和国側は「遺憾の意」とか発射してないの？
【一般的な考察者】
それが公式声明すら出してない。
出しても意味がないからなのか、出そうにも話がまとまらないのか……

【一般的な考察者】

共和国側も下手に帝国を刺激して商売が成り立たなくなるよりも、公国側に貸しを作って内戦で儲ける方を優先、とかかね？

【一般的な考察者】

戦争になるよりはよっぽどいいだろうしな。

あのＰＶから推察するに、一部が公国に食われるところまで計算済みだったんじゃね？

【一般的な考察者】

内戦が始まるまで、共和国が帝国に攻められなかった理由がわからん。

共和国って寄り合い所帯で軍備だってそんなないでしょ？

【一般的な考察者】

それな。ただ、共和国の背後には魔王国があるからな……

☆参戦バーチャルアイドルについて語らう☆
【推しが尊い冒険者】

例の無人島スタートの件で休止してた、今川さあやちゃんがＩＲＯ復帰するらしい。

【推しが尊い冒険者】

おお、そりゃ良かった。いつまでも引きずっててもね。

で、無人島の続き？

【推しが尊い冒険者】

いや、キャラ作り直してロールちゃんのところでお世話になるらしいよ。

今、ロールちゃんも詰んでるからね……

【推しが尊い冒険者】

あー、スキルレベル7の呪いか。

ベルたそが元素魔法8にできたのは、基礎魔法学があったからじゃないかって言ってたな。

スキルスレでも話題になってたけど、関連スキルも上げないとダメってやつかねえ。

【推しが尊い冒険者】

多分そうじゃないかな。

ミオンちゃんところのショウ君がさ、自分が使うものいろいろ作ってるからか、スキルレベルの上がりがすっごい早い気がするんだよね。

【推しが尊い冒険者】

そういやそうだ。

なんでもできる器用な子だからかと思ってたけど、スキルもたくさん取ってたな。

でも、そのノリでいくと、ロールちゃんはあといくつスキルを取らないとなんだ？

12　木曜日　てつのたて

「ナットが持ってる大剣って攻撃力いくつ？」

「ん？　あれは＋62だな。良品だぜ」

「おお、やっぱでけえな」

連休前日の学校。

思い出して聞いてみたら、やっぱり俺が作った両手斧よりも20近く高い。

「ショウは新しい武器でも作ってんのか？」

「武器のつもりじゃなかったんだけどさ。伐採用に両手斧を作ったら＋43だったんだよ」

「なかなかいいじゃん。それ、ちゃんと両手持ちの戦斧《せんふ》だったら俺のを超えるかもな」

ふーむ、木こり用と戦闘用で違うのか。

まあ、あれに関しては伐採用と割りきって使う方がいいよな。

「まあ、戦闘には片手斧の方を使うし、それと小盾ってあるよな？」

「あるっちゃあるが、あんま見かけねえな」

「え、なんで？」

「盾持つってんなら、大盾持ってタンクやるって話になるんだよな」

ナットの話だと、どうせ盾を持つならガッツリ受けられる大盾が今の流行《はや》りらしい。で、それを流行させた原因がセスだっていう。

「マジかよ……」

「小さいキャラが大きな武器とか盾とか使ってるのってかっこいいしな」

「それはわかるけど」

まあ、タンク不足が解消されるならいいのか。運営の手のひらの上って気がしなくもない。

「で、ショウはなんで小盾なんだ？」

「大盾はタンク専用ってか、パーティ組むこと前提だろ。それに盾を手に持つタイプだと左手が塞がるから弓が使いづらいんだよ」

「ああ、じゃ腕に装着するタイプか。いいんじゃね？　お前がそれやれば弓使ってる連中がマネするかもよ？」

マネって言われてもなあ。

弓使いが近接まですることはないだろうし、精霊魔法も使えるエルフなら、乱戦が始まったらそっちでの援護がメインかな。

俺の場合は弓で遠距離戦して、その後接近されたら片手斧と小盾って想定。そんなスタイルの人は確かにいないか……

「ま、やってみるしかないか」

「おう。次のライブで見せてくれよ」

「無茶言うな」

「今日は動画投稿する日だっけ？」

『はい。これがアップする予定の動画です』

ってことで、ミオンが渡してくれた動画をチェック。

今回は鍛冶と裁縫の話。この前のライブで作ったもの全部出してみた時も思ったけど、いろいろ作りすぎだな、俺……

「お疲れさま。やっと連休ね」

「ちわっす」

『こんにちは』

ニコニコ顔のベル部長。さっそくVRHMDを被り、俺が見た投稿予定の動画をチェック。

「それにしてもマメねえ。普通はこんなにいろいろ作ったりしないわよ？」

「必要なもの作ってるだけなんですけど」

「いいんじゃないかしら。これで前回のライブ前までってところよね？」

『はい』

「そろそろ新しいネタ、何かないかしら？」

新しいネタって……あの後は大したことしてないと思うけど。

いや、エリアボス倒したんだっけか。それは報告したし、短編動画もあげたし。

あとは例の山小屋？　あ……

『部長はこれ知ってますか？』

ミオンが取り出した動画に映るのは例の転移魔法陣。

「……使ってみたの？」

「いえ。行き先わかんないの怖いんで」

『あと、これは昨日ですけど』

別の動画を取り出して再生されたのはルピがグレイディアを仕留めるシーン。

そして、ルピがアーツを習得する瞬間が流れる。

「……この子、一体なんなの？」

「俺が聞きたいんですけど」

『他のテイムされた動物はアーツはないんでしょうか？』

ミオンの問いに首を横に振るベル部長。

「もちろんアーツを取得した相棒はいるわ。でも、この〈マナエイド〉も〈ハウリング〉も初めて聞くし、そもそも一気に三つも獲得してるって……」

動物にもよるんだろうけど、犬とか狼なら普通は〈急所攻撃〉だけらしい。

『あとはこれです』

まだなんかあったっけ？　って思ったら、川魚取るためのかご罠だった。

これは知ってれば誰でも作れると思うんだけどな。

「器用なものねえ。ショウ君はいつこれを覚えたの？」

「んー、小学生の時ですかね。その時から親が不在がちだったんで、夏休みとかは親父の実家のど田舎で過ごしてて、そこで祖父母に教わった感じすね」

あの頃は平和だったな。真白姉もばあちゃんには勝てなかったし……

ナットも遊びに来たり、楽しかった思い出しかない。

「たまにこういう竹なんかで編んだかごを見たりするけど、ああいうのってこっちでも作れるってことよね？」

「そうですね。てか、それがあれば、もうちょっと部屋の中が片付くな。木箱とは別に作るか」

ばあちゃんが押し入れにそんな感じので服を収納してた記憶がある。確か『つづら』とか『こうり』とか言ってた気がするな……

中に入れるものによるけど、あんまり目を詰めて編まなくてもいいだろうし、細工か木工でスキルアシストありそうだし。

『見てみたいです！』

「うん。いったん、やることリスト行きかな。他にもやらないといけないことたくさんあるし」

そんな話をしていると、ちょっとお疲れな感じのヤタ先生が入ってきた。

「はー、やっと連休ですねー」

持っていた教材を机に置いて、ゲーミングチェアに深く腰掛ける。ＶＲＨＭＤを被る気力もない感じ。

『先生、ちょっと見て欲しいものが』

「はいはいー、どれですかー？」

ん？　俺やベル部長には話せない何か？　いや、別にいいんだけど。

それを見たヤタ先生がＶＲＨＭＤを被って「あー」みたいな顔になる。で、ベル部長が「あんたが聞きなさい」みたいな視線をですね。

「えーっと、一体何が？」

「チャンネル登録者数が一〇万人を突破するとー、鉄の楯《たて》がもらえるんですよー」

「ああ、あれですね」

と納得してるベル部長だけど、鉄の盾ってゲーム内でどうやってもらうんだ？

ちょうど小盾を作ろうかなって思ってる時にもらえるのは、それはそれで微妙な感じが。

「ショウ君は勘違いしてるようですがー、鉄の楯っていうのは『コンクール優勝』みたいな置く楯ですよー？」

「……。ああ！」

考えが完全にＩＲＯの方に行っちゃってた……

へー、ああいうの送られてくるんだ。

一〇万人超えたのはもっと前だった気がするけど、今日が月の平日最終日だからかな？

ちなみに今のミオンのチャンネルの登録者数は一七万人ほど。公式のプロモ動画に俺とルピが映った時に爆上がりしたけど、それ以降はゆるゆる増加してる感じ。

「来年は美姫ちゃんが入ってくれるし電脳部も安泰ね」

『あの、それはいいんですが、こっちを……』

「あー、はいー、そうでしたねー。でもー、そこは当事者のお二人で考えてくださいー」

そう言ってにこやかに微笑むヤタ先生。当事者の二人って、俺とミオンだよな。

いったい、何を考えないとなんだろ……


『ショウ君は何かいい案ありませんか？』

「いや、俺はネーミングセンスゼロだし……」

ヤタ先生から二人で考えろって言われたのは、ミオンのチャンネルの名前。

今はデフォルトの『ミオンのチャンネル』のままなんだけど、例の鉄の楯を送るにあたって
「チャンネル名がデフォルトのままですけどいいんですか？」って話が来たそうで。

チャンネル名がその楯に彫り込まれるらしいから、そりゃ聞いてくるよなと。

『じゃ、「ショウとミオンの無人島日記」とかどうですか？』

「……。ＩＲＯが終わったりすると困らない？」

『そうでした』

とりあえず恥ずかしい名前は勘弁して欲しい。けど、ミオンが嬉しそうに言うから反論もしづらい……助けて。

〈「ミオンのショウ君観察日記」とかどうでしょー？〉

「俺はカブトムシか何かすか……」

ヤタ先生、完全に遊んでるってか、茶化しにきてるな。

部活の残り時間、チャンネル名を考えつつＩＲＯってことでログインし、

「ごちそうさま」

「ワフン」

ゲーム内でのご飯を終えたところ。

今日のご飯はキトプクサとグレイディアのすね肉の煮込み。ルディッシュおろしにグリーンベリーをぎゅっと絞った薬味で。

「時間ってあと一時間弱？」

『はい』

「じゃ、切った木を使いやすいようにしとくか。ルピは遊びに行ってていいぞ」

「ワフ」

そう伝えると、密林の方へと駆け出した。昨日、木を切り倒したことでできた道を通っていくあたり賢い。でも、山小屋に引っ越すことになったら、こっちの道の話は保留だよな。


【素材加工スキルがレベルアップしました！】


「お？　こっちなんだ」

『おめでとうございます』

「さんきゅ」

伐採した木を薪にしやすいよう玉切りだっけ？　そんな綺麗にはいかないけど、適度な長さに揃えてただけなんだよな。

こうしておけば洞窟の中に置いとけるし、何か木工で作る時にも、ちょうどいいやつを見繕えたりしそうだし。

『山小屋の建て替えには使わないんですか？』

「うん。こっちの木は大体ゆがんでるしね。あっちにあった木はまっすぐのやつが多かったし、何より近いから」

インベントリにもサイズってものがあるから、少なくとも自分よりでかいものは放り込めない。この広場に持ってくるのも、ロープで縛って引っ張ってきたわけだけど、ＳＴＲなかったら詰んでたかもなあ。

〈スキルレベルはいくつになりましたー？〉

『素材加工のスキルは今７ですよね？』

「うん。８になるには苦労するらしいから、当面は７だろうなあ」

ベル部長が、基礎魔法学のスキルを取ったおかげで、元素魔法のスキルがレベル８になったみたいな話もあるし、きっかけが必要そうなんだよな。

『ショウ君、特に意識せずにスキルレベル上がりそうな気がしますけど』

「もともと、のんびりするために必要な分あればいいと思ってるし」

無理に上げようっていう気はない。けど「なんで上がらないんだろ？」ってなるとモヤモヤするのも確か。

特に生産系スキルは「もっといいものができるんじゃ？」ってなると、やっぱり上げたくなる。

「ワフ！」

「ルピ、おかえり。おお！　パーピジョン二羽《わ》！　えらいぞ～！」

「ワフ～」

ひとしきりルピを撫でた後にさっそく解体。肉、骨、羽をゲット。あ、そうだ！

「ルピ、おやつがわりに焼き鳥食べよう！」

「ワフッ！」

『焼き鳥ですか？』

「うん」

ミオンが驚いてるけど、普通にぶつ切りにして、串通して焼くだけだし。

ささっと切り分けて串に通して……キトプクサを挟んでネギマもどきも作ってみよう。

あとは塩を振ってじっくり焼くだけ。焼きが均一になるように時々裏返したり。

「おお、いい感じに脂乗ってるなあ」

『美味しそうです……』

〈先日のライブもそうでしたがー、飯テロですねー。先生も焼き鳥買って帰りましょうかー〉

申し訳ないけど、これは俺とルピ専用なので。

タレが作れればいいんだけど醤油がなあ……。昆布はありそうだし、鰹《かつお》もまあ海の魚を釣れるようになれば可能性はありそうなだけに。

「よし、そろそろいいかな。ルピ、火傷するなよ？」

ランチプレートに串から抜いた鳥もも肉とキトプクサを取り分けてあげる。

鼻先を近づけて温度を確認してるのか、しばらくしてパクりと一口。次の瞬間からガツガツと。

ちゃんとキトプクサも食べてる。えらい。

「さて、塩だけでどうかな……」

パクッと一口……

「うまっ！」

『……』

なんかため息のようなものが聞こえてきた気がするけどスルーしとこ。


「お疲れっす」

『お疲れ様です。お帰りなさい』

「うん、ただいま」

リアルビューの部室に戻ってくると、ヤタ先生は焼き鳥のレシピ……ではなく美味しいお店を検索中。ベル部長はまだＩＲＯかな？　と思ったら、すっと目が開いてちょうど戻ってきた。

「ふう、ショウ君、お手柄よ」

「え？　なんです？」

「かごの話をしてたけど、ディマリアさんができるそうよ」

ディマリアさんって誰だっけ？　ってミオンを見ると、

『園芸とかが得意なお姉さんですよ』

「あー、はいはい。確かに知ってそう」

なんでも趣味でそういうことをしてるそうで、ベル部長が話して、そういえばって話になったらしい。

『蔓はロープの方にも使いますよね？』

「ええ。でも、今はショウ君のおかげで素材加工スキルブームだし、ロープの編み方も広まってきてるから」

そりゃそうか。動画やライブで丁寧に説明したつもりはないけど、俺以外にもロープの作り方ぐらい知ってる人いるよな。

現地で作れるようになれば当然その方が安くなるわけだし、ロープバブルは終了してるらしい。もちろん、アミエラ領では必要分作ってるそうだけど。

「でも、かごってそんな需要あります？」

「農作業用にいいんじゃないかって話よ。作物の収穫もそうだけど、採集に使えたり、あとは干す加工品のために使えるんじゃないかって」

「ああ、なるほど。かご編めば、一夜干しとか作れそうな気がするな……」

ＩＲＯの世界にアジとかあるのか知らないけど、干しチャガタケとか、ドライパプとか作れそうな気がする。

あれ？　ドライパプは干し柿だとしたら、今あるロープで作れるのでは？

「はいはいー、そろそろ終わりにしましょー。それとー、チャンネル名を変えるなら、連休明けまでにという話ですのでー」

もう美姫にでもアイデアもらおうかな……

◇◇◇

「はあ……。兄上はまったくもってわかっておらんのう。ミオン殿と兄上のチャンネルなのだぞ？我がアイデアを出せるわけがなかろう」

そんな風に呆れられ、結局、ノーアイデアのままバーチャル部室へ。

「ばわっす」

『ショウ君』

部室にいるのはミオンだけ。

今日は木曜で魔女ベルの館のライブ日だし、配信前の待機中かな？

「ベル部長とセスはもう？」

『はい。お二人揃って行かれました』

セスもってことは、例の北西にある鉱床ダンジョンにでも行くんだろうか。

「ちょっと最初の方見ていい？」

『私も見たいです！』

ということでライブ視聴開始。

まだ予定地状態で『もうすぐ開演！』って画像が貼られてる。っと始まった。

『いえーい！　魔女ベルのＩＲＯ実況はっじまっるよー！』

さすがに慣れたと言いたいところだけど、アレがベル部長、香取先輩なのか……

『さて、今日はちょっと趣向を変えて、現在の王国北西、古代遺跡の手前にある開拓拠点を紹介していくわ。ゴルドお姉様はリアルお仕事ということで、今日はセスちゃんと二人でね』

『よろしくの！』

なんか、セスが登場してコメント欄が盛り上がってるんだけど、兄として非常に不安というか複雑な気持ちに……

『今のワールドクエストの達成率は43％。白銀の館設立以来、毎日５％上昇してる感じね』

『とはいえ、ここも含め、アミエラ領の開拓はだいぶ進んでおるしの。あとは他の場所の頑張りによるであろうな』

二人して歩いていくと、開拓村というよりはもう町になりつつある風景が映り始める。

「すげぇ。もう町っぽいんだけど」

『ですね。この前はまだ寝泊まりができないって話でしたし……』

ナットが大工始めたって言ってたし、あいつが建てた家もあるんだろうな。

二人はそのまま大通りになってる道をぶらぶらと歩きながら、ここは宿屋、こっちは雑貨屋という感じで紹介していく。

『お二人さん！　このナッツ炒《い》ったの持っておいき！』

恰幅《かっぷく》のいいNPCのおばちゃんからカシューナッツ？　みたいなのを炒ったものをもらって二人で食べつつ、また歩いてはおやつをもらいっていう……

「散歩ライブ、ゲームしてない人でも楽しめそうだなあ」

『あのナッツも美味しそうです』

無人島ではできなさそうな企画なのがちょっと悔しい。

それにしてもNPC増えたなあ。全員が難民だった人ってわけでもなさそうだし、開拓するって聞いて来た人も多いんだろうか。

前に話してた、プレイヤーのせいで仕事がなくなったNPCたちの受け皿になってるといいんだけど……

『おお、新しい壁が見えてきたのう』

『結構な高さになってきてるわね』

二人の視線の先に見えてきたのは、高さ三メートルほどの石造りの壁。

「すげぇ……」

『これ、石壁の魔法で作ったんでしょうか？』

「多分？　採石場みたいなのはなさそうだし……」

作業風景が映されるんだけど、木で組まれた足場に登って、その上に指定された大きさの石壁を積んでいってるっぽい。なるほどなあ。

「石を切り出したり運んだりがないから、出来上がるのも早いんだろうなあ」

『なるほどです』

そんな話をしてると、

『そこのお嬢ちゃん！　あんた石壁の魔法得意そうだな！　一個大銅貨五枚で頼むよ！』

『え、ええ、やりますよ』

そのやりとりの隣で爆笑してるセス。あいつも石壁事件知ってるんだな。

そして石壁事件まみれになるコメント欄。ホント、よく訓練された人たちだよ……

「よし、行くか」

「ワフ」

今日の予定は例の泉の調査。

前回は森の奥の方へと続いてるのを確認しただけなので、今回はぐるっと一周の予定。

どこかに流れ出てて、一周はできないかもだけど。

『モンスターがいそうな雰囲気はありますか？』

「うーん、そんな感じはしないかなあ」

一応、気配感知で注意しつつ、ルピの後ろをついていく。

ただ、ルピの足取りは軽く、特に警戒もしてないっぽい。

頭上高くからは、鳥の鳴き声が聞こえてきて平和そのもの……

『モンスターはいなさそうですね』

「っぽいね。昔、あの山小屋に誰か住んでたんだとしたら、そんなに危ない場所でもないってことでいいのかな」

『なるほどです』

南東側の洞窟の奥、古代遺跡の扉は閉まってたし、南西側の洞窟の出口はセーフゾーン。南側からモンスターがここに来ることはなかったはず。

この盆地にスポーンポイントがない限り、モンスターはいないと見て良さそう。

気を楽にして泉のほとりを歩いていくと、やがて泉は北西の端、崖の隙間へと流れ出しているのが見えた。

「なるほど。湧いた水はあそこから溢れ出てるのか」

『海に流れ出てるんでしょうか？』

「多分？　向こう側で川になってそうな気はするなぁ」

あそこから出れば、さらに北側に行ける可能性もありそうだけど、ちょっと怖い。

滝になってたりしたら、戻る方法がリスポーンぐらいしかないし……

『戻って反対側を見ますか？』

「うん。そのまま森の中を歩いてみるよ」

ほとりを逆回りに歩いていくんだけど、特に気になるようなものも場所もなく、さっきの反対側に出ただけ。

「うーん、何もないのもそれはそれで微妙……」

『ですね。何かありそうな気はしたんですけど』

ちょっと拍子抜け。この場所はあの山小屋がメインで、あとはおまけなのかな。

「ワフ」

「ん？」

ルピが何かに気づいた？　森の奥の方に顔を向け、その何かを探っている風。

気配感知には……何か小さいものが近づいてくる？

腰に手を回して手斧を手繰る。飛んでくるモンスター、鳥とか虫とかを考えると、やっぱり小盾欲しいな。

「ワフッ！」

「あっ！」

飛んできた何かに向けてジャンプしたルピが、カプッとそれを咥えて着地する。

「〜〜〜!!」

「え？」

ルピも本気で咥えてるわけではないのか、両手両足をじたばたさせてもがいているのは……

『妖精さん!?』

「だね。ルピ、可哀想だから離してやって」

ポップしたネームプレートには【フェアリー】と書かれていて枠の色は白。

ルピと最初に会った時と同じだけど分類としては「ノンアク」もしくは「その他」らしい。

「～～～!!」

離されたフェアリーが俺の顔の前まで来て、なんだか怒ってるっぽい？

言葉がまったくわからないのと、フェアリーの背丈が三〇センチほどしかないせいで圧がない。

とはいえ、機嫌を損ねたというなら、何かお詫《わ》びはしたほうがいいんだろう。

うーん……あっ！

「これ、食べる？」

「～～～!!」

手のひらに出したグリーンベリーを奪い取ったフェアリーは、それにおもむろにかぶりついて、
酸っぱさに盛大に顔を顰《しか》め、あとからくる甘みに頬を緩める。

ちょっとした意地悪のつもりだったけど、まあいいか。

「～～～♪」

食べ終わってどこかへ行くかと思ったら、目の前を行ったり来たり……

「え、何？」

『もっと欲しいとかじゃないでしょうか？』

「あー」

インベントリからもう一つグリーンベリー……パプの実を取り出して手のひらに載せるが、

「〜〜〜!!」

両手で大きくばってんを作るフェアリー。パプの実が渋いの知ってるのか。

「〜〜〜♪」

改めて取り出したグリーンベリーを奪うと、俺の左肩に乗ってそれを頬張る。

この自由さというかわがまま具合、身近に見た記憶があるんだよな。うん……

「えーっと……どうしよう？」

『フェアリーさんが来た方を捜索してみるのはどうですか？』

「ああ、そっか。住んでる場所があるはずだよな」

「ワフ」

ルピがこっちと先導する後を追うんだけど、この子、肩に乗せたままで大丈夫なのか？

チラッと見るとほっぺたをグーでぐりぐりされた……

『……』

「ん？」

『いえ、なんでもないですよ？』

なんの変哲もない森、島の南西と似た森を進むと、その先に小さく開けた花畑があり、その真ん中には周りとは明らかに違う大きな木が。

「〜〜〜♪」

肩がふっと軽くなったと思ったら、フェアリーはすいーっと飛んでいって、木の裏側へと消えた。

「あれが家なのかな？」

『だと思います』

なんというか謎すぎて反応に困る。

クエスト？　ストーリー？　それともただのフレーバーイベント？

あの木はなんか違う感じなので、じっくりと鑑定したいところだけど、そうなると花を踏んで近づかないとなんだよな。

「ちょっと気になるけど……後回しでいいか」

『ショウ君、このことはしばらく内緒にしませんか？』

「ん？　ミオンがそうしたいならいいけど、なんで？」

『あの熊の話もちゃんとできてませんし、今また新しい発見が出てしまうといろいろと……』

「あー、確かに……」

無人島が特殊だとは思うけど、ちょっといろいろありすぎなんだよな。

まだ一カ月経ってないと思うんだけど、ルピ、古代遺跡、エリアボスときて、盆地の泉と山小屋もあるし、さらにフェアリー……

「もうちょっと具体的な進展があるまでは、ベル部長にも伏せようか」

『いいんですか？』

「今も動画見せるくらいしかできないし、もうちょっと何か起きたら話すでいいんじゃない？」

『確かにそうですね』

山小屋を改築し終わったところで「で、フェアリーって何？」ぐらいでも十分だよな。

「ワフ」

「あ、ごめん。続きにしようか」

『はい』

そのまま崖沿いに南西へ進み、さらに南東まで森を歩く。

グレイディアやランジボアといった大きいやつの姿はなし。バイコビットやフォレビットといった小さいのも見かけないし、樹上から鳥の囀《さえず》りが聞こえるだけ。

レクソン、キトプクサ、ルディッシュといった野菜も見かけたし、植生は普通っぽい？

「構造的にここだけ隔離されてて、鳥ぐらいしかいないのかな？」

『そういう感じですよね』

そのまま出入り口の階段まで戻ってきてしまった。

つまり、ここの森は特に何もなし。いや、謎なフェアリーはいたけど。

「よし。山小屋のとこに行こうか」

「ワフン」

『さっそく改築ですか？』

「あ、ううん、ちょっとどういう感じで進めるか説明するよ。ミオンがおかしいと思ったり、不思議に思ったら質問してくれる？」

『はい！』

山小屋の入り口から少し離れたところまで戻り、改めてその周りを確認。

両隣は雑草が生い茂ってるけど、これは草刈りすれば綺麗になるはず。

「えーっと、まずは山小屋の右隣、東側に蔵を作るつもり」

『え？　あ、はい。理由を聞いても？』

「上の階にあるものをいったん退避するためかな。改築の資材とかも濡れて欲しくないものを保管しとくため」

丸太を一本どーんと収納できる大きさの蔵。連休中の天気がいい間に一気に建ててしまいたいところ。

『その蔵は木造ですか？』

「ううん、石造りかな。ベル部長たちが街を石壁で囲ってたけど、ああいう感じで」

ただ積むだけだと地震でずれてって恐れがあるので、陶工で使う白粘土を挟んでいく。

少し前に白銀の館の人たちに質問したら、白粘土は石灰成分が混じっていてモルタル代わりになると教えてもらったので。さっきのライブでもそれを見れたし。

『そのあとに山小屋を解体ですか？』

「うん。屋根板を外していって、次に壁、最後に床だけど、床を外すと一階が丸見えになるかもだし、そこで雨が降るとやばいから、外して新しいのをすぐつけるつもり」

途中で雨が降っても屋根板を渡しておけば、なんとか最悪は防げると思う。

『なるほどです。天気がいい日が続くといいですね』

「なんだよなあ。あ、石壁に囲まれた一階に水が入ったらどうなるのかも確認しないと」

光の精霊に明かりをお願いし、仮で閉じてた玄関を開ける。相変わらず埃がひどいけど、どうせ解体した時に一掃するから放置でいいよな。

蔵に退避しようと思ってた机も椅子もベッドだったものも解体しちゃっていいか。

「ワフ」

「ん、行こうか」

床は相変わらずギシギシ言うので、やっぱり張り替えだな。

急な石階段を下りて照らされる一階。高級キャビネット、魔導具のチェストボックス、転移魔法陣はもちろん前のまま。

『キャビネットなんかをいったん外に出すんでしょうか？』

「んー、床を外したところで雨が降りそうなら、かな？　それでも、新しい床を貼る方が早いかもなんだよな」

『本が濡れるのが怖いですね。チェストボックスの方に本を移しておくのはどうですか？』

「あ、そうか。うん。せっかくだし、どういう本があるか確認しながら移すよ」

『はい』

こういう時、ゲームでインベントリがあるから本当に楽。一冊ずつ表紙を確認しつつインベに放り込んでいくだけだし。

お、これってベル部長が言ってた『基礎魔法学』の本？　ううう、中を確認したいけど、改築と引っ越しが終わるまでは我慢……

『なんだか、元素魔法と図鑑、地学なんかの本が多いですね』

「やっぱりここが火山島だからとかかな。噴火するかもって調査してたんなら、ちょっとおっかないんだけど……」

せっかく改築した後に噴火して……とかなったら泣く……

エピローグ

いつもより少し早めにログアウトしたんだけど、ミオンに呼ばれてスタジオへと。

なんだけど……ミオンどこだろ？

『ショウ君。こっちです』

「あ、そっちか」

前にライブのアーカイブを一緒に見たソファーから手招きするミオン。

さっきのゲームプレイで何か気になるところでもあったのかな？

「どうしたの？」

『これ、ショウ君の話を元に作ってみました』

目の前に浮かび上がるのは、ミニチュアの山小屋、その右隣に同じ大きさの蔵もある。

「おお、すごい。これって？」

『ハウジングアプリです。お試しなのでモデルもテンプレートデータしか使えませんが』

「いや、十分わかるよ」

山小屋の前にダミーの人形と犬が置いてあるので、サイズ感もわかりやすい。

「これって、俺も操作できる？」

『はい！』

そういうことならと、蔵をもう少し山小屋から離し、山の斜面の分だけ高さを調整。

反対側には土間を置きたいんだけど……このテラスのパーツで代用しよう。

「こういう感じで外に調理場を置こうかなって。あ、床は石ね」

『なるほどです』

かまど代わりのキッチンを置いたり、棚を山小屋に沿わせてみたり。

ミオンがテラスの外側に花壇を置いてくれたので、その近くに木を置いてみたんだけど、

『山小屋の窓から、あの泉まで見えた方が良くないですか？』

「確かに。人通りがあるわけじゃないから、目隠しの生け垣とかも考えなくていいか」

『はい。さっきのフェアリーさんも遊びに来やすいんじゃないでしょうか』

「なんか、グリーンベリーを催促に来そうな気がしてきた……」

想像してたイメージが伝わったのか、ミオンが楽しそうに笑う。

一通り配置し終わって、それをあちこちから眺めて悦に入っていると、

『ショウ君のお家《うち》は一戸建てなんですよね？』

「え？　ああ、リアルの方はそうだよ」

あれは母さんが設計したのかな？　今度、親父に聞いてみるか。

『羨ましいです。うちはマンションなので』

「うーん、今の家って俺の好みとはちょっと違うんだよな……」

『そうなんですか？』

ミオンが不思議そうに首をかしげる。

俺の好みの家……あった。木造平屋の和風の家をテンプレートから取り出す。

『和風のお家なんですね！』

「こんな今風の豪華な感じじゃないけど、じいちゃん家がそうでさ」

もっとこう地味な感じだけど、縁側があったりはだいたい同じかな？

庭に小さな池があったりとかもミオンには新鮮みたいで、興味津々なんだけど、

「ミオンはこういう家がいいってないの？」

『私もこのお家がいいです！』

ミオンが人形をもう一つ出し、二人揃って縁側に座らせる。

足元にはおすわりしてる犬を置いて、うん、こういうのが理想の家かな。

あとがき

お久しぶりです。紀美野《きみの》ねこです。

本書をお手に取っていただき、まことにありがとうございます。

この二巻、出しましょうとお話をいただいた時は本当に嬉しく、同時にすごくホッとしました。

ＭＭＯＲＰＧでいうなら「リリースしたはいいけど、一度もアップデートせずにサービス終了」

そんな事態にならなくて本当に良かったという感じです。

さて、二巻ではいよいよショウ君とミオンちゃんのチャンネルが軌道に乗り、島でのあれこれが
続々と発信され、本土で始まったワールドクエストにも大きく影響を及ぼし始めました。

ベル部長を始め、多くのプレイヤーたちがショウ君のやらか……すごいに振り回される中、当の
本人は山小屋の改築に取り掛かろうとします。が、そんなところに現れた小さな乱入者が……

この小さな乱入者が何者なのか？　そして巻き起こる騒動は次巻にて……

最後になりましたが、かわいさ満点超えのイラストを描いてくださる福《ふく》きつね先生、本作を拾い
上げ＆育ててくださっている担当様、そして、Ｗｅｂ版から応援し続けてくれている読者の皆様に
心からの感謝を。
それでは、またお会いできることを願いつつ……

紀美野ねこ

電撃の新文芸

もふもふと楽《たの》しむ無人島《むじんとう》のんびり開拓《かいたく》ライフ2
～VRMMOでぼっちを満喫《まんきつ》するはずが、全《ぜん》プレイヤーに注目《ちゅうもく》されているみたいです～

著者／紀美野《きみの》ねこ
イラスト／福《ふく》きつね

2023年4月17日　初版発行
2023年6月15日　再版発行

発行者／山下直久
発行／株式会社ＫＡＤＯＫＡＷＡ
〒102-8177　東京都千代田区富士見2-13-3
0570-002-301（ナビダイヤル）
印刷／図書印刷株式会社
製本／図書印刷株式会社

【初出】
本書は、カクヨムに掲載された『もふもふと楽しむ無人島のんびり開拓ライフ～VRMMOでぼっちを満喫するはずが、全プレイヤーに注目されているみたいです～』を加筆、訂正したものです。

ISBN978-4-04-914751-3　C0093　Printed in Japan

ファンレターあて先
〒102-8177
東京都千代田区富士見2-13-3
電撃の新文芸編集部

「紀美野ねこ先生」係
「福きつね先生」係